O LIVRO DO NÃO

Tsitsi Dangarembga

O LIVRO DO NÃO

Tradução
Carolina Kuhn Facchin

kapulana

São Paulo
2022

Título original: *The book of Not*

Copyright © 2006 Tsitsi Dangarembga All rights reserved
Copyright © 2021 Editora Kapulana Ltda. - Brasil

2021 - edição publicada por
Faber & Faber Limited
Bloomsbury House, 74-77 Great Russell Street
London wc1b 3da - UK
Publicada por acordo com Tassy Barham Associates.

2006 - 1a. edição publicada no Reino Unido por
Ayebia Clarke Publishing Ltd,
7 Syringa Walk
Banbury OX16 1FR
Oxfordshire - UK
www.ayebia.co.uk

Grafia atualizada segundo o Acordo Ortográfico da Língua Portuguesa de 1990, em vigor no Brasil a partir de 2009.

Direção editorial:	Rosana M. Weg
Tradução:	Carolina Kuhn Facchin
Projeto gráfico:	Daniela Miwa Taira
Capa:	Mariana Fujisawa

Dados internacionais de Catalogação na Publicação (CIP)
(Câmara Brasileira do Livro)

Dangarembga, Tsitsi
  O livro do não/ Tsitsi Dangarembga; tradução do inglês Carolina Kuhn Facchin. -- São Paulo: Kapulana, 2022.

  Título original: The book of not
  ISBN 978-65-87231-14-3

  1. Ficção zimbabuana 2. Literatura africana
  I. Título.

21-95464 CDD-Zi823

Índices para catálogo sistemático:

1. Ficção: Literatura zimbabuana Zi823
Maria Alice Ferreira - Bibliotecária - CRB-8/7964

2022
Reprodução proibida (Lei 9.610/98).
Todos os direitos desta edição reservados à Editora Kapulana Ltda.
Av. Francisco Matarazzo, 1752, cj. 1604 - São Paulo - SP - Brasil - 05001-200
www. kapulana.com.br

Quem é quem   **7**

O LIVRO DO NÃO   **9**

Glossário   **285**

A autora   **289**

Para Mami e Baba e Mukoma Gwin pelo apoio;
também para Rudo e Munewenyu, para Olaf, Tonderai,
Chadamoyo e Masimba

QUEM É QUEM

Tambudzai Sigauke (Tambu) – a narradora
Mai – mãe, normalmente a mãe de Tambu
Mainini – uma jovem tia, também um termo de respeito aplicado a qualquer jovem ou parente jovem
Baba – pai, normalmente o pai de Tambu
Jeremiah – o pai de Tambu
Netsai – a irmã de Tambu
Rambanai – a irmã mais nova de Tambu
Dambudzo – o irmão mais novo de Tambu
Babamukuru – o tio de Tambu
Maiguru (às vezes conhecida como Mai) – a tia de Tambu, mulher de Babamukuru
Nyasha – a prima de Tambu, filha de Babamukuru e Maiguru
Nyari – amiga de Netsai
Sylvester – o jardineiro da Missão
Irmã Emmanuel – diretora do Colégio para Moças Sagrado Coração
Irmã Catherine – professora de Latim no Colégio para Moças Sagrado Coração
Srta. Plato – governanta no Colégio para Moças Sagrado Coração
Ntombizethu (Ntombi), Irene, Anastasia, Benhilda, Patience, Cynthia – membros do "dormitório africano" no Colégio para Moças Sagrado Coração
Tracey Stevenson – aluna no Colégio para Moças Sagrado Coração e, depois, executiva de marketing na Agência de Publicidade Steers, D'Arcy & MacPedius
Bougainvillea (Bo), Linda, Josephine, Deidre, Angela – algumas alunas no Colégio para Moças Sagrado Coração
Sra. May – governanta no Twiss Hostel
Mark May – filho da Sra. May
Sr. Steers – Diretor Administrativo na Agência de Publicidade Steers, D'Arcy & MacPedius
Dick Lawson – redator sênior na Agência de Publicidade Steers, D'Arcy & MacPedius
Belinda – datilógrafa na Agência de Publicidade Steers, D'Arcy & MacPedius
Pedzi – recepcionista na Agência de Publicidade Steers, D'Arcy & MacPedius

1

Alto, alto, alto rodopiou a perna. Um pedaço de gente lá em cima no céu. Terra e um vapor acre cobriram minha língua. O silêncio inflou e morreu com o grito esganiçado de um grilo nos arbustos que rodeavam a clareira da aldeia.

Não dava mais para vê-la, a figura que, alguns momentos antes, tinha saído do arbusto *musasa* atrás de um homem em roupa de combate, verde ondulada como uma selva chinesa. Eu entendi, entendi que não fazia sentido. Todos os presentes na reunião entenderam. Todos viram a estupidez daquilo, exceto Netsai, minha irmã. Agora, nos segundos após o estrondo, como uma batida fúnebre de tambores, ritmada pelos passos de Netsai, as mães gemiam de alívio ao sentir os bebês em suas costas reclamarem e retorcerem os braços. As mães da aldeia balançavam os bebês embrulhados em toalhas finas e ásperas, choque e alívio esculpidos em seus rostos exaustos, dentes brancos de lua crescente brilhando na noite.

Na escuridão, a perna de Netsai subiu. Algo era exigido de mim! Eu era sua irmã, sua irmã mais velha. Era minha obrigação, por causa disso, realizar o ato que a protegeria. Como eu estava desolada, pois nada estava em minhas mãos, então tanto a impotência quanto o desespero me frustravam. E em minha desolação silenciosa, meu peito tremia, ossos vibrando para cima e para baixo como se as cordas do meu coração estivessem se esticando e rasgando, e eu senti como se tivesse saltado sobre a perna rodopiante e a cavalgado enquanto ela revolvia, movendo-me para algum lugar fora dali.

O que eu queria era fugir. Mas a lua estava muito longe, e havia pedaços brancos embaixo de mim, onde a carne tinha sido arrancada e os ossos brilharam naquela famosa cor de marfim, e os que estavam embaixo se encolheram e, se não foram rápidos o suficiente, ficaram respingados de sangue. Então veio o solavanco, como de uma queda, e vi que a perna estava, desengonçada, nos galhos baixos de uma árvore *mutamba*, o pé em forma de gancho, comprido como aquele fruto infame.

Mai, nossa mãe, caiu. E não se levantou. Assim, novamente, exigiram algo de mim. Eu era a menina mais velha, a filha mais velha, agora que dois irmãos estavam mortos. Esperava-se que eu agisse de forma apropriada. Então me levantei do pano Zâmbia estendido na areia que minha mãe tinha me lembrado de trazer, movendo-me lentamente, primeiro engatinhando sobre os joelhos e as mãos como uma velha, e mantendo minha cabeça baixa para invocar a paz que vem com não ver, a paz que eu tinha em tempos de guerra. Quando já estava mais afastada do grupo a que haviam me trazido para fazer parte, me levantei.

Mai ainda estava no chão. Novamente, aos dezesseis anos, eu não tinha nada que Mai quisesse. Era demais para mim, então fiquei apenas parada olhando para ela, de braços cruzados, rígida e tomando cuidado para parecer indiferente, e sem olhar mais para a árvore *mutamba*. Estava muito escuro para ver qualquer coisa agora; havia só o brilho, a perna brilhando, e a mulher no chão. Era um eixo me fixando como polos de uma força que aprisionava, me impedia de pular e rodopiar na direção não sei do quê – mais agonia terrível. Mai enfiou a língua em espaços brilhantes onde sangue se misturava com terra. Ela gemeu: "Netsai! Netsai!" Agarrou o chão, arrastando-se como uma cobra.

O eixo, com Mai como um vértice móvel, desenvolveu-se para um triângulo cambiante quando um homem veio em sua direção. Era o homem que Netsai não deveria ter seguido, cujo uniforme de combate ondulava verde como uma selva chinesa. Era o camarada, o guerrilheiro, o Big Brother, o *Mukoma*, que tinha vindo depois, depois que todos nos reunimos para o *morari*, e a reunião começou e os participantes estavam se embriagando – inocentemente, como diziam, pois eram obrigados a assistir – com a visão de sangue.

Eu não queria olhar para ele também, então ainda não tinha para onde olhar. Atrás veio a moça. Foi ela que todos notaram, em um estremecimento de censura invejosa, porque se movia como um ronronar, como se tivesse acabado de ser alimentada, aquela ali, como se tivesse recém sido banhada, a pele brilhante de óleo. Ela viera primeiro à reunião, depois de estarmos todos sentados, mas antes da surra que era o objetivo do *morari*. O homem verde ondulado e a garota de carne madura ficaram no caminho de Mai e assim permaneceram quando ela agarrou suas panturrilhas para passar por eles. O homem e a garota impediram Mai de tocar na filha. Então Mai saltou, como se fosse alcançar a perna que balançava, e eles a puxaram, desta vez com mais força.

Segurando Mai, o homem olhou de Netsai no chão, na grama e nos arbustos além da minha visão, para a garota ao lado dele com uma impotência sofrida. Assim, Mai não tocou em Netsai, não sentiu a filha, o que eles disseram mais tarde que foi bom, pois podia ter mudado a posição de Netsai e acelerado o sangramento. O homem tinha um rifle pendurado nas costas, derretendo-se na selva do tecido, a arma a um encolher de ombros, não fazendo nada por ele agora, incapaz de intimidar sua dor. Eu estava com medo de que a qualquer momento ele mudasse de ideia, disparasse de raiva por sua impotência. Disseram depois... você nunca ouvia direito, como se o amor não fosse um assunto apropriado, mas mera luxúria envolta em outras roupas.

Eles disseram... e eu ouvi isso, aqui e ali, muito mais tarde, de Nyari e Mai Sagonda e outras pessoas da aldeia, e certamente quando Mai falava do assunto, o amor nunca era mencionado... Disseram que ele falava, quando bebia muito depois da guerra, de estar apaixonado pelas duas. Netsai foi seu primeiro amor de guerra, escolhido quando ela trazia *sadza* para o esconderijo deste guerrilheiro pela liberdade. Logo ela decidiu que precisava escapar e cruzar as montanhas para Moçambique porque suas atividades tinham sido descobertas pelas forças armadas. Mas todos sabiam que mesmo que houvesse essa guerra lá fora que a chamava, havia outra dentro dela, que era a maneira como o ar ao seu redor cintilava de alegria quando falava desse Big Brother. Foi então que o Big Brother encontrou essa jovem, Dudziro, e amou as duas, um camarada indeterminado e indeciso. Agora ele e Dudziro impediam Mai de chegar até a filha. O *Mukoma* não nos disse o que fazer, como estávamos esperando, então ficamos parados, no aguardo. Ninguém podia perguntar a Babamukuru, já que Babamukuru não estava podendo falar.

Babamukuru não conseguia dizer nada porque sua vida estava por um fio. E era difícil olhar para o homem de verde e seu desamparo, pois todos sabíamos que Babamukuru estaria morto se o homem envolto em pano da cor de selva chinesa não o tivesse salvado.

Na verdade, o disciplinamento de Babamukuru com os *sjamboks* de guerra foi o motivo de nossos pés se arrastarem sobre a terra cinzenta naquela noite, com apenas a lua em foice nos provocando com a ausência de luz, eu entre as meninas nervosas que os camaradas haviam insistido que deveriam testemunhar a pulverização de uma pessoa, o estraçalhar de um homem, todas nós nos encolhendo por qualquer coisa, o movimento do vento, o rodopiar da saia de uma companheira, as variegações da noite sob os arbustos sombreados.

Fomos convocados para o julgamento de Babamukuru. Ele não era, segundo as acusações, exatamente um colaborador, mas alguém cuja alma ansiava por tornar-se uma com as forças de ocupação rodesianas. *Mutengesi*. As pessoas na aldeia diziam que

Babamukuru venderia cada gota de seu próprio sangue por uma gota do sangue de outra pessoa. Como aluna do Colégio Sagrado Coração, uma escola em que Babamukuru decidiu me matricular contra a vontade de minha mãe, eu era a prova do espírito suspeito de meu tio. Afinal, por que um homem escolheria colocar sua filha em uma escola onde a educação era superior à educação dada aos filhos de outras pessoas? Uma escola que, ao contrário de outras em áreas onde os guerrilheiros lutavam pela independência, não seria fechada? Uma escola povoada não por pessoas que se pareciam conosco, mas por europeus? Era necessário que eu assistisse à dizimação de meu tio, a fim de ser incutida de lealdade.

Eu não estava ciente disso quando Babamukuru me levou, junto com minha tia, Maiguru, à aldeia. Meu tio tinha falado de forma evasiva; disse apenas que fora chamado, pensara que eu deveria acompanhá-lo, pois o destino era minha casa e haveria uma reunião. Lembro-me de como não ousei quebrar o silêncio de minha tia com uma pergunta.

Era o fim do feriado de maio do meu segundo ano no Colégio para Moças Sagrado Coração. Passei as férias na missão, usando como desculpa o acirramento da guerra, quando na realidade não tinha disposição para voltar à aldeia três vezes por ano para buscar água no rio, para a lamparina de parafina tremeluzente e para o *sadza* com apenas uma, e extremamente pequena, porção de acompanhamento.

Havia, além disso, as insinuações constantes de minha mãe: "Ah, você, *wekuchirungu*! Será que você ainda gosta de *matumbu*, Tambudzai! Vocês, brancos, conseguem comer *mufushwa* com manteiga de amendoim?" Por fim, havia a tensão constante de não perguntar e não ser informada sobre os movimentos de Netsai. Se você ia para a escola com pessoas brancas e se sentava ao lado delas, não acabaria contando alguma coisa para elas? Um dia os brancos ficariam sabendo sobre as atividades da minha irmã.

"Olha como ele é horrível com a gente!", Mai sussurrou à tarde, no quarto da casa onde eu iria dormir, referindo-se a Babamukuru. Eu tinha acabado de chegar e fui levada aos meus aposentos como se fosse visita. "E aquela sua tia", minha mãe regozijou-se por antecipação, "vindo com ele desse jeito. Ela acha que está indo a uma das reuniões europeias dela! Hoje ela vai ver como as coisas estão acontecendo aqui na aldeia."

Relatos distorcidos. Você pergunta e é isso que escuta. "Horrível, Mai? O que Babamukuru fez?" Tentei, embora relutantemente, sondar.

"Olha, os Samhungus colocaram uma cerca em volta da casa deles!" Ela exclamou com inveja de nossos vizinhos. "Não vá pensando que os Samhungus trabalhadores, os que têm empregos, não ajudam seus parentes pobres! Eles ajudam! Eles deixaram os Samhungus aqui da aldeia mais seguros com aquela cerca, por causa de todas as coisas que estão acontecendo por aqui! Mas nós, sua mãe e seu pai, somos deixados à mercê pelo Babamukuru como se fôssemos animais da floresta. Mesmo com todo aquele dinheiro dele! Não fique achando que as pessoas não veem, Tambudzai! As pessoas veem. Eles perguntam onde as pessoas colocam tudo que têm, se ninguém vê as coisas voltando para outras pessoas!"

"O que *Mukoma* disse?", meu pai quis saber, juntando-se a minha mãe e a mim para me cumprimentar mais formalmente. Repeti as poucas informações que tinha: que Babamukuru era esperado para uma reunião na qual ele achava que eu deveria estar presente. Os olhos de Mai brilharam de satisfação reprimida. "Sim, temos nossas próprias reuniões!", cantou. "Aqui nas terras de Mambo Mutasa, na aldeia de Sabhuku Sigauke, sabemos fazer reuniões! E os Big Brothers nos conhecem", ela continuou, a voz entusiasmada e orgulhosa. "Somos conhecidos, lembre-se disso, Tambudzai, e temos reuniões!"

"Seu tio!", Baba disse com reprovação, para silenciar Mai e impedi-la de falar mais do que devia na minha frente. "Não acredito que ele viajou com tudo isso acontecendo! Por qual buraco ele ia escapar, com todos os lados à espreita e pensando, olha lá, carne, é nossa! *Yave nyama yekugocha, baya wabaya!*" Ele começou a cantar uma velha canção de guerra, que naqueles dias era bradada nas cidades em jogos de futebol, olhando para Mai com inquietação, tentando ser engraçado.

Eu estava relaxada. Eu me lembro disso, andando pela propriedade. Desci da velha casa de quatro cômodos que Babamukuru construíra em seu casamento e posteriormente deixara para minha mãe e meu pai antes de construir outra mais nova e mais imponente para si. Meu antigo quarto era a cozinha redonda da minha mãe, mas eu estava muito velha e muito fina para dormir lá. Durante toda a tarde Babamukuru e meu pai ficaram sentados na nova sala de estar de meu tio, e Maiguru preparou chá para eles em sua cozinha com as folhas que trouxera, passou manteiga no pão que havia vindo consigo da missão e o serviu aos dois. Minha mãe estava preparando nossa refeição da noite, então Maiguru não a viu e, consequentemente, não lhe foi oferecido chá e ela não o bebeu.

Encostei numa coisa – um carrinho de mão virado, quebrado e gasto pelo vento e pela chuva – examinei outra – o eixo retorcido de uma carroça –, as coisas que se quebram e não podem ser consertadas porque a força para permanecerem inteiras já não está mais presente. Foi surpreendente ver o quão pouco havia restado para me lembrar do que eu tinha vivido aqui durante doze anos da minha infância. Na ausência de ancoragem, vagueei por ali e peguei uma espiga de milho pela metade e joguei os grãos para as galinhas, como se nada estivesse acontecendo, esforçando-me para fingir que quando os mais velhos da família se encontravam e conversavam assim em tempo de guerra, era o mesmo que em tempos de paz: um casamento, uma caixa d'água nova, peixes na barragem perto do campo – uma melhoria para a família estava sendo planejada.

"*Zviunganidze!* Se acalme!" Mai avisou quando me trouxe um prato de *sadza* e uma xícara de leite fermentado pouco antes do pôr do sol. "Talvez tivesse sido melhor você não ter vindo, Tambudzai, mas vana *Mukoma*, os Big Brothers, aqueles nossos camaradas, disseram que todos têm que estar lá." Ela não estava olhando para mim, mas para dentro da xícara, como se a estivesse entregando a uma pessoa mais velha cujos olhos, por decoro, ela não podia encarar. "Eles queriam que Babamukuru trouxesse você da escola para saberem que você sabia!" Dei pequenas mordidas no *sadza* e uns golinhos de leite fermentado, enquanto Mai me olhava com desdém, comentando: "É difícil, né, comer isso aí é difícil!"

Tomei um gole grande e fermentado para não responder. Não podia dizer a ela o que era difícil. Não era a comida. Era ela. Era o terrível vazio cobiçoso em seus olhos, e o brilho quando juntava o nome de Babamukuru com a menção de uma cerca. Era o monte de nada sobre o qual ela se colocava como se fosse o ápice de sua vida, de onde tentava agarrar as migalhas de maridos de outras mulheres, como Babamukuru. Estremeci, derramando o leite. O que podia fazer uma mulher ficar tão avarenta e vazia? Ah, como se tornar uma pessoa melhor?

"Se controle e saiba o que há lá fora. É isso que vai te ajudar", minha mãe disse, sua voz seca como espigas de milho.

"Leve um Zâmbia", ela disse mais tarde, quando o sol se pôs. Pegou a mão de Dambudzo, meu irmão mais novo, e ordenou que eu ficasse perto de Rambanai, minha outra irmã. "Seu pai já saiu com Babamukuru." "*Baba wenyu*", ela disse, "seu pai", deixando claro que foi nosso pai, e não seu marido, quem decidiu ir à frente com seu irmão, nosso tio. Seus olhos brilharam novamente e ela puxou a mão de Dambudzo desnecessariamente. "E é óbvio que aquela mulher, Maiguru, que pensa que é tão boa quanto eles, decidiu não esperar por nós e foi com eles. Hunf! Vamos ver o que ela vai dizer quando tiver terminado. Agora, crianças, não quero ver choro, por coisa nenhuma! Nem porque vocês estão com fome, nem por estarem cansadas! Não quero ver choro, por nada."

A areia clara brilhava assustadoramente ao luar leve quando partimos. As velas estavam apagadas na casa dos Samhungus. "Pessoas que comem e dormem antes do pôr do sol! São uns vendidos, esses aí", Mai bufou baixinho. "Se escondem na escuridão quando os soldados dizem que é hora do toque de recolher, com medo de qualquer coisa, que nem baratas!" Ela puxou Dambudzo para fazê-lo se apressar. Os bois do vizinho estavam em seu curral, mugindo, estressados por não terem pastado por tempo suficiente. Fora isso, a propriedade estava silenciosa como se habitada por pessoas fantasmagóricas. Atrás de nós e ao redor do sopé da colina do outro lado da estrada, um brilho vermelho tremeluzia cozinhando o último *sadza*, ou um tênue raio laranja indicava que uma lamparina de parafina ainda estava acesa: talvez um aluno estivesse lendo. Logo, até mesmo esses sinais desapareceram, um por um. Apenas a fatia da lua emitia sua luz aquosa, mas Mai estava andando rápido, sem precisar de luz para saber a direção.

"Hoje, Tambudzai", ela ofegou quase gentilmente, "não tenha medo. Se você demonstrar medo, vão perguntar do que você está com medo. Então, Tambudzai, espero que você esteja ouvindo, vai ser seu fim! Vão dizer que você está com medo porque foi enviada pra cá não por sua vontade, mas por alguém que não pode vir pessoalmente, alguém que não ousa ser visto! Vão dizer que você está com medo porque os opressores enviaram você!"

Acredito que ela teria falado de outro jeito se pensasse que eu era uma aliada. Mas Mai provavelmente estava com medo dessa menina que estava crescendo longe dela, no mundo europeu. Em momentos assim, é uma questão de músculos e sangue e contrações e dores, uma questão de que barriga a pessoa saiu para fazer de uma mulher mãe ou filha em relação à outra?

Como uma filha pode saber se tem os sentimentos certos em relação à mulher que é sua mãe? Sim, era difícil saber o que fazer com Mai, como compreendê-la. Eu achava que odiava seus elogios, mas hoje vejo que o que odiava era a quantidade deles. Se ela elogiava, não era o suficiente. Ela os diluía com sua maldade, os arranhões desesperados de um espírito diminuto e acuado contra o que não entendia. E se ela tinha algum bom humor, não era o bastante, encolhido pela amargura de seu temperamento. Em todo caso, eu era uma adolescente inteligente, que havia recebido uma bolsa de estudos das freiras do internato de moças Sagrado Coração. Assim, eu estava me transformando em uma jovem com futuro. Meu maior interesse era eu mesma e o que me tornaria. Você não percebe a contradição quando a frente do seu uniforme fica apertada e você recebe os três sutiãs de elástico estipulados na lista de roupas para alunas do último ano; quando você sangra com a lua a cada mês e sabe que carrega dentro de si, para o futuro, os mistérios da vida e de ser mulher; quando você deseja dizer à sua mãe: "Vou te dar um livro", para ela então passar na sétima série e depois no segundo ano e, por fim, nos exames avançados, para que quando chegar o penoso trabalho de crescer uma vida, vocês possam cuidar juntas do jardim. Não, você não percebe a contradição de se espantar com suas muitas possibilidades e implorar a Deus para fazer você não ser como sua mãe.

"Não importa o que você veja", Mai avisou novamente quando passamos pelos prédios da Escola Rutivi e seguimos para os campinhos, falando mais calmamente agora, como se a proximidade de nosso destino a tranquilizasse. "Seja o que for, não diga nada. Apenas cante, não importa a música, cante. E responda como todo mundo faz. No resto do tempo, fique em silêncio."

Atrás dos campinhos havia uma área onde *musasas* altas permaneciam de pé e não eram cortadas para construção ou lenha. Elas formavam um anel que fornecia sombra para os ônibus escolares visitantes. O terreno ao norte estava desnudo devido aos jogos de futebol e aquecimento das equipes de atletismo. E aí começava a floresta de *musasas*. Arbustos curtos e atarracados nasciam dos tocos de árvores adultas que a aldeia havia cortado por completo; e a madeira mutilada, intercalada com grama afiada e subnutrida e, ocasionalmente, uma árvore robusta de frutas silvestres, espalhava-se por metade do caminho até a forma pesada e escura da montanha Rutivi. Havia formas na clareira entre as árvores altas e os arbustos. Algumas estavam sentadas. Era difícil saber se eram homens ou mulheres. Outras, como nós, caminhavam silenciosamente até lugares vazios.

"*Pamberi nerusununguko! Pamberi nechimurenga! Pasi nevadzvinyiriri!*" Eu não queria saber de quem era a voz que cantava tão fervorosamente. Eu estava agora sentada nas profundezas da máquina que trazia a morte para as pessoas, e estava insuportavelmente petrificada por estar na barriga do monstro que arrotava a guerra.

"Avante com a liberdade! Avante com a guerra de libertação! Abaixo os opressores!"

Esta luta, e os pedaços e os fluidos e os excrementos que espalhava pela terra, embriagou os homens e mulheres e jovens e crianças que foram informados de que éramos todos, junto com os guerrilheiros, o sacrifício de cujo sangue a justiça fora comprada.

"Avante com a liberdade! Avante com a guerra de libertação! Abaixo eles!" Os punhos cerrados se erguiam de forma disforme sobre braços desnutridos, onde o corpo havia comido sua própria carne para sobreviver. Os moradores da aldeia repetiam cada *slogan* com tanta força que a terra em que estávamos sentados estremecia. Tentei não olhar, para não cometer o erro de dizer que tinha visto qualquer coisa quando voltasse para a escola. Tentei não ouvir, para nunca repetir as palavras de guerra em lugar algum. A voz de Mai saía estridente e seus olhos brilhavam.

"*Sisi* Tambu! *Sisi* Tambu!"

Não recebendo resposta, Rambanai se aproximou de mim e sussurrou mais alto, "*Sisi* Tambu, olha!"

"Shh! Você, fica quieta!", Mai sibilou.

"Estou só dizendo pra *Sisi* Tambu que *Mukoma*, aquele ali, que está cantando os lemas, veio à nossa casa há dois dias. Lembra, Mai, você matou um galo. Os *Vakoma*, eles só comem carne, *Sisi* Tambu, pra ficarem fortes. Mas antes dele, tinha aquele que sempre falava com a *Sisi* Netsai. Aquele *Mukoma*, Mai", um pensamento a acometeu, "aquele que falava com a *Sisi* Netsai, ele não comia feijão, Mai? Sim, ele aceitava feijão! Ele não é forte, Mai? É por isso que ele parou de vir?"

"Eu disse pra você ficar quieta! Ou ele vai vir ver você!", Mai avisou. "Olha aquele, ele parou de cantar. Rambanai, ele está olhando pra você!" Rambanai encolheu-se contra a mãe, que havia colocado nela o medo dos *Mukoma*. Eu olhei em volta agora que haviam mencionado Netsai. Talvez eu visse minha irmã.

Eu não conseguia reconhecê-la. Não a via desde que ela fora embora, há alguns meses, e antes disso, por causa da escola, raramente a via. Como era uma mulher que lutava? Será que ela pareceria a mesma de antes, agora alguém que carregava as armas da morte, que plantava minas terrestres nas estradas que conectavam vastas fazendas para que as esposas dos fazendeiros e seus jipes explodissem?

"Odiamos os opressores?" Assim começou a lição para a aldeia. O camarada olhou ferozmente para a multidão, desafiando qualquer um a sonhar em dar a resposta errada. Na realidade, todos sabiam a resposta correta, exceto eu. Eu era a única que nunca tinha participado de uma reunião *morari*.

"Não!" A aldeia afirmou a justiça da luta.

"Se alguém toma suas terras, o que ele é?"

"Um opressor!" A pergunta e a resposta vieram mais altas.

"Se alguém não te dá a metade do que você ajudou a conquistar, que ele não teria feito sem você, o que ele é?", o camarada rugiu, arrancando o rifle das costas como se fosse um braço extra e agitando-o no alto.

"Um opressor!" As mulheres responderam, exultantes. Mai falou com a voz rouca e esticou o pescoço para ver um grupo sombrio de homens que estavam sentados no meio do círculo de pessoas, além de nós.

"Babamukuru!", Rambanai sussurrou, destemida agora que o Big Brother estava berrando a doutrina. "E Baba." Ela me cutucou nas costelas, apontando com o queixo.

"Odiamos os opressores?!", o Big Brother questionou, enfurecido.

"Não!", todos negaram.

"O que nós odiamos?", perguntou o camarada, sua voz se quebrando em partículas explosivas.

"Odiamos a opressão!" Todos exalaram com tanto alívio que foi como se estivessem comemorando. E assim nosso moral foi elevado a ponto de o Big Brother começar a cantar. Atrás de Babamukuru e Baba, um grupo de combatentes armados se levantou. "*Bhunu, rowa musoro rigomhanya!* O homem branco, bate na cabeça pra fazer ele correr!" Dhi dhi-dhi, dhi dhi-dhi, os pés do camarada dançaram, levantando levemente o cheiro de poeira. As meninas perfuraram a noite com suas vozes finas de soprano; era doloroso ouvir uma música tão bela levar essas instruções para os arbustos sussurrantes. "Pra fazer ele correr... pra ensinar uma lição", os baixos ressoavam.

Os tenores, dominados pelo êxtase, cantavam sobre os sopranos, segurando suas notas por mais e mais tempo como se possuídos por um espírito tão decidido a vingar-se que não necessitasse de respiração no corpo que o recebia, e os baixos e contraltos tocavam suas linhas sem parar, de novo e de novo, como um cânone; e foi em meio a esse fervor que um camarada atingiu Babamukuru com uma coronhada de seu rifle.

Foi assim que tudo começou e continuou, com todos nós assistindo e não fazendo nada, em silêncio, em uma vigília silenciosa, e Mai respirando realizada como uma mulher que não era satisfeita há tempo demais, acariciada em lugares intocados. E assim foi, até que chegou a menina banhada, a menina da pele tesa e brilhante, e um pouco depois, atrás dela, veio o Big Brother de verde que ondulava em seu corpo como uma selva. Mai, minha mãe, não me conta. Ela sabe o nome dele, mas era o jeito dela, nunca me contava nada; ela disse, sim, nosso *Mukuwasha*, nosso genro, seu *Babamunini*, seu cunhado! E agora sei que não faz sentido perguntar. Nem a Netsai, a quem outras perguntas devem ser feitas primeiro, do tipo que dá vergonha: minha irmã, como você consegue, com um membro a menos do que eu, ao contrário de mim, manter o movimento e a direção?

"É este o homem?", o Big Brother envolto em selva perguntou. Ele percebeu, rápido, ao andar naquela direção, o que estava acontecendo e sendo feito com Babamukuru.

"É ele!" O instrutor político respondeu com um sotaque do norte do país, como o de Mai. "É ele! Aquele que nos avisaram." Ele levantou sua A-K alto, como um almofariz pronto para atingir o pilão. Sua bota pisou o pescoço de Babamukuru para firmar o alvo. O Big Brother calmamente ergueu a mão. O fervor nos braços do soldado mais jovem se transferiu para seu rosto e ele obedeceu. Foi então que minha irmã Netsai avançou, saindo do mato onde estava esperando. A passos largos e alegres, o cinturão da arma deslizando por seu quadril como um colar de contas, a jovem guerreira moveu-se para ficar ao lado do Big Brother, e a terra embaixo dela explodiu.

Mais tarde, embora Babamukuru tivesse o único veículo ali, todos sabíamos que Babamukuru estaria tão morto quanto qualquer exemplo se não fosse por este *Mukoma*. Como se podia esperar que alguém, que quase morreu ele próprio, evitasse a morte de alguém cuja perna havia girado e se curvado e continuado sangrando? E ninguém mais tinha nada. A médica estava a quilômetros de distância em sua fazenda. E o que Mai tinha agora era espuma na boca. Seu pescoço tinha tendões que estremeciam e vibravam quando ela erguia a cabeça e se remexia e arfava com sons que ninguém ouvia. Então acabou aquele momento terrível, de ficar suspensa em um ponto entre as forças de equilíbrio que formam os vértices de um triângulo, mas o depois não foi melhor. Sentei-me finalmente quando as pessoas começaram a se aproximar.

Todos se sentaram ao redor de Mai. Eles ficaram em silêncio sob a luz bruxuleante do luar. Ninguém fez nada imediatamente que eu pudesse discernir para ajudá-la, então fiquei ali sentada em silêncio, deliberadamente evitando sentir ódios, fúrias e desesperos demais.

"Netsai, *iwe*! Você é minha Netsai! E eu não vou deixar você ir embora! Não vou tirar você das minhas costas, não vou soltar você, nunca, nunca!" Mai vibrou em um grito estridente que foi pior do que seu silêncio.

Sekuru Benjamin tinha a graça da idade, de modo que ninguém, a não ser os seres humanos mais cruéis, o tocavam. Portanto, a guerra não o tinha afetado pessoalmente, além de assustá-lo e forçá-lo a ver o que não pode ser lembrado e, portanto, não pode ser comentado. Com sua bengala, já empoeirada pelos quilômetros que havia andado naquela noite, *Sekuru* se posicionou a meio caminho entre minha mãe e seus vizinhos da aldeia, com um joelho no sangue que minha mãe havia lambido. Bo-bo!

Bo-bo-bo! Bo-bo-bo! Ele começou com as palmas cerimoniais. Então todos se juntaram, bo-bo-bo-bo, uma batida constante acima dos ruídos de Mai, que desistira de chamar a filha que não respondia, mas balançava a cabeça e grunhia com os olhos indo de um lado para o outro.

"Chegue, nossa querida avó! Você que está no vento, venha para casa!", entoou *Sekuru* Benjamin.

"Não!", minha mãe disse em uma voz masculina ofendida. Nossos estômagos gelaram e sabíamos que a morte que pairava sobre nós naquela noite havia convidado espíritos malignos desconhecidos. "Eu não vou chegar!", minha mãe recusou com a mesma voz estranha. Então Mai desmaiou, Mai Samhungu foi segurá-la com outra vizinha, e outros correram quase silenciosamente aqui e ali, para aqueles que os ajudavam e até as outras vítimas.

Os vizinhos levantaram Mai, que acordou quase imediatamente e não sabia o que estava acontecendo. Mai Samhungu gentilmente colocou a mão sobre a boca de Mai, como se para limpar os restos de terra úmida, e então moveu-os para seus olhos para que ela não visse novamente a forma de sua filha que ninguém ainda ajudara, nem sua perna pendurada.

Netsai gemeu baixinho no chão. Sua garganta estava em um nó como a de Mai. O suor brilhou pálido em seu lábio superior com os feixes de luar que atravessavam as árvores, e em uma gota via-se o reflexo da perna nos galhos. Ela inspirava pouco ar para mantê-la viva, mas muito para permitir que morresse. O que eu soube ali é que não sabia de nada e nunca mais saberia, e vi que ninguém sabia de nada, pois ninguém estava fazendo nada.

Finalmente, alguns juntaram as cabeças e conversaram em sussurros e depois se viraram secretamente, quase com culpa, mas também descaradamente, para olhar para Babamukuru. Foi Nyari, a velha amiga de escola de Netsai, que tirou a anágua que estava vestindo. Os dentes de Nyari rasgaram o tecido.

A outra garota, cuja pele reluzia e que parecia satisfeita demais, recuou para os arbustos enquanto Nyari se ajoelhava. Nosso Big Brother de verde cuidou dela, murmurando: "Cuidado!" A menina assentiu com a cabeça. Nyari nem mesmo olhou para eles, mas puxou o náilon. Nosso Big Brother se ajoelhou ao lado dela e enrolou as tiras na parte de cima da coxa de Netsai assim que ficaram prontas.

Enquanto isso, Babamukuru estava se levantando, gemendo. Seus hematomas eram espessos como um fígado, mas ele se esforçou para se sentar sem ajuda. Acenou com a cabeça quando meu pai se juntou aos vizinhos que olhavam para ele. Pude ver Baba gesticulando e acenando com a cabeça. Babamukuru ergueu os olhos, embora eles estivessem ligeiramente vidrados. Finalmente, concentrou-se nos moradores, que agora o observavam pacientemente, e percebeu que esperavam que ele agisse.

O que ele ia fazer? Cair, como Mai, ou caminhar até o fim de sua vida, como Netsai? O que ele fez foi ficar sobre as mãos e joelhos e empurrar seu corpo para ficar mais ereto. Babamukuru sabia o que havia acontecido e caminhou como um dançarino. Meio cambaleante, meio flutuante, chegou ao carro. Suas mãos ensanguentadas procuraram as chaves do carro, e os homens ao redor da árvore onde ele estava sentado o chamaram de volta, pois reconheceram um problema: será que deveriam implorar para a médica vir, ou será que Babamukuru deveria levar Netsai – e ele mesmo, por falar nisso – para o consultório da mulher branca? Agora, na calada da noite, começaram a debater: isso poderia ser arriscado com o toque de recolher restrito?

A discussão continuou por minutos durante os quais sangue escorreu da perna de minha irmã, mas foi impedido de fluir pela anágua de Nyari. Observei o pano de Nyari manchar-se ao conter a vida de sua amiga. Nyari tinha a cabeça de Netsai no colo e olhou com olhos desesperados e semicerrados para meu pai e os anciãos da vila, que estavam desperdiçando as gotas da moça. A delegação olhou para Babamukuru, que baixou a cabeça e sussurrou confuso: "Vocês falaram para eu levá-la, não? Vocês disseram que o melhor é ir dirigindo."

Por fim, *Mukoma* Chiko, filho de um primo de Babamukuru, assumiu o comando até mais do que Babamukuru, e foi decidido que Netsai deveria receber os primeiros socorros que estivessem disponíveis e que Babamukuru sairia de carro no primeiro horário da manhã. Se lhe perguntassem por que ele tinha saído tão cedo, ele mostraria a menina ferida. Se isso levasse a um questionamento de por que havia esperado tanto tempo com alguém tão ferido, ele responderia que estava com medo do toque de recolher. Disseram que eu deveria ir de carro com ela, para falar com meu sotaque inglês se fosse solicitada, provando lealdade e camuflando a situação, e também para que eu soubesse. Em qualquer caso, eu precisava voltar para a escola.

"Vai!", Mai disse. Ela falou enquanto Babamukuru acelerava o carro e os galos das propriedades vizinhas batiam suas asas e se esticavam em seus poleiros e cantavam para anunciar um amanhecer que ainda não havia chegado. Estava falando em um sussurro para ter certeza de que sua voz seria mais baixa que o barulho do motor. "Vai, Tambudzai! Para aquelas pessoas que estão matando sua irmã!"

Eu estava com uma perna no carro. Continuei o movimento. Quando o carro rastejou e esmagou a areia, cerrei os dentes, coloquei a cabeça para fora da janela e assobiei: "Sim! Você sabe que vou, né? Então é isso que estou fazendo, estou indo!"

"Tambudzai", disse Babamukuru automaticamente, ainda atordoado e bêbado de dor e tristeza. "Tambudzai, o que você está dizendo para sua mãe!"

Mai não estava acenando. Seu olhar estava fixo no lado do carro onde minha irmã estava deitada. Eu não acenei. Ninguém acenou.

"Deixa, Baba", Maiguru disse em uma voz que incluía a mim, minha mãe, o que tinha acontecido naquela noite, e Nyari e os poucos que permaneceram, Mai Samhungu e Mai Mutasa, além de meu pai. Maiguru não queria mais enfrentar nada que tivesse a ver com como Babamukuru havia sido denunciado.

A borda acima da colina ficou mais clara ao nos balançarmos sobre o último trecho de estrada de terra antes de virarmos para a rodovia Nyanga. Eu estava sentada bem no canto do meu assento, atrás da minha tia. Ela estava quieta e imóvel; também parecia estar se enfiando invisivelmente em espaços marginais. Eu me encostei bem na porta oposta àquela onde eles haviam apoiado a cabeça de Netsai. Meus braços estavam cruzados e apertados contra meu corpo para tentar ficar o menor possível, o menos presente que eu conseguia, considerando a realidade dos fatos das últimas horas.

Havia crianças na estrada, com livros debaixo dos braços e ossos salientes como precipícios, que Maiguru e eu nos viramos no mesmo momento para não ver. As crianças fugiram com o barulho do motor, que acreditavam que só pudesse pertencer a um rodesiano. Além das crianças para assistir, havia os campos nus que ninguém tinha forças para arar, ou os trechos de mata onde qualquer coisa que alguém em fuga desesperada pudesse usar como esconderijo fora queimada. Foi só quando tínhamos passado por tudo isso, quando estávamos além da aldeia e nos aproximando dos antibióticos e da morfina, que olhei pela janela para a terra vermelha e os caules de milho colhido em fazendas onde homens de macacão se moviam como lânguidos pontos escuros. A fazenda da médica era uma dessas. Estávamos nos aproximando dos medicamentos e das suturas de que minha irmã e meu tio precisavam. Era difícil pensar em tanto disso, tanta necessidade. Forcei-me a chegar num vazio; e, sim, é melhor estar onde não há nada e, portanto, não há nada a ser dito.

Tratada pela médica da fazenda, Netsai foi admitida no Hospital Geral de Umtali para uma cirurgia de emergência. Babamukuru recebeu analgésicos, raios-x e pontos. Nenhum dos funcionários fez perguntas que não podiam ser respondidas. Eles aceitaram as explicações de Babamukuru sem comentários. Maiguru queria que eu caminhasse os últimos quilômetros até o Colégio para Moças Sagrado Coração, mas Babamukuru disse que podia me levar para a escola antes que minha irmã acordasse.

A escola também parecia vazia porque agora, depois dessas férias, era impossível me relacionar com qualquer coisa. Salas vazias, carteiras vazias, livros vazios, ar vazio entre nós, o segundo ano cuja sala de aula também ficava no segundo andar, e a montanha com a cruz no topo, abaixo da qual plantações escuras de vime e pinheiro rastejavam como exércitos desalentados.

2

Então, quando você está em aula, você consegue ver as montanhas onde sua irmã ainda fala sobre o caminho, para frente e para trás, para frente e para trás, para trás e para frente, aquele caminho certeiro em direção à explosão de uma perna.

Isso foi no segundo ano; a deterioração da esperança. O primeiro ano foi melhor porque eu sabia o que queria. Meus desejos naquele ano inicial eram positivos: conquistar, conquistar, conquistar mais um pouco, e eu sabia como realizá-los. Eu aprenderia até aprender mais sobre mim do que qualquer pessoa, primeiro nessa sala de aula, depois na escola e, enfim, em toda a comunidade. O primeiro ano ficava no andar térreo, e sentei-me orgulhosamente na frente da classe quando cheguei pela primeira vez ao Colégio para Moças Sagrado Coração. Era uma sala de aula grande. A da Escola Rutivi comportaria três vezes mais alunos. Naquele grande espaço, eu sempre selecionava um lugar bem próximo da professora, para ser uma boa aluna. A parede da frente e o quadro-negro – este último não era uma laje cinza grosseira onde crianças maltratadas esculpiam buracos com pregos e pedras, para confundir professores sádicos, como era o caso na Escola Rutivi e, em menor medida, na missão –, a parede da frente e o quadro-negro ficavam muito próximos, e a professora mais ainda, de modo que, sendo uma excelente aluna, eu tinha a obrigação, e a satisfação, de não perder o foco. As janelas, abertas como olhos, com dez painéis incrivelmente intactos em cada uma, ficavam na parede lateral, olhando para as montanhas. Mas essas aberturas ficavam na nuca, e nós nos sentávamos atentamente à frente. Se você se sentisse sufocada, seja por falta de conhecimento ou por excesso dele, tinha que torcer o pescoço pelo menos cento e vinte graus para sentir na face o frescor do ar das montanhas. Mas éramos jovens meninas com a missão de nos aprimorarmos, sermos excelentes, e poucas de nós na primeira fileira tínhamos pescoços suficientemente flexíveis. E mesmo quando conseguíamos realizar essa manobra, no terreno do colégio oscilavam uma série de cedros pomposamente pontiagudos e sibilantes, que nos impediam de ver as montanhas.

Eu nem pensei nesta barreira no meu primeiro ano. Isso me protegia, favoravelmente, dos imponderáveis que iam além, e os jardins do colégio eram idilicamente lindos. Hoje, não consigo conceber que seres humanos tenham criado tamanha beleza. As coníferas escuras eram como uma costa distante para lagos tranquilos de gramados verdes sobre os quais deslizava a paz de muitos tempos verbais e conjugações e onde nos esticávamos durante os intervalos nos dias muito frios de junho, sem nossos casacos e com nossas saias enroladas, como sereias congeladas tomando banho de sol. O prédio do colégio, reluzente e branco, se espalhava languidamente pelas margens superiores do jardim, como um charmoso *resort* às margens das águas do Lago Kariba. Quão bela era a minha escola secundária, demonstrando, sem qualquer dúvida, como o langor estava relacionado à letargia, assim como a elegância à miséria.

Havia, também, outras lições a serem aprendidas por uma mente ávida no território do Sagrado Coração. O Colégio para Moças Sagrado Coração oferecia uma educação formidável, e seus padrões eram estabelecidos quilômetros antes de se alcançar os portões. O colégio estava localizado no lado oposto de Umtali, como a cidade era chamada então, em relação à missão, e ocupava um pedaço de terra que se elevava até encontrar os céus frágeis e cintilantes entre a cidade e nossa fronteira leste. Os ventos sopravam por esse céu desde o Oceano Índico, passando pelas montanhas de Moçambique, onde as gotas do mar andam amontoadas como meninas assustadas. A chuva cai suavemente. Há o hospital geral à direita na primeira estrada, aquela que leva da missão para a cidade. Em seguida, vêm as escolas do governo e ou correios ou um restaurante de *fast food*, dependendo da avenida na qual ela se transforma. Mas não havia muita escolha entre as rotas na época, porque os correios faziam filas segregadas e a lanchonete nos vendia bebidas geladas e pãezinhos secos, mas não hambúrgueres, e apenas pela janela de trás; então, não, não havia muito para se fazer na rota até a cidade a caminho da escola, nada para se colocar entre uma menina ambiciosa e suas lições.

Do outro lado, porém, no bairro perto do colégio, minha testa colada na janela do carro de Babamukuru, observei que os habitantes não saíam com as roupas que tinham, como nós, mas em trajes de *design* esplêndido e sapatos fabulosos cujos saltos grossos exigiam das autoridades da cidade, e era conquistada pelo trabalho de homens que se moviam lentamente em macacões verdes, uma pavimentação perfeitamente uniforme. Assim, eu, e muitas outras alunas, estabelecemos um código de vestimenta que implementamos mais tarde na vida, junto com a sensação de que um conselho municipal eficiente combinado com uma força de trabalho disposta, embora letárgica, era obrigatório para garantir que qualquer coisa acontecesse. E Baba e Maiguru nunca fizeram comentários sobre isso tudo enquanto me levavam para a escola. Acredito que Maiguru já estava deprimida porque as roupas finas que ela trouxera de seus estudos na Inglaterra haviam começado a ser comidas pelas traças, e não havia esperança de substituí-las pelos produtos austeros de qualidade de guerra que podiam ser encontrados atualmente nas lojas – uma qualidade que reduzira todos os padrões. Babamukuru, eu sei agora, embora não soubesse então, estava ouvindo outra música. No entanto, é estranho que os pais que eu havia adotado permanecessem calados sobre tudo aquilo. Quão semelhante era sua reticência, quando comecei a considerar o assunto, ao silêncio dos moradores da aldeia frente à surra que meu tio levou. Era como se nossos ancestrais tivessem colocado uma maldição sobre almas perceptivas, fazendo uma vingança violenta recair sobre aqueles que fizessem qualquer observação. Portanto, ficávamos quietos no carro, enquanto nas avenidas sombreadas a caminho do colégio, cães alsacianos com *pedigree* babavam sua saliva prateada nos trabalhadores de macacão verde por trás de cercas de ferro. Eles até uivavam e se jogavam contra as cercas enfurecidos para atacar Babamukuru quando passávamos pela pista. Os residentes faziam *aces* em suas quadras de tênis ou mergulhavam em suas piscinas, e jardineiros vestidos com macacões laranja olhavam para nós, os intermediários, de forma letárgica. Nem assim Babamukuru fazia qualquer comentário, nem eu disse nada, então, ao contrário das aulas na escola, não havia teste para essas lições aprendidas no caminho até lá.

Ao entrar na escola, você passava por um grande portão de ferro forjado tão imponente quanto o portal de São Pedro. Subindo, você ia ao longo da estrada entre os campos de hóquei e as quadras de tênis até o limite definido pelos cedros. Ali você virava à esquerda na grande rotunda, em cujo centro ficavam os gramados pacíficos. No topo você se movia paralelamente aos prédios da escola por meio quilômetro, passando para o extremo sul daqueles gramados perenes como coníferas. Ali crescia um bosque de jacarandás que derramava uma sombra arroxeada sobre as vagas de estacionamento. Passo, passo, passo. Passo, passo, passo. Seis ou sete passos eram necessários para atravessar esse estacionamento, cujos limites pintados de branco acomodavam os veículos grandes e longos da elite rodesiana. Como naquela época o tamanho dos carros da elite alimentava respeito e não suspeitas, eu rapidamente identifiquei e armazenei os princípios estéticos exibidos em minha escola, que informavam as relações entre *design* e forma e propósito de maneira tão opulenta, sem referência a recursos materiais.

Na extremidade oposta da escola ficavam os prédios dos dormitórios. Atrás dos dormitórios do segundo ano encontrava-se a piscina cintilante. Ela ficava isolada atrás de uma cerca viva de hibiscos que, no verão, floresciam em vermelho vivo, e a piscina havia sido instalada ali para que os visitantes não nos surpreendessem e não desfilássemos diante deles quando cobertas de poucas roupas. O estacionamento e a piscina significavam visitantes e descanso e, por isso, eram de suma importância para a maioria das alunas. Mas, para mim, o prédio mais significativo era o bloco de salas de aula. Longo, branco e cintilando ao sol como um edifício beatificado, o bloco presidia o terreno da escola acima dos jardins, como se para abençoar todas as nossas atividades. Em frente a esse quarteirão, além dos cedros, ficavam os campinhos, e os quatro eram rodeados pelos gramados verdes e tranquilos avistados das salas de aula. Ah, aqueles gramados, cravejados aqui e ali com árvores floridas indígenas e exóticas, acesas como se tivessem brasas penduradas: a poinsétia vermelha que em pesadelos posteriores dava botões de cristais de sangue, e o clarão amarelo da acácia-mimosa!

Era verdade que, mesmo no primeiro ano, para obter o aprendizado e a distinção que minha ambição desejava, eu precisaria me esforçar mais no Sagrado Coração do que na Escola Rutivi ou na missão. Eu não era uma menina que conseguia rir e escrever bilhetinhos para namorados durante as aulas e ainda assim ser incluída no quadro de honras. Lapsos momentâneos me custavam pontos. Sempre que pensava em algo que não estava no currículo durante as aulas, o mesmo deslize se repetia nas minhas notas e eu não ficava mais entre as melhores. No entanto, isso não importava, pois eu me esforçava tanto quanto era necessário quando prestava atenção. Como gostava de ser boa em tudo que fazia, não tinha medo do trabalho árduo. Eu investiria tudo que fosse necessário para atingir o que aspirava. Era especialmente importante estar no topo, pois era bastante claro para mim e para todos que eu tinha que ser uma das melhores. A média simplesmente não se aplicava; eu tinha que ser absolutamente excepcional, ou nada. Me esforcei muito desde o primeiro ano no Colégio para Moças Sagrado Coração, planejando exercícios e estratégias para ficar boa em prestar atenção, em lembrar cada palavra que saía da boca da professora, e não só as palavras, mas também suas inflexões, para saber o que era importante e reproduzir a inflexão peculiar de cada professora nos exames. Prestar atenção era ter a mente aberta para tudo o tempo todo, e ser capaz de segurá-la ali, para que o que entrava no cérebro não pudesse sair como se fosse de uma esponja que é espremida e inutilmente abre mão da umidade. Dava muito trabalho conectar os pedaços de conhecimento que resultariam no que você se tornaria; era preciso despender muito, organizando, pelo tempo que levasse, aquele caminho de pedras de informação para o futuro.

Aprender a prestar atenção desse jeito exigiu muita concentração. Foi exaustivo. Portanto, embora meu primeiro ano no Colégio para Moças Sagrado Coração tenha sido mais tranquilo do que o segundo ano, devido à visão restrita e ao horizonte de montanhas bloqueado que descrevi, eu estava quase sempre exausta, mesmo naquele primeiro ano. Para garantir que prestássemos atenção, havia três séries de exames, um a cada trimestre, além de notas mensais. Eu achava essas avaliações úteis, pois, por meio delas, me comparava às minhas colegas de classe, avaliando meu progresso. Não consegui chegar ao topo nem no primeiro nem no segundo ano. Essa posição era ocupada por uma garota chamada Seema Patel. Ntombizethu Mhlanga, que dormia no mesmo dormitório que eu, cuja pele era tão tranquila quanto a meia-noite, invariavelmente ficava em segundo lugar. O terceiro lugar era ocupado por uma garota chamada Tracey Stevenson. Em meados do primeiro ano, cheguei ao quarto lugar. A fim de encorajar mais o meu trabalho árduo, eu me propus uma meta. Me concentrei, como uma espécie de marco para o meu progresso, em bater a menina imediatamente acima de mim, essa Tracey Stevenson. Ela tinha uma aparência bem comum, fora os músculos tonificados e mãos e pés grandes; como resultado, ela se destacava na natação. Cabelos castanhos lisos e sem forma caíam de sua cabeça, e seus olhos se moviam pelos limites das cores, como se fossem pequenos camaleões pálidos, de modo que eu ficava constantemente confusa se eles eram cinza ou verdes ou azuis ou turquesa.

Não, não ultrapassei essa colega, como queria, no primeiro ano. No entanto, na avaliação intermediária, Tracey surpreendeu a todos e caiu para o quinto lugar. Porém, ela era uma guerreira. O espírito que a levava até o outro lado da piscina em tempo recorde a ajudou naquele momento. Passou a frequentar as aulas com determinação após sua queda, que atribuía a ter se concentrado demais na natação. Em seu lugar lá na frente, ela ouvia a professora com um sorriso no rosto enquanto seus olhos permaneciam arregalados e sérios. No final do semestre, ela conseguiu dar um salto à frente de outra colega de classe, a Angela, e de mim, e voltou à terceira posição.

Fiquei deprimida com a minha inabilidade de me destacar, de fazer o que era claramente possível, pois outros seres humanos conseguiam. Portanto, para me manter interessada na excelência, ajustei minha visão para uma que fosse mais facilmente alcançável. Em vez de buscar uma posição que não poderia ter, optei pela certeza. É verdade, eu ainda ansiava por ver notas de mais de noventa por cento espalhadas pelo meu boletim, médias que representariam meu futuro e confirmariam meu lugar hoje, com uma bolsa de estudos, no Sagrado Coração. Foi difícil ajustar para baixo essa expectativa sobre mim. No entanto, para não me desanimar depois que Tracey se catapultou para além de mim novamente, estabeleci um padrão secundário de médias acima de sessenta por cento, a fim de me qualificar para o quadro de honras do colégio. Às vezes eu desejava não pensar nisso com tanta intensidade, mas devido às lições de meu tio sobre a importância da educação, minha mente não se desviava. Eu vivia, respirava e aprendia de cor agora para alcançar um lugar no rol de honras do colégio. Isso, embora não fosse tão bom quanto estar no topo, tinha suas recompensas. Você era premiada com uma placa de cobre, rendada nas bordas e com um padrão de pontinhos ao redor. Seu nome era marcado nela, seu próprio nome, Tambudzai Sigauke. Como um milagre, aquele nome que você quase não lê em nenhum outro lugar aparecia no centro da placa, como se fosse uma coisa especial. Tambudzai Sigauke! Especial! Você ficava olhando, e seu nome no meio da placa continuava, para sempre, atraindo o olhar. Embaixo vinha o nome da escola, Colégio para Moças Sagrado Coração, e o ano. Era um contrato, aquela junção de denominações, de boas intenções, a meu ver. Se eu aprendesse o necessário, meu nome seria colocado junto assim, com a instituição que oferecia a educação de maior prestígio às moças do país, largando em meu bolso, de onde não poderia ser tirada, a chave para o meu futuro. Não, eu não tolerava a ideia de fracasso. Então segui planejando minha vida enquanto a vida planejava uma insurgência.

Tudo mudou depois da reunião a que fui, aquela a que fui levada, tanto para ser exibida no julgamento de Babamukuru por traição à alma de seu povo quanto para ser instruída. Tudo ficou diferente depois desse *morari* onde o medo paralisou o coração. Na verdade, tendo retornado à escola, renovei meu contrato comigo mesma para ultrapassar Tracey Stevenson, ou pelo menos para alcançar o quadro de honras em todas as notas. Agora, ver meu nome em uma placa de cobre era ainda mais necessário: era como se aquele nome tão perfeitamente inscrito não pudesse ser soprado de forma tão dura, sem mais nem menos, nem no meio da noite, nem no meio de qualquer coisa. Mas agora, depois de uma perna explodir, ela voltou andando para trás sobre as pedras de aprendizado e concentração, pulando, pulando, pulando, pulando porque tinha uma perna só. Eu a via claramente enquanto estava sentada na aula, minha mente se abrindo para a professora. Era uma mulher. Era minha irmã. O quadro de honras manteria sua promessa? Eu não conseguia me concentrar. Sempre que me concentrava, a mulher recuava, gemendo muitas perguntas. Além disso, eu estava sofrendo, secretamente, de uma sensação de inferioridade por ter presenciado aquela cena primitiva. Sendo uma aluna no Colégio para Moças Sagrado Coração, eu tinha imagens de filmes e da biblioteca da escola na cabeça: homens das cavernas arrastando suas mulheres pelos cabelos para onde queriam ou matando suas presas a pancadas. E, na análise final, todos sentados e hipnotizados concordavam que esse comportamento era adequado. E quanto àquela que não era mulher, que era minha irmã, com o meio de morte de outra pessoa amarrado às costas, balançando os quadris ao ir até um homem em um gesto de vida, então ela, afinal, não era uma menina, mas já uma mulher? Às vezes, uma lágrima escorria até meu nariz e eu tinha que esfregá-la, fingindo que algo havia caído no meu olho para evitar que pingasse em meus livros. Tive dificuldades, na verdade comecei a sentir medo, para prestar atenção. Era como se uma parte vital tivesse explodido e na ausência que sobrou eu fiquei rachada e defeituosa, como se partes indispensáveis estivessem vazando, e eu não tinha a energia necessária.

Nesse dia em particular, algumas semanas depois das aulas recomeçarem, tentei mais uma vez me concentrar. O desejo foi ainda mais forte por ser uma aula de Latim. Essa matéria era ensinada pela Irmã Catherine, que era minha professora favorita. Eu sentia alguma coisa nela, sem nem saber o quê. Na hora da Irmã Catherine, havia um toque especial em meus estudos e recitações de conjugações e declinações. Eu queria ir bem para que nós duas ficássemos felizes, e não por minhas percepções sobre minha situação. Irmã Catherine nunca demonstrou nenhuma das atitudes preconceituosas insuportáveis, **que emanavam de algumas das outras professoras**, ao se dirigir a Ntombizethu e a mim que emanavam de algumas das outras professoras. Ela tinha uma voz gentil. Ela a utilizava como se estivesse sempre fazendo música, mas de um jeito cauteloso. Expelia cada nota em um suspiro, como uma mulher surpresa pelas belas notas que emitia, e esse espanto amarrava seus pulmões, fazendo-a ter de se esforçar para manter o ar fluido. No entanto, a impressão que você tinha era de que ela estava decidida, apesar de tudo, a produzir suas melodias. "Tah-mboo-dzah-ee", ela me chamava. Eu era obrigada a sorrir maliciosamente. Era o que você tinha que fazer quando um *murungu* tentava falar Shona. Então, eu baixava os cantos da minha boca e revirava os olhos para o sotaque da Irmã; mas só um pouco, pois apreciava o jeito como ela tentava fazer a entonação corretamente, e como ela tinha um olhar castanho quente para quem ela falava, me incluindo. E aquele sorriso não questionava: ele me cobria.

Em uma manhã, no final da aula, a Irmã fez uma pausa. Eu não estava olhando para nada nem ninguém na sala de aula. Estava tentando evitar que a mulher saltando num pé só, que era uma menina, aparecesse. Por não prestar atenção, estava fazendo com que ela não descesse a montanha. Portanto, senti, em vez de ver, que não havia o murmurar de movimento na sala de aula, o levantar de mãos que sabiam respostas, o farfalhar de páginas por dedos que ainda esperavam encontrá-las. Isso queria dizer que a Irmã estava esperando de frente para a escolhida; ela já havia decidido a quem deveria ser dada a honra de demonstrar conhecimento. Em silêncio, a turma também esperava que essa menina respondesse.

Muito vagamente, senti que era a escolhida. Sim, eu era aquela por quem todas estavam esperando. O pânico fez cada um de meus poros formigar, eriçando minha pele em arrepios cintilantes, e teias emergiram, tremeluzentes, da página do livro didático como cordas bambas traiçoeiras me levando de volta à lição, mas eram cordas sobre as quais eu não queria andar. Eu sabia que estava cansada demais para manter o equilíbrio por tempo o suficiente para entender as frases em Latim, pois estava enfraquecida, tendo passado a maior parte da manhã forçando tudo para fora da mente, para caso aquela mulher, que era minha irmã, viesse saltando pelo caminho de pedras da atenção. O silêncio continuou por um longo tempo enquanto eu oscilava entre estar na aula e não estar, e a Irmã e o resto das meninas esperavam.

Hesitei por tempo demais. Outra menina deu a resposta.

"Os... hum... os senhores... agradeciam aos... aos... seus servos fiéis... com um grande banquete!", ofereceu uma voz suave, cautelosa nas sílabas intermediárias, como se estivesse pedindo permissão, sem ter certeza de que a receberia. Fiquei imediatamente mais infeliz, pois quem falava era a menina que eu queria superar, Tracey Stevenson.

A Irmã ficou satisfeita com a resposta. Como eu, Tracey também era uma das favoritas da professora de Latim. "Sim!" A freira hesitou por um minuto e a senti se afastando de mim. Quando ela falou, sua voz estava mais distante, como se estivesse de costas para mim, mas, como sempre, maravilhosamente entusiasmada. Clap clap, suas mãos bateram palmas. "É uma boa tradução. Muito bem, Tracey!"

Quando o calor na voz da Irmã se espalhava pela classe, como as misturas de caramelo marrom-cremosas, doces e espessas que fazíamos no andar térreo na cozinha, nas aulas de Ciências Domésticas, você sentia que era uma coisa terrível não ter a resposta. A Irmã fazia você querer ir bem, dar o melhor de si, não para agradá-la, mas para mostrar que você era capaz. Eu! A voz dela fazia você acreditar que você já era capaz! E como ela sorria quando você conseguia!

Agora a Irmã estava lendo a próxima frase do exercício. Eu estava suficientemente presente na classe mais uma vez para perceber que a tradução era fácil. "Os soldados devastaram a cidade e as mulheres e crianças estão chorando." Desta vez, eu queria levantar a mão antes mesmo que a Irmã me perguntasse. Mas isso significava que teria que abrir meus olhos. Eles estavam fechados contra os pinheiros verde-escuros e as acácias nas encostas da montanha, e as grandes extensões de mato queimado ao lado das árvores, o verde oxidado a cinzas para melhor ver aquelas pessoas cujas pernas seriam explodidas. Se eu abrisse meus olhos, acabaria virando minha cabeça. Fascinada, poderia acabar esquecendo e uma lágrima poderia cair. Se eu mantivesse os olhos fechados, não me destacaria, e levaria uma vida inteira de ser nada, como Mai. Isso por causa da minha irmã. Por causa de minha irmã mais nova, Netsai! *Iwe*, Netsai, ah, você, menina selvagem e irresponsável! Foi o que pensei e foi um alívio fazê-lo, pois essa perspectiva me libertou de ficar paralisada por aquilo que eu não conseguia, de forma alguma, lembrar, tornando meu avanço impossível. Ah, Netsai, como eu-queria-que-você-não-fosse minha irmã, me dizendo que o papel de uma mulher é mirar rifles comunistas em pessoas como Irmã Catherine, que é doce e gentil! E será que minha irmã não via do que essas pessoas eram capazes, o que queria dizer que a perna dela corria o risco de ser explodida. Ah, e quem era o culpado, se Netsai não sabia!

Ah! Esses pensamentos surgiam assim, mesmo quando você não estava com eles na cabeça. Você simplesmente não conseguia fugir para longe o bastante; eles sempre apareciam. Meus olhos se abriram.

    A sala estava muito quieta. Irmã Catherine estava inclinada sobre mim, chamando: "Tah-mboo-dzah-ee!" Ntombizethu, do meu dormitório, levou as duas mãos à boca e estreitou os olhos para mim, me lembrando de sorrir, mas dessa vez não consegui. A Irmã estava me olhando muito gentilmente. Sua mão se moveu. E que pulo eu dei quando tocou a minha! Ela acariciou minha mão. Vi o movimento pálido sobre o fundo escuro, mas não o senti. "Solte!" Ouvi as palavras da professora, mas não as entendi. Tudo o que estava acontecendo era muito confuso, mas ela era minha Irmã favorita. Achei que havia alguma coisa terrivelmente errada, mas sorri para ela timidamente, esperançosa. O silêncio continuou na classe. Mais e mais meninas se viravam para descobrir o que estava acontecendo. Ntombizethu tirou as mãos da boca. Seus olhos estavam arregalados, apreensivos. Só naquele momento eu percebi, pelo calor suave em minha pele, que a Irmã e eu estávamos em contato físico. "Solte", a Irmã repetiu. E então fui tomada pela vergonha. Estava em choque por ter deixado minha pele e a pele dessa pessoa branca se tocarem. Um dentista podia assistir a uma pessoa tremer de agonia e não a tocar. Um médico podia observar uma pessoa se dissolver até a morte e não a tocar. Isso acontecia porque era tabu: esta pessoa e aquela não podiam se tocar. O exército fazia seu trabalho de forma asséptica, com granadas, minas terrestres e balas. Portanto, minha primeira impressão foi que eu havia sujado minha professora de alguma forma. Eu gostava dela e não queria fazer isso. A Irmã não devia me tocar. Convoquei todos os meus músculos para se afastarem. Horrorizada vi minha mão desobediente e imóvel.

    "Por favor, Tam-boo-dzah-ee!" A freira parecia preocupada. "Por favor, solte!" A Irmã repetiu. Foi só então que percebi que minha mão estava cerrada não em torno do pulso da professora, mas sobre a mesa de fórmica. Mais uma vez, joguei minha mão para trás. A cadeira inclinou-se. Havia algo calmante naquele movimento, aliviando-me. A Irmã estendeu o braço livre para evitar um acidente. Para frente e para trás, para frente e para trás, para frente e para trás, eu estava me balançando sem perceber.

"Está tudo bem, Tah-mboo-dzah-ee?" Irmã Catherine parou o movimento.

Olhei para minha mesa, envergonhada, e passei um tempo limpando, com a blusa bege do uniforme, manchas de suor que se espalhavam onde eu tinha agarrado a mesa.

"Qual é o problema?" A Irmã estava muito ansiosa.

"Eu estou bem", disse. Minha professora favorita estava ansiosa. Mas minha irmã deitou-se primeiro na areia e depois em uma cama de hospital sem uma perna. O que a Irmã faria se eu contasse a ela? O que as outras meninas fariam se soubessem? Todas tinham suas caixinhas apertadas no peito, levando suas memórias da guerra. Havia dor dêmais ali para uma sala de meninas. Pensando nisso, eu, de fato, soltei. Esqueci de não deixar nada sair. Continuei esfregando a mesa até que minhas lágrimas caíram na manga da blusa. É assim quando as pessoas são gentis com você. Às vezes, você esquece.

"Vamos seguir a atividade, por favor", a Irmã recomeçou. "Quem sabe traduzir a frase seguinte?" Ouvi um farfalho de mãos sendo levantadas. Estávamos na turma avançada e sabíamos conjugar qualquer verbo -o, -are, -avi, -atum que a Irmã tirasse do livro didático. Ela continuou parada ao meu lado, esperançosa, mas mantive a cabeça baixa, olhando para onde caíam as lágrimas, querendo fechar meus olhos para não haver chance de olhar para as montanhas, mas com medo de que se fizesse isso, espremeria as lágrimas para fora de novo.

"Os grandes e bravos exércitos marcharam para a cidade." Era a voz de Tracey novamente, e a Irmã se virou sem perceber ninguém fungando.

"Uma última, por favor", a Irmã continuou, "rapidinho, fazendo o favor, meninas, antes de dar o sinal." Mesmo quando estava falando com a gente, a Irmã usava "por favor" em quase todas as frases. Tap-tap-tap, seus sapatos se afastaram sobre o chão cinza de linóleo. Os azulejos tinham uma cor de névoa leitosa, como as manhãs no topo das montanhas que bloqueavam a sua alegria, aqueles picos irregulares cuja vista, como a figura de mulheres com tranças de cobras, transformavam quem olhava em pedra. O chão de toda a escola era uma transmutação de preto e branco para cinza, difícil de sujar, macio como o coração sagrado que dava nome ao colégio. Lembrava o peito divino de uma pomba santificada.

"Sim, por favor!" A Irmã se dirigiu à classe. Tap-tap-tap, moveu-se novamente. Uma freira moderna, ela usava saltos altos em cores unissex, como preto fosco, marrom fosco, azul-marinho fosco.

"As mães estão levando embora do mercado as crianças choronas!", veio uma resposta obediente.

"Ótimo!", a Irmã disse, em sua voz feliz de caramelo. "Muito bem, Ntombizethu!"

E assim, a lição terminou com Ntombizethu sendo escolhida, como que para confirmar que eu não tinha valor, pois não conseguia! Tentei pensar em alguma coisa gostosa que tínhamos feito na aula de ciências domésticas para afastar os pensamentos daquela última humilhação. Eu não conseguia nem pensar na minha colega de dormitório aproveitando os elogios que deviam ser meus! Minha pequena alma zimbabuana que estava nascendo e pela qual uma guerra estava sendo travada ficou verdadeiramente abalada ao ver alguém tão próxima a ponto de dividir um dormitório comigo receber, em vez de mim, a aprovação da Irmã. Ah, Ntombizethu! Eu me permiti, ou talvez me encorajei, a ficar cada vez mais irritada com a menina, já não mais lembrando que não estivera preparada com as respostas.

Também não me lembrei que outras colegas também haviam sido elogiadas, e isso não havia me indignado tanto. Apenas fiquei chafurdando, confortavelmente, em um mal-estar em relação à minha colega de dormitório, cujo nome encurtávamos para Ntombi. "Menina!", era como a chamávamos às vezes, "Ei, nossa menina!", dizíamos, traduzindo a frase zulu que formava seu nome. Como era voluptuosa a raiva que senti da Menina. Sim, minha colega de dormitório havia roubado meu elogio! Ko-ko-kongolo! Kongolo-kongoko-kongolo! O sinal tocou enquanto eu flutuava, como em um mar de ondas calmantes, em animosidade.

A Irmã pegou seus livros. Não tínhamos nenhuma lição de casa para entregar, então ela não tinha muita coisa para carregar e não era necessário que eu corresse para ajudá-la, como normalmente fazia. Nossa professora saiu da sala enquanto nós empurrávamos as cadeiras e abríamos as mesas para guardar os livros. Desviei os olhos das montanhas, mesmo que ficar de pé me colocasse bem de frente para as janelas. Para dentro foram os livros e as listas de exercícios de latim; para fora vieram os materiais de matemática, pois estávamos esperando a Sra. Hall, que amava os logaritmos. E nesse tempo todo, fiquei me deliciando com minha indignação com Ntombi.

3

Matemática era a última aula antes do almoço. Depois de a Sra. Hall nos passar a lição de casa com satisfação, como se estivesse nos punindo, íamos pelos corredores e virávamos à direita, descíamos as escadas e andávamos reto até o refeitório. Os corredores se abriram e se fecharam diante de mim, e oscilei como se estivesse navegando pelo mar, embora estivesse apenas caminhando, movendo-me por corredores com tetos arqueados que enquadravam todas nós, alunas da escola, de um lado, e emolduravam as montanhas lá fora, de outro – as montanhas ameaçadoras por existirem onde existiam, na fronteira com Moçambique, de modo que eram montanhas que não podiam ser olhadas. Também passei pelo quadro de honras no meu caminho até o refeitório, e era outro ponto que preferia não encontrar.

 O refeitório tinha janelas compridas e finas, emolduradas em madeira escura, para capturar a pouca luz que entrava além dos arcos. Estava sempre escuro lá dentro e as luzes precisavam ser acesas às cinco da tarde. Nos organizávamos em uma fila no lado de fora e entrávamos em ordem de senioridade. Timtimtim, timtim! Timtimtim! Soava um tom prateado quando estávamos todas em nossos lugares, enquanto as monitoras ficavam paradas, como pilares, nos espaços entre as mesas para olhar impassivelmente ou fazer alguma careta, de acordo com nosso comportamento. Irmã Emmanuel, nossa diretora, fazia as refeições com a gente, sentada na mesa mais alta, exceto três ou quatro vezes por semana quando, me ocorreu agora, ela se ausentava pelo bem de sua digestão. Era a diretora que nos preparava para agradecer, batendo com um bastão fino em um triângulo de prata. A Irmã esperava até a última aluna do primeiro ano parar de se mexer e então entoava: "*Benedictus, benedicte!*", em uma voz de metal muito mais duro do que o do triângulo. Ela era alta e tinha um rosto meio bege, alguns tons mais claros que as blusas de nossos uniformes. Além disso, esse rosto era enorme e longo como o cano de um canhão. Blim-blim-blim! A Irmã batia o sino mais suavemente depois das orações, indicando que podíamos nos sentar.

Era um salão sóbrio e imponente. O teto se erguia alto sobre nós. As paredes eram revestidas de uma madeira escura que absorvia luz como ralos sugam água. O piso era feito de tábuas menores, medindo sete por nove do mesmo material. Como que para compensar, um grande espelho se estendia do outro lado, onde ficavam as alunas do primeiro ano. O espelho era decorado com cachos de uvas e folhas que se entrelaçavam e saíam da moldura. Palavras imperativas no topo declaravam: "Eu os vi comer e soube quem eram". Ser reconhecida – Tambudzai da aldeia que compareceu a uma reunião! Só pensar nisso me fazia estremecer. Por outro lado, Bougainvillea, que sentava comigo à mesa, não ligava de ser reconhecida. O corpo dela era todo volumoso de um jeito que me deixava nervosa e envergonhada só de olhar, e causava inveja em outras meninas. Mas não era só isso. Bougainvillea conseguia bater um só dedinho, quando queria, de um jeito que chamava a todas para observar. Durante as refeições, Bougainvillea sentava-se ao lado de Tracey, que era sua amiga especial, embora na sala de aula Tracey ocupasse uma carteira à frente, e Bougainvillea se sentasse mais para trás, no lado onde ela conseguia sentir a brisa com aroma de pinho em seu rosto apenas levantando um pouco o queixo. Havia cadeiras individuais em cada mesa pesada, e argolas para guardanapos, embora você precisasse levar seu próprio guardanapo. Nós nos sentávamos seis por mesa, de acordo com o ano em que estávamos. Deidre e sua amiga Angela eram outra dupla em nossa mesa. Ntombi e eu formávamos o último grupo. A dinâmica de amizade entre as outras quatro fazia com que eu me sentasse ao lado de Ntombi. Era o mesmo que acontecia no dormitório, já que lá também nos organizávamos de acordo com esse formato.

Eu ainda estava irritada quando todas puxamos as cadeiras e o bater das facas nos pratos, ao nos servirmos de pão e margarina, reverberou até o teto, fazendo com que ficar sentada ao lado da Menina fosse um tormento. Conseguíamos manter alguma distância durantes as aulas, mas, no geral, sempre que alguém via uma de nós – na fila antes de entrar no refeitório ou na reunião matinal, no laboratório de biologia quando você precisava de uma dupla para trabalhar com dissecação ou na aula de química quando queimávamos gases – onde quer que uma de nós estivesse, a outra estaria também. Era algo presumido por nossas colegas de classe, como se fosse um elo predestinado. As pessoas simplesmente supunham que gostaríamos uma da outra e íamos querer fazer tudo juntas. E como isso era mentira! Todo ano, as freiras se dirigiam para os arredores, afastavam-se do subúrbio lindamente cercado onde o colégio ficava. A estes lugares remotos, as freiras levavam uma luz de esperança ao convidar meninas para o exame de admissão ao convento. Duas meninas eram escolhidas a cada ano, dentre as centenas que prestavam o teste. Assim que chegamos à escola, nós duas descobrimos que éramos cinco por cento. Ou, melhor dizendo, que não excedíamos esse número, pois essa era a cota fixada pelo governo da Rodésia para diversidade, e as freiras eram obrigadas a respeitá-la.

"Olha pra elas", Bougainvillea disse, olhando primeiro para minha mão, que estava pairando em cima da manteigueira, e depois para a mão de Ntombizethu. O que Tracey tinha e ela, Bougainvillea, não tinha em termos de inteligência, Bougainvillea compensava com suas expressões calejadas e enfado bem estabelecido. Ela deu um meio sorriso e balançou um dedo cativante, como se querendo dizer que se não estivesse tão cansada, o que ela estava vendo a teria animado o suficiente para dar algum sentido à vida. "Viu o que eu estou dizendo", ela se virou para Tracey. "Elas duas têm mãos tão lindas. Olha pra esses dedos maravilhosos!" Na minha opinião, ela olhava mais enfaticamente para as extremidades de Ntombizethu do que para as minhas. Isso não me ajudou em nada e trouxe mais uma onda de inveja. "Sabe de uma coisa, Trace!" Ouvi uma pitada de energia na voz de Bougainvillea por causa da ideia. "Não são só essas duas! Você já notou? São todos eles!" Ela não tirou os olhos das mãos de Ntombizethu, que agora estavam segurando uma fatia de pão sob a faca para passar margarina nela. "Vamos ver!", ela levantou uma sobrancelha em um movimento investigatório bem ensaiado, inclinando o corpo para frente. Ntombizethu esticou as mãos. "Viu só!", Bougainvillea esticou a própria mão como se fosse encostar na colega, mas não chegou a isso. "Olha o formato dessa unha, e daquela crescente, é uma meia-lua perfeita! Olha que maravilha!"

Tracey já estava vermelha a essa altura, e Ntombizethu parecia envergonhada, mas Bougainvillea estava aparentemente muito satisfeita. Ntombizethu remexeu os dedos. "Obrigada, Bo!", ela usou o diminutivo sem dificuldade. "Obrigada. Ei! Você liga? Posso tomar um pouco de Nesquik?" Sei que ela está tentando ser descolada, como imaginamos que Marie Osmond seja, ou Karen Carpenter, nessas circunstâncias. Sei que ela está tentando muito, porque eu faria o mesmo nessa situação. Só que eu não preciso, porque normalmente tenho um pouco; ela nunca tem, porque o pai dela é um faxineiro, e ela não tem, como eu tenho – embora meu pai também seja pobre –, um tio bem-sucedido. Pobre idiota, tendo que agir assim, eu penso, numa mistura de irritação por ela ser idiota desse jeito, e superioridade porque às vezes eu tenho meu próprio achocolatado em pó. Essa mistura desdenhosa de sentimentos compensou um pouco a situação na aula de Latim.

Ah, Netsai! Se não fosse você, hoje eu teria minha própria caixa de achocolatado em pó na mesa! E poderia *oferecer* um pouco para minha colega e humilhá-la com minha generosidade. Tracey estava olhando para dentro de sua caneca com leite, envergonhada. Decidi que essa era uma boa maneira de me distanciar do que estava acontecendo e imitei o que minha outra colega estava fazendo.

"Será que eu poderia", Ntombizethu perguntou a Bougainvillea, hesitante, mas com um brilho no olhar, jogando o jogo, "usar um pouco do seu Nesquik?" Ela esticou a mão novamente, e eu quase esqueci de respirar, temendo que Ntombi estivesse prestes a tocar na caixa de achocolatado de Bougainvillea. Praticamente tudo me afetava assim naquela época, fazendo com que eu fosse horrivelmente medrosa.

Podíamos trazer nossos hábitos bucais para a mesa. O colégio fornecia o básico: pão e leite em todas as refeições, além de uma mistura mais sólida para nos manter de pé na quadra de hóquei. Às vezes comíamos peixes de água doce, na esperança de que isso fizesse tão bem às nossas células cerebrais quanto os do mar, e os vegetais envelhecidos que já se espera. Mas era nossa responsabilidade, ou melhor, de nossos pais, providenciar vícios como pimenta ou cebola em conserva, um docinho e outros desejos gastronômicos.

As meninas tinham muito orgulho em dizer umas às outras o quão longe elas iam para realizar seus fetiches gustativos. Diferentes patês de peixes e carnes, extratos de leveduras, pós de feijão e grãos, cujo consumo provava que a consumidora era um ser melhor em comparação com as outras, ficavam empilhados no centro de cada mesa. Era preciso cruzar uma fronteira, geralmente a sul, para obter a maioria dos itens necessários, pois nosso país estava em guerra, de modo que quase tudo dentro dele, comestível ou não, naturalmente com exceção dos explosivos, enquadrava-se no que as autoridades chamavam de "qualidade austera temporária". Então Bougainvillea gostava que todas soubessem que ela havia trazido o Nesquik de suas últimas férias em família para a África do Sul. Agora, ignorando o sinal de superioridade da colega, a mão de Ntombizethu pairava como se fosse tocar o ícone. Era uma coisa terrível de se observar, Ntombizethu estando prestes a isso, a tocar na caixa da menina branca. Eu não entendia bem o que estava acontecendo. Será que Ntombizethu teria mesmo coragem de puxar o recipiente e se servir? Ou será que ela ia desistir e acabar vendendo alguma coisa crucial para se deliciar com um pouco de chocolate?

A sobrancelha mais móvel de Bougainvillea estremeceu, talvez achando graça, enquanto a outra continuou letárgica, observando a audácia de Ntombizethu. Minha colega de quarto nunca havia trazido para a mesa nada que uma pessoa elegante fosse comer. Agora, estava ameaçando colocar a mão, que fora há tão pouco tempo declarada bela, sobre a caixa de sabor de Bougainvillea, por assim dizer, o delicioso chocolate em pó. Aqui, a questão de Bougainvillea, e de todas as outras meninas brancas, era se o chocolate, depois de Ntombizethu ter tocado nele, ainda seria comestível. Em nossas circunstâncias, as opções de Bougainvillea eram limitadas. Se ela tirasse a caixa do alcance de Ntombi era poderia ser acusada de ser egoísta, ou, pior, racista. Então Ntombi achava que Bougainvillea estava encurralada. Eu percebi que ela estava prestes a dar risada e me perguntei como era possível que Ntombi tivesse passado a perna em uma das meninas brancas. Mas mesmo em seu triunfo, minha colega não podia reivindicar seu prêmio e colocar a mão na caixa de achocolatado.

Pobre Ntombi. Era difícil para ela encontrar coragem para a consolidação. O pai dela era faxineiro na escola secundária para meninos de Umtali, ele cuidava dos banheiros e morava no terreno da escola. Não dava nem para você pensar no quanto ele ganhava porque era muito desagradável, ou porque sua mente simplesmente não conseguia conceber essa ausência cósmica de dólares. Como eu, Ntombi recebia uma bolsa de estudos que oferecia muita educação, mas poucos livros, e uniformes menos ainda, e falhava completamente em oferecer os prazeres contidos em garrafas de Bovril ou Oxo e potes de geleia Robertson's ou Chiver's, fossem de limão ou laranja. Vejo agora que esse déficit nos afetou severamente, visto que nossas habilidades comparativas não estavam ainda desenvolvidas para fazer julgamentos refinados, vivendo, como vivíamos, vidas em que precisávamos sempre escolher, sem sermos perguntadas sobre qual das excelentes variedades seria mais digna. É verdade, Maiguru conseguia incluir uma garrafa de molho de tomate Tomango ou manteiga de amendoim Willards para minha merenda. Em um semestre, ela até esbanjou com uma garrafa de *chutney* Mrs. Ball! Foi tão audacioso e uma piada tão boa que rimos como duas menininhas, em vez de apenas uma menina e sua tia, enquanto Maiguru me mostrava os biscoitos e a geleia comum que trouxera para mim e eu embalava a caixa de metal em que carregava meus suprimentos. Não conseguíamos parar de rir porque a missionária que morava ao lado de Babamukuru tinha o mesmo nome do *chutney*, Sra. Ball. Deitei na cama aquela noite, na véspera da volta às aulas, pensando, imagina uma coisa dessas, colocar seu nome... arrancar o rótulo que te deram e colocá-lo em algo que não é você! Imagine só!

O tipo de alimento que Ntombizethu trazia, de acordo com as normas da escola, nunca ia para a mesa. Irene, a menina do primeiro ano no dormitório em que Ntombi e eu dormíamos, era a única dentre todas as habitantes do quarto que tinha dinheiro para comprar aqueles patês. Mas a menina do primeiro ano, que era pequena só em idade, insistia – muito estridente, eu achava, pois quem não gostaria de ser vista passando patê de anchova ou de *camembert*, seja qual fosse o gosto, já que o ato de passar, um prelúdio para o consumo, já fazia de você uma espécie melhor do que aquelas que não consumiam tais iguarias sobre seus carboidratos – que já tinha comido esses itens estranhos e não conseguia entender por que tanto rebuliço. "Alimentos", ela os chamava com desdém, aqueles sustentos recheados com conteúdo alimentar e elegância. Até a maneira como ela dizia a palavra, assoviando bem no "s", mostrava que não era bem sua boca que ditava seu gosto, mas alguma outra intenção.

O dormitório em que Ntombi e eu dormíamos junto com Irene ficava no primeiro bloco, no Santo Inácio, o corredor mais jovem. Nesse quarto, além de Irene e Ntombi e eu, ficavam Anastasia, Benhilda e Patience. Anastasia estava no quinto ano, Benhilda no quarto. Elas eram duas outras que nunca traziam para a escola nenhuma comida que fosse apropriada para a mesa do refeitório. Elas voltavam a cada início de trimestre com pacotes amassados envoltos em papel pardo manchado com óleos de cheiro fétido, como se tivessem sido usados muitas vezes para transportar pão da *magrosa*. Nos invólucros gordurosos, havia *mbambaira* de dar água na boca, espigas de milho cozidas com fileiras de grãos brilhantes, feijões *nyimo* redondos com os olhos piscando para cima e *nzungu* aninhados juntinhos. Por mais deliciosa que fosse, a comida não podia ser levada para a mesa, na verdade, não podia sair do dormitório. A última ocupante do quarto era Patience. Como estava no terceiro ano, ela, como Benhilda, estava no meio do caminho. Patience gostava de refletir muitos lados de uma questão em seu comportamento, para evitar conflitos. Assim, ela trazia para a escola itens sobre os quais ninguém podia comentar. Ela oferecia amendoins torrados de um pacote da loja em vez de uma vagem, e nunca desembrulhava pedaços de papel pardo para revelar a deliciosa, ainda que desmoralizante, *mbambaira*. As garrafas que ela trazia eram sempre aquelas disponíveis em supermercados de renome, como OK e Checkers. Além disso, se tivesse que decidir que molho comprar, Patience invariavelmente escolhia o da embalagem plástica, que era mais barato, em vez da garrafa de vidro, que era mais cara. Pobre Ntombi! Por morar na cidade, não podia nem mesmo trazer os produtos da horta de que Benhilda e Anastasia gostavam; ela desembrulhava com tristeza algumas mangas, um pouco de *madhumbe* que parecia mofado e um saco plástico de *musoni* tão ressecados que pareciam casca de árvore. Isso fazia todo mundo rir e perguntar onde ela ia cozinhar aquilo. "Que tipo de lugar é esse?", ela respondia, fazendo o que podia para se manter calma, mas sem conseguir evitar que a voz tremesse. "Não tem madeira lá fora? Quer dizer que não temos uma fogueira aqui? Essas mulheres que limpam aqui, você acha que elas têm energia elétrica? Se precisar ser cozido, vou encontrar fogo pra isso", declarava com muita bravata, mas era apenas bravata. Havia, em algum lugar, apesar de tudo, um desejo inefável por chocolate.

Agora, na hora do almoço, Bougainvillea lidou com seu dilema de forma magistral. Ela se inclinou e mergulhou a colher de chá em sua caixa de chocolate. A pequena colher subiu abarrotada e Bougainvillea bateu com o dedo na haste. Quando o monte redondo que se erguia acima da parte côncava da colher caiu pela metade, ela puxou o copo de leite de Ntombi e despejou o conteúdo nele.

"Não é engraçado", ela meditou, empurrando o copo de volta para Ntombi e virando-se para Tracey com outro erguer de uma sobrancelha quase fatigada, "o jeito como eles ficam ali parados, hein?" O peito de Bougainvillea se ergueu e ela inflou as narinas, mas não tinha a energia necessária para bufar. "Minha mãe faz isso o tempo todo com os caras da fazenda! Eles ficam ali parados enquanto ela distribui as porções deles."

Sangue subiu para as bochechas de Tracey uma segunda vez. Era horrível vê-la escurecer. Enquanto isso, Ntombi – pelo menos pelo que pude perceber em seu comportamento – ergueu calmamente a própria colher e bateu nos torrões de chocolate que flutuavam em seu leite para que se combinassem com o resto do líquido. Eu não conseguia olhar para lugar nenhum porque era vergonhoso demais. Como admirei Bougainvillea, que conseguiu evitar receber o rótulo de "má" e, ao mesmo tempo, protegeu a comestibilidade de seu chocolate. Em um movimento lânguido de Bougainvillea, a resistência de Ntombi foi destruída como se por um esquadrão de nosso livro, um exército romano. Que encrenqueira era aquela Ntombi! Tive que me segurar para não sacudir a cabeça. Se ela não podia trazer para a mesa a comida que queria, por que diabos teve que ir lá e envergonhar todo mundo assim, implorando! Uma frase dita com convicção: "Gosto muito desse suplemento para o leite. Bom, no momento não tenho e acho que não vou ter tão cedo. Você se importa se eu pegar um pouco do seu?" Em seguida, o aperto proposital da mão sobre o papelão amarelo da caixa; se era para implorar por uma coisa que não tinha, eu queria que fosse com um pouco mais de classe. Pois com certeza – eu estava certa disso – Bougainvillea a trataria com mais dignidade se ela colocasse um pouco de autoconfiança em sua pergunta. Curvando-me sobre meu prato, olhei para minha colega de quarto amargamente. Agora que seu rosto estava atrás do copo, Ntombi parecia cansada, se você olhasse bem para ela. A refeição era *toad in the hole*, uma boa distração para esses transtornos. Empilhei a mistura massuda em meu prato.

"Vai, pode pegar um pouco também", Bougainvillea me ofereceu. Ela estava olhando, enquanto falava, para a caixa de Nesquik que ninguém estava tocando agora, pois estávamos todas atacando o que sabíamos que seria a refeição mais agradável do dia. O menu do convento incluía uma oferta apetitosa, mas uma vez a cada três refeições. A colega de classe que tinha acabado de falar estava me olhando com sua própria urgência e súplica. Você não se misturava muito com as meninas brancas, mas tinha esses momentos de interação. Fiquei pensando se devia puxar a caixa. Ainda estava preocupada com a questão da dignidade. Ao considerar esse comando ao consumo, porém, não conseguia decidir se esse caso constituía uma situação de pessoalidade. Havia ângulos demais. Bougainvillea queria que eu aceitasse o achocolatado; eu estaria lhe fazendo um favor, mas por que ela queria que eu o aceitasse e será que eu podia confiar nela? Por outro lado, havia razões para obedecer a tais diretrizes, pois depois de experimentar uma vez, eu faria de tudo para garantir mais porções de qualquer maneira que pudesse, preparando-me assim para o meu sucesso futuro. Por outro lado, ao aceitar o que foi oferecido e que eu não podia fornecer, eu poderia ficar seriamente ultrajada, ou adquirir o hábito de acreditar que merecia o mesmo que elas, sem o ter conquistado. Como alguém podia resolver esse enigma? O ultraje te levava sobre campos montanhosos de pinheiros e acácias. Eu não podia e não queria pensar nessas coisas, então apenas dei o que acreditei ser um sorriso digno, primeiro para Tracey, depois para Bougainvillea, sem esticar o braço para o Nesquik. A essa altura, todas na mesa estavam envolvidas novamente no movimento do chocolate em pó da caixa de Bougainvillea para o copo de Ntombi; sua possível passagem para a minha. Então, todas precisavam de algum alívio.

"Os olhos também. Parecem de vaca!" Tracey tentou copiar os galanteios de Bougainvillea, embora o jeito da amiga não tivesse nada a ver com o seu. Agora que havia começado, Tracey deu uma risadinha incômoda e incomum, pois Bougainvillea era quem se comportava assim quando não estava inerte ou seca e, em vez disso, praticava o flerte. Mas agora Tracey deu uma risadinha e olhou para Ntombi que, após um gole prolongado que escondeu suas feições, ergueu os olhos para examinar o resto da mesa. Ninguém conseguia pensar em nada a dizer sobre isso, então ficamos em silêncio.

A conversa no refeitório estava atingindo o crescendo da metade da refeição.

"Eu odeio", insistiu Linda, a garota que também era monitora de classe o tempo todo, falando desanimada, mas claramente, na mesa ao lado. "Eu odeio escrever pra minha mãe em qualidade austera. Você sabe que sempre tenho muita coisa pra contar, especialmente quando estou com saudades de casa. Eu me empolgo e a ponta do meu lápis atravessa o papel!"

"Eu amo a África do Sul", Josephine, nossa estrela do tênis júnior, que derrotava as veteranas por ser campeã de Manicalândia, declarou em resposta. "Não é como aqui! Lá, absolutamente todas as lojas de esportes têm raquetes Slazenger."

"Eu comprei canetas hidrográficas", a menina sentada de frente para Josephine ofereceu. Não lembro o nome dela. "Faz anos que não vejo nas lojas daqui."

"Talvez tenha um motivo pra isso, talvez tenha uma guerra acontecendo", Bougainvillea respondeu para a menina não identificada na mesa ao lado; Bougainvillea, batizada em homenagem a uma bela planta que cobre as casas, a menina cujos pais trabalhavam perto da fronteira com Moçambique.

"Guerra!" Tracey balançou a cabeça, meio alarmada. "Sai dessa, Bo..."

"Bougainvillea!", a amiga corrigiu Tracey, ríspida.

"Desculpa, Bo, quer dizer, Bougainvillea, só estou dizendo, olha o que você está falando, guerra! OK, um problema de segurança, mas guerra, Bougainvillea, sai dessa! Guerra! Por favor!"

"Bom, talvez não aconteça", Bougainvillea olhou para Tracey, cujos pais moravam na cidade de Umtali. Depois disso, ela olhou primeiro para mim, depois para Ntombi. Eu estava me sentindo péssima àquela altura, me sentindo uma pessoa desumana e traiçoeira, então fiquei muito aliviada quando a filha do fazendeiro mudou de assunto, tirou a aspereza da voz e voltou a ficar apenas vagamente interessada em tudo. "Adivinha o que eu tenho lá no quarto, uma lata inteira de MacIntosh's, isso é outra coisa que você consegue comprar lá."

"É", Tracey suspirou, desejosa. "Não é maravilhoso isso? Você pode comprar o que quiser na África do Sul."

"Ryita", Angela sonhou.

"Roquefort!", Deidre suspirou, e elas continuaram listando todos os itens nas prateleiras das lojas de terras vizinhas que não podiam ser comprados aqui e, consequentemente, faziam da África do Sul um país muito mais desejável do que a Rodésia.

Enquanto essa conversa continuava, as serventes, vestidas de rosa, ao contrário das serventes da limpeza, que vestiam verde, apareciam pela porta de vaivém da cozinha. Grandes bandejas de madeira com nossa comida em mãos, elas entravam e saíam sem nunca bater os joelhos nem os cotovelos. Elas se moviam com fluidez, mas quando colocavam um jarro ou prato diante de Ntombi ou de mim, elas o batiam com tanta força que eles transbordavam, como se estivessem batendo uma coisa dura para esmagar criaturas rastejantes desagradáveis. Enquanto isso acontecia e nossas colegas, essas meninas com preferências que importam, falavam sobre o que é melhor, Joanesburgo, Porto Elizabeth ou Durban, as bochechas de Ntombi foram caindo, parecendo derreter de seus ossos como chocolate deixado ao sol. Eu não olhei para ela porque não queria vê-la derreter, mas Tracey olhou e enrubesceu mais uma vez. Uma mulher de rosa particularmente beligerante praticamente jogou um prato de pão em Ntombi. No silêncio que se seguiu ao barulho da travessa de aço inoxidável que trazia uma segunda porção de pão fresco e macio, Tracey, referindo-se ao seu comentário anterior, gritou um pouco esganiçada: "Foi um elogio, hein, Ntombi!"

Bougainvillea assegurou à mesa, com a autoridade de suas origens na fazenda: "Você sabe como são os olhos delas, hein! E aqueles cílios! Quem já viu uma vaca passando rímel?"

Ela riu secamente de novo, imaginando uma vaca se observando em um espelho de aumento. "Quem ia ligar! Eu não ligaria de ter olhos de vaca. Quando alguém tem olhos grandes e lindos", ela se virou para Ntombi, "dizemos que a pessoa tem olhos de vaca."

"Ha-ha-ha", todas riram, incluindo Ntombi e eu.

A sobremesa era creme de banana. Bougainvillea ofereceu a Ntombi e a mim mais chocolate para colocar sobre o doce. Como eu não queria que nada mais acontecesse a não ser que a paz prevalecesse, empurrei minha tigela na direção dela e permiti que ela salpicasse o chocolate. Desta vez, o brilho já sumido de seus olhos, Ntombi ignorou a colher oferecida. Languidamente, Bougainvillea despejou o conteúdo de volta na caixa.

Blim-blim-blim! Irmã Emmanuel tocou o sino novamente e deu graças.

Fomos para os dormitórios depois do almoço para descansar e nos preparar para a tarde. Não queria nem olhar para as outras quatro meninas, a quem Ntombi informaria imediatamente sobre os eventos da hora do almoço. Subi as escadas e me sentei na sala de aula vazia. De costas para a janela, repassei a aula de Latim.

Finalmente, o dia chegou ao fim. Jantamos, depois nos preparamos para o dia seguinte e tivemos nossa hora de descanso, e voltamos para os dormitórios para nos trocar. Oramos no corredor Santo Inácio. Nós nos alinhamos e nos ajoelhamos em nossas roupas de dormir no longo corredor de azulejos cinza, onde as luzes noturnas reluziam em um brilho laranja suave, tendo sido diminuídas. Troquei de roupa rapidamente, para não ter que falar com Ntombi, ou qualquer uma das garotas, pois isso certamente lembraria Ntombi das aulas de Latim e depois dos eventos que se seguiram.

Ko-ko-ko-ko-kongolo! Kongolo! O sinal tocou bem quando saí para o corredor Santo Inácio. Havia uma mesa e uma cadeira de madeira na extremidade, onde a funcionária de plantão se sentava, se ainda não fosse a hora de as meninas aparecerem. No parapeito de uma janela alta atrás dessa mesa havia um grande sino de latão. Agora, este sino estava nas mãos da Irmã Catherine. Meninas corriam dos doze quartos que davam para o corredor do terceiro ano, fechando os últimos botões e apertando as faixas dos roupões. As outras meninas do meu dormitório, que ficava bem no fim do corredor, foram as últimas a sair. Nós nos ajoelhamos, com nossos sussurros sumindo, em duas fileiras retas, nossos ombros roçando as paredes.

"Meu Deus", Irmã Catherine começou, quando já não havia movimento nem barulho.

"Eu me arrependo, de todo coração, de todos meus pecados", todas continuamos, as cabeças baixas. "E os detesto porque, pecando, não só mereci as penas que justamente estabelecestes, mas principalmente porque Vos ofendi a Vós, sumo bem e digno de ser amado sobre todas as coisas."

"Por isso, proponho firmemente, com a ajuda da vossa graça, não mais pecar e fugir das ocasiões próximas de pecar. Amém." Todas murmuramos, cada uma com sua petição.

4

Ziguezague, ziguezague, atravessei o pavimento, sem olhar para cima porque o sol estava muito intensamente azul para aquela hora do dia, e eu sabia que isso queria dizer que tinha muita coisa errada. Dava para ver pelos sinais, se você olhasse bem, o que era certo e o que não era no que estava acontecendo. Ziguezague, ziguezague, ziguezague, continuei, levantando e baixando os pés cuidadosamente. Também não dava para pisar nas fendas, então você tinha que olhar para o chão. Era preciso ter cuidado com as fendas ou você podia cair direto para dentro das cavernas do coração. Era depois do café da manhã, depois de uma noite ouvindo os gatos do convento berrando como *banshees* alucinadas, uma noite tentando afastar os *icebergs* que apareciam no meu sangue ao imaginar como Bougainvillea Edwards passava suas férias. Será que Netsai ou um de seus amigos se aproximaria furtivamente e a mataria? Não era nenhuma surpresa ela ter de ir para a Cidade do Cabo! Os pais de Tracey trabalhavam na cidade, onde só o que se via da guerra eram caminhões cheios de soldados uniformizados e seguranças que revistavam sua bolsa na entrada de supermercados como Checkers e OK. Eu ficava contente que essa colega, de quem eu gostava daquele jeito distante que nós gostávamos umas das outras, fosse tão sortuda, e queria garantir minha própria sorte nessa manhã.

Nas manhãs de dias letivos, tínhamos a assembleia. As alunas do sexto ano se juntavam perto dos dormitórios. Elas ficavam ao lado das do quinto ano, e assim as turmas desciam, enchendo o pátio que ficava entre os gramados e o escritório da diretora com alunas uniformizadas em bege e bordô, até o primeiro ano ficar em fila ao lado da sala de ciências domésticas. Aquele pátio era um espaço amplo, com muitos metros quadrados de área, e cada centímetro era cuidadosamente coberto, como um quebra-cabeça gigante e cintilante, com pavimentação em mosaico de pedras brilhantes. Pisca-pisca faziam as pedras, como uma pessoa lasciva pensando no que faria com uma das alunas. Na frente, um lance de escadas, inchado de autoridade como uma mulher grávida, levava até a entrada principal do colégio, e essa entrada era guardada pelo escritório da Irmã Emmanuel, um edifício grande que brilhava na frente do *foyer* como a fortaleza de uma poderosa imperatriz. À esquerda e à direita desse coração inspirador do colégio ficavam os corredores que conduziam ao refeitório e às salas de aula. Eu gostava de ficar lá na assembleia e olhar para a biblioteca. Entrar na biblioteca era tão emocionante quanto pisar em uma cesta de peneirar, a escolha número um de transporte dos feiticeiros locais, enquanto outros embarcavam em discos voadores ou tapetes mágicos. E para longe, muito longe, você ia naquele lugar, para as imagens na imaginação de outras pessoas, as páginas da história de outras pessoas. E como era agradável não estar aqui, mas em outro lugar, lá, entre isso e aquilo, onde você podia se tornar qualquer coisa e onde qualquer coisa, incluindo coisas boas, podia acontecer! Sim, a biblioteca ficava acima da sala de aula de ciências domésticas. Aromas de açúcar, manteiga, limão e canela vinham flutuando enquanto você estava sentada em seu cubículo concentrando-se intensamente, livro na mão, mas sem estar ali mesmo, e, sim, em outro lugar. Era um pequeno êxtase da existência.

    Então, como era por volta das vinte para as oito, a área da assembleia estava se enchendo. Já havia uma dúzia de meninas por perto da área da fila do segundo ano. Andei mais devagar, arriscando-me a pisar em uma daquelas fendas cavernosas que estavam ali para engolir você. Uma cautela monstruosa era necessária antes de entrar em fila. Se você por engano se colocasse atrás da pessoa errada, podia acabar sofrendo e muito. A pessoa que se juntava à fila depois de você não apresentava tal problema, pois ela podia determinar por si mesma qual colega estava na frente e tomar suas próprias decisões quanto a estar mais ou menos próxima daquela garota. Mas se ela estivesse à sua frente, uma colega branca podia andar peremptoriamente mais para frente, se você ficasse muito perto, levando a colega diante dela a fazer o mesmo, e a próxima também, até que você acabasse como uma figura solitária flutuando em um mar de desprezo tão óbvio quanto as nuvens acima de nós. E mesmo que ela permanecesse parada, era uma agonia não saber se ela se moveria ou não, se você havia julgado a distância corretamente ou não, pois havia um imperativo, quebrado pela Irmã Catherine apenas para reforçá-lo em todas nós: sua pele e a delas não deviam entrar em contato.

O cuidado necessário para evitar tais situações significava que era melhor descer para a assembleia com uma colega do dormitório para agir como uma espécie de isolamento. Às vezes, eu até descia com a própria Ntombi. Mas minhas companheiras de dormitório costumavam se atrasar. Eu não queria me envolver nesse atraso. O que eu queria para mim era causar uma boa impressão. Na verdade, não era bem isso; o que eu queria era causar uma impressão melhor.

A questão, infelizmente, é que o atraso era endêmico em nosso dormitório. Ninguém, muito menos nós, podia, aparentemente, fazer algo a respeito. Ko-ko-kongolo! O sinal tocava de manhã cedo. Diferente das noites no corredor, porém, nessa hora o sino descrevia seus grandes arcos retumbantes nas mãos de nossa governanta. Seu nome era Srta. Plato, um título trazido, junto com seu sotaque gutural, de alguma parte censurada do meio do continente europeu. Ela era uma mulher severa e implacável. Era famosa em toda a escola por exigir que tudo permanecesse onde ela havia grunhido que deveria ficar. Quer fossem os cadarços em cima da língua dos sapatos, as roupas nos armários ou as alunas nos dormitórios, a srta. Plato era inflexível em seu desejo de que cada item estivesse em seu lugar. A Srta. Plato vestia branco, de um tipo particularmente asséptico e incorruptível, sobre todas as partes de seu corpo que podiam ser cobertas. Ela impunha ainda mais a ideia de não querer que nada não sancionado ou fora de ordem a tocasse, vestindo, mesmo no calor horrível de outubro, mangas longas e brancas com costuras firmes acabando em punhos que se ajustavam com precisão, sem um centímetro sobrando, sobre seus pulsos, onde a carne pendia frouxa. De sua cabeça erguia-se um chapéu como o de uma enfermeira. Suas bordas eram tão afiadas, seja qual fosse a temperatura ou a umidade, que você se colava às paredes do corredor sempre que via a governanta se aproximando. Colocávamos as mãos sobre a barriga quando ela passava, porque uma sensação aguda naquela área nos fazia ter certeza de que ela havia nos ferido.

Nós seis de que falei, Anastasia, Benhilda, Patience, Ntombi, Irene e eu, ocupávamos o último quarto do corredor do terceiro ano. A Srta. Plato não gostava de nós, as meninas do último dormitório do Santo Inácio. As outras alunas do corredor nunca comentavam, mas todas sabiam que a governanta começava a tocar o sino na ponta do corredor, perto dos grandes e iluminados banheiros do Santo Inácio, perfumados de jasmim. Mesmo assim, ela não entrava nem uma vez em dormitório nenhum antes de passar por todas as portas e chegar ao quarto que era chamado, pelas alunas que não ficavam nele, de dormitório africano. Ela vinha brandindo o sino de latão até o final do corredor do Santo Inácio. Esse dormitório ficava em sua posição no fim do corredor para permitir que um ralo escoasse para fora, ao lado da escada de incêndio, a água de um pequeno banheiro e lavanderia que dava para o quarto. Este dormitório, que era o único a ter sua própria seção de ablução, era chamado de dormitório africano porque nós seis dormíamos lá.

Esse arranjo agradava imensamente à Srta. Plato. Kongolo! Ela batia a lingueta do sino em sua cúpula às seis da manhã, caminhando em seus saltos de borracha até o dormitório africano. O primeiro sinal era um chamado para despertar. Sempre demorei alguns minutos para sair da cama. O sono, quando vinha, envolvia-me em um casulo sem ar e grudento. Eu ouvia tudo à distância e tinha a impressão de que estava emergindo do tecido asfixiante de um cobertor, e acredito agora que não queria vir à tona e enfrentar o que o dia tinha a oferecer. "Rooroo! Rooroo!", as pombas nos pinheiros que separavam os dormitórios do claustro das freiras exigiam em voz alta. Ko-ko-ko-ko-kongolo!, o sino insistia. Indo e vindo pelo corredor agora, cinco minutos depois da hora, rastejavam os sons matinais abafados de alunas despertando. Também no dormitório africano, as batidas suaves das portas dos armários e outras se abrindo, ordens sussurradas de uma habitante para outra para sair do caminho tornavam-se mais frequentes e mais nervosas à medida que a governanta se aproximava de nós.

Nessa manhã, Benhilda, nossa aluna do quarto ano, estava procurando seu véu preto para ir à missa. Patience estava parada na porta do banheiro segurando uma toalha contra o peito. Ela parecia abalada demais para aquela hora da manhã, a tensão muito provavelmente a fonte da pressão alta que a acometeu mais tarde. Um cheiro verde forte de sabão puro jorrava do banheiro, onde a torneira estava aberta, e a água era cortada pelo azul da manhã que se estilhaçava por uma janelinha de vidro fosco no teto.

"Podem entrar!", Patience avisou, impaciente. Essa instrução foi direcionada a Ntombi, Irene e eu, as três alunas mais jovens que dormiam nas camas contra a parede. "O que está acontecendo aqui?", a voz da aluna do terceiro ano estava zumbindo de apreensão, fazendo-a parecer uma abelha. "Alguém pode entrar agora! Rapidinho, ei!" E com isso ela bateu no canto da minha cama, em sua pressa para chegar ao seu armário, pois eu dormia na última cama, ao lado da entrada que vinha do corredor. Tecnicamente, Irene deveria dormir naquela posição, pois era a mais nova e deveria ocupar o ponto menos desejável, mas ela nos disse que tinha medo de dormir em um lugar tão exposto; e se, no meio da noite, um ser entrasse pelo corredor e nos violasse de algum jeito horrível? Ela não seria a primeira vítima?

Depois de finalmente encontrar a porta do armário e abri-la, Patience pegou um jarro de vaselina da prateleira do meio. Ela executou esses movimentos com tanta rapidez e tanta distração que uma pilha de camisetas caiu no chão. Ela empurrou as roupas para dentro do armário de um jeito frenético. No momento seguinte, a perna dela estava apoiada na cama e ela olhou para nós, que estávamos saindo lentamente debaixo dos cobertores. "O sino tocou?", ela exigiu. "Digam! O sino não tocou, hein. E mesmo que não tenha tocado, uma de vocês tem que entrar ali agora! Vamos lá, se mexam, vão!" E esfregou vigorosamente o hidratante sobre as rachaduras de sua pele ressecada e estressada.

"Ahn-ahn!", Ntombi bocejou, colocando as pernas para fora da cama e esfregando os olhos ao mesmo tempo.

"Ahn-ahn!", Patience a repreendeu, severa. "E o que é que esse ahn-ahn quer dizer! Saiam já dessa cama! Vocês não estão me escutando? Por favor!" Patience tinha dificuldade em ser dura e não conseguia sustentar essa posição por muito tempo. "Por favor! Olhem, aí está o sino! A Srta. Plato está vindo!"

"Deixa ela vir!", Irene se esticou no colchão. "É o toque de despertar. Falta meia hora. A gente ainda tem trinta minutos!" Com isso, nossa aluna mais nova se virou na cama e espreguiçou o corpo como um gato. Aproveitando muito a lassidão, ela ronronou: "Poxa, Pat! Relaxa, só hoje!"

Porém, Anastasia – que estava no quinto ano e tecnicamente deveria ter um quarto só para ela, com uma pia própria, no corredor Santa Sofia, mas, por causa dos sistemas de que a Srta. Plato tanto gostava, ainda ficava no dormitório africano – não estava disposta a relaxar. Como veterana, ela sabia que precisava ser responsável e que outras pessoas a responsabilizavam pelo que acontecia em nosso dormitório. Não era por isso que ela não era monitora? Obviamente, ela não conseguia manter o horário nem a ordem naquele quarto com muitas pessoas; os quartos do corredor do terceiro ano deveriam acomodar quatro alunas cada, mas éramos seis meninas no dormitório. "São seis e vinte", a aluna do quinto ano nos avisou, e insistiu, duvidosa: "Vocês três; vamos lá! Ouçam o que a Patience está dizendo! Ela disse pra vocês levantarem rapidinho! Ei, Tambudzai, Ntombi, e você também, Irene! Vocês têm que se mexer, e não achem que podem ignorar a gente! Nós somos mais velhas que vocês!"

Abri um dos meus olhos numa fenda. Através dela, observei Anastasia enfiar seus seios tamanho GG em bojos gastos tamanho M que ela havia conseguido com desconto na loja de artigos usados do convento. Bang! A Srta. Plato surpreendeu a todas nós, incluindo a coitada da Anastasia, que estava com um dos seios acomodado em seu invólucro de algodão e o outro pendurado para fora.

"Merda, cara!', Anastasia murmurou quando a governanta irrompeu pela porta que ela, Srta. Plato, abrira de supetão.

"Vocês não escutam? Vocês não escutam?" Srta. Plato berrou. Como se para testar essa hipótese, ela segurou o sino de latão com o braço estendido e o sacudiu loucamente. Como eu ainda estava na minha cama ao lado da porta e bem perto dela, as batidas ricochetearam por todo o meu crânio de forma frenética. Ver a governanta naquele desenfreamento ameaçador, além, ao que parece, do fato de o sentido de movimento estar conectado ao sentido da audição, de modo que o mau funcionamento dos processos auditivos pode resultar em mau funcionamento dos movimentos, me paralisou completamente. Não me atrevi a tapar os ouvidos com as mãos, nem me afastei da cacofonia. A tocadora de sinos parou na porta como a mensageira de uma profecia terrível e poderosa e gritou: "Vocês não conseguem ouvir o toque do sino dizendo para vocês estarem de pé?"

Na verdade, o sino podia ser ouvido em todo o bloco norte da escola. Então, tentei me levantar, mas isso só me aproximou do barulho terrível. Srta. Plato recusou-se a ceder. Desabei de volta nos cobertores. Ntombi, que tinha a cama ao lado da minha, aproveitou-se de minhas circunstâncias desagradáveis para entrar no banheiro.

"Não *fou* tolerar isso!", a governanta tocadora de sino guinchou. Agora ela estava batendo o sino praticamente na minha cara.

"Por que *toto* dia eu preciso desse *xeito* falar, se *xá* devia bastar falar uma *fez*! Se *focês* querem que *sexa* assim", a governanta atacou, "*fou* ter que falar com a Irmã Emmanuel!" Seu rosto ficou vermelho sob o chapéu protuberante. Ntombi acelerou nos últimos passos e bateu a porta do banheiro. Anastasia agora tinha ambos os seios cobertos e estava quase em posição de sentido. Benhilda, que estava em frente ao pequeno espelho que ficava acima da pia do outro lado da cama de Patience, conseguiu prender os grampos de cabelo que mantinham seu véu de renda preta no lugar com mais ou menos calma. Patience estava paralisada, a perna em cima da cama e um tanto de vaselina na palma da mão. Enquanto isso, Irene enterrou o rosto no travesseiro. Ouvi os pequenos movimentos que significavam que seus ombros estavam chacoalhando.

"*Focê* acha que é engraçado!", Srta. Plato gritou. "Do quê está rindo!"

Pessoalmente, não me lembro de sorrir. Lembro-me de minha boca se torcer de surpresa, meus olhos arregalados pela crueldade da situação e pelo barulho terrível, pois ela ainda estava sacudindo o sino de tempos em tempos. Na verdade, lembro-me de ter feito tudo o que podia para encontrar uma expressão que deixasse claro que eu concordava com a governanta sobre a inaceitabilidade de nosso péssimo gerenciamento de tempo. Portanto, fiquei muito surpresa quando, Ko-ko-kongolo!, o sino foi sacudido furiosamente pela última vez e a Srta. Plato se curvou, estendendo a mão para agarrar e puxar minha roupa de cama.

"E esse tempo *toto focê* aí sentada!", ela disse, enraivecida. "E eu *tizendo* que *focê* está atrasada! Insolente! Por que *focê* não se mexe! *Famos, famos!*" E puxou novamente os cobertores. Ela estava tão furiosa que a mão agarrando a roupa de cama estava tremendo.

Anastasia me lançou um olhar satisfeito de ah-você-achou-que-era-esperta-né. Eu joguei minhas pernas para fora da cama e me coloquei de pé ao lado da Srta. Plato. Mas o olhar de Anastasia e os gritos, Ntombi escapando daquele jeito, e o barulho do metal – tudo aquilo me deixou furiosa.

"Tambu!", Anastasia gemeu entre dentes cerrados, agora olhando para mim com aflição. "O que você está fazendo, Tambu!" Olhei para baixo e vi que a outra ponta do lençol estava em minhas mãos e que eu estava em um cabo de guerra com a Srta. Plato. Imediatamente, soltei o pano e foi muita sorte que nosso quarto estivesse tão lotado, caso contrário, a Srta. Plato teria caído. Porém, ela cambaleou de volta até a cama de Patience, mas uma mão estendida a poupou da ignomínia de sentar-se nela.

A ideia da Srta. Plato sentando-se em uma de nossas camas teve o efeito de um tapa na cara, trazendo-me de volta aos sentidos. A compreensão que eu demonstrara anteriormente para com a Srta. Plato a respeito de nosso mau hábito de atrasos veio à tona mais uma vez e baixei minha cabeça, inundada por arrependimento. Ah, como pude ser tão destemida! Para onde tinha ido o medo naquele momento de loucura, o receio que fazia com que eu me comportasse de forma apropriada com a governanta? Era difícil para mim acreditar que eu, que havia sido tão bem educada por Babamukuru e que queria tanto agradar, pudesse ter me comportado daquela maneira ousada, indisciplinada e desafiadora, entrando em um cabo de guerra de lençóis com a governanta.

"Desculpa, Srta. Plato!", uma vozinha disse, trêmula. Fiquei ainda mais chateada pensando que uma das outras meninas tinha saído na minha frente para o ato de desculpar-se.

"Eu sinto muito, governanta! Não sei o que deu em mim!", a voz um tanto inexpressiva e monótona continuou. Alguns segundos depois, percebi que as palavras eram minhas, e fiquei orgulhosa de minha voz novamente e a reconheci mais uma vez como uma parte importante da minha pessoa.

Ao mesmo tempo, Srta. Plato ainda estava furiosa. "Agora *focê* pede desculpas!" Dava para ver que a governanta nos negaria qualquer medida de boa vontade, pois seu tom permaneceu excessivamente beligerante. Ah, foi horrível! Baixei minha cabeça o máximo que pude, tentando acalmá-la um pouco. Parece que tive um pouco de sucesso. "Está *pem*!", ela continuou, falando um pouco mais baixo. "*Fejo* que você está arrependida. E tem que estar mesmo! *Fou tizer* uma coisa, *focês* nunca *fão* ter sucesso nesse mundo se ficarem sempre se atrasando! Quantas ainda precisam tomar *panho*?" ela perguntou, desconfiada, as narinas inflando como se as pequenas dobras de carne estivessem tentando determinar a resposta.

"Quase nenhuma!", Irene declarou, incapaz de abafar uma risadinha, enquanto Anastasia, que havia se vestido rapidamente, passou pela governanta com Benhilda, tendo decidido que era mais sensato estar na missa do que permanecer por perto da Srta. Plato. Ficamos em quatro para enfrentar a governanta. Em algum momento, nossa pequena e gordinha aluna do primeiro ano despiu sua camisola e andou até o toalheiro perto da pia em suas calcinhas cavadas. Ela virou para a Srta. Plato com a toalha na mão. "Benhilda e Anastasia para a missa saíram!", a menina exclamou. "Uma de nós, Ntombi, está se banhando. Outra, Patience, já está limpa. Só faltam duas!"

No entanto, a Srta. Plato, sendo de ascendência alemã, não se incomodava com a nudez, e simplesmente aconselhou a menina mais nova do dormitório: "É melhor *focês* se *lafarem pem* rápido mesmo, em meia hora! Mas *lemprem*, nesse tempo *focês tampém* precisam o uniforme *festir*! Tambudzai, *feja* se em problema nenhum mais *fai* entrar."

Ko-ko-kongolo! Ela tocou o sino ao sair para o corredor.

Ntombi demorou muito no banheiro. Ansiosa, comecei a considerar a forma nefasta como Ntombi estava tramando para garantir meu atraso para que eu acabasse tendo mais problemas com a governanta. Talvez a Srta. Plato cumprisse sua palavra e me denunciasse à Irmã Emmanuel! Fiquei muito zangada com Ntombi. Com esforço, embora meu impulso fosse bater na porta do banheiro proferindo insultos, consegui arrumar meu uniforme calmamente, tirei bolinhas de minhas meias e comecei a mexer em meu rosto, não porque estivesse com acne, mas para afastar minha mente da ideia de outro encontro com a Srta. Plato, ou com qualquer outra autoridade. E estava também preocupada com outro encontro comigo mesma. E se eu fizesse outra coisa que não sabia que faria, como puxar os lençóis! O que seria, e não seria horrível?

"Plof!", Ntombi disse, maldosamente, quando finalmente saiu do banheiro, uma toalha em volta da cintura. Ela andou rindo e olhando triunfante para a cama sobre a qual eu havia desabado enquanto esperava desesperadamente que ela deixasse o cômodo em que eu precisava entrar o mais rápido possível. "Ei", minha colega bloqueou meu caminho para o banheiro, aproveitando muito a situação. "Cara, a Srta. Plato esmagou você! Ei, gente, vocês viram a Srta. Plato esmagar a Tambu!" Grunhidos de concordância vieram de Irene e Patience. Cheia de si por essa vitória sobre mim, Ntombi foi até o armário que dividíamos. A partilha de armários, a proximidade entre as pessoas, era uma necessidade decorrente da caridade. Como os dormitórios em nosso corredor foram construídos para acomodar quatro alunas, cada quarto possuía quatro unidades embutidas, mas como a compaixão das freiras fez com que desejassem educar o máximo possível de nós, éramos agora seis no Colégio para Moças Sagrado Coração, alojadas neste quarto para quatro pessoas no corredor de Santo Inácio. Assim, nós, do primeiro e segundo anos, tínhamos que compartilhar armários. Ntombi continuava imersa na alegria de ter presenciado meu esmagamento. "Vocês viram a Srta. Plato mostrar pra ela mesmo!" Ela se virou para as outras garotas, um absorvente na mão. 'Essa gente que pensa que é uma maravilha, que pensa que pode tudo! *Fototo*! Plof! Bem assim! Há pessoas que vão mostrar pra elas!" Patience e Irene grunhiram novamente, para minha decepção. Elas também não queriam olhar para mim, então pude ver que, pelo que fiz com a Srta. Plato, tinha envergonhado o dormitório mais do que normalmente.

Então, foi depois desse início de dia desanimador ou "esmagador" para todas que eu cheguei no local da assembleia e olhei ao meu redor, nervosa. Consegui reconhecer Linda Browning, a monitora da mesa oposta no refeitório, ficando em um pé e depois no outro no final da fila, então fiquei um tempo parada, pensando. Uma pessoa podia ficar atrás de Linda? Ela era conhecida por ser desajeitada, o que significava que tinha pouca noção da proximidade com outras pessoas. Essa falta de noção a fazia andar na sua direção sem aviso. Se você recuasse, corria o risco de esbarrar na aluna atrás de você. Tinha uma coisa que elas – um tipo específico de menina – faziam quando isso acontecia.

Elas afastavam até a própria aura de qualquer contato com você, de um jeito que demonstrava que nem mesmo suas sombras que bloqueavam o sol deveriam se misturar. E um olhar de tanto horror inundava seus rostos com esse contato acidental que você até olhava ao redor para ver que monstro horrendo estava causando aquela expressão, antes de perceber que era você mesma. As meninas toleravam ir à escola conosco porque as freiras lhes davam uma educação de prestígio. Mas isso não queria dizer de forma alguma que essas moças brancas em particular pudessem suportar a ideia ou a realidade de nos tocar. Linda não era uma dessas; ela não se afetava tão fácil ao entrar em contato conosco. Mas sua falta de jeito podia acabar forçando você a encostar em uma que não o suportava.

"Ainda acho que a Cidade do Cabo é mais divertida do que Durban!", Bougainvillea e Tracey passaram. "Só tem praia em Durban. A Cidade do Cabo tem muito mais! Na Cidade do Cabo tem cultura!"

Eu as observei cuidadosamente, avaliando quem ficaria onde e estimando quem pararia onde na fila. Bougainvillea era a líder. Tracey ficaria atrás de Bo. Tracey não se importava de me tocar. Isso significava que mesmo se ela se movesse inesperadamente, eu não teria que dar um salto para trás. Coloquei-me atrás dela. Agora cabia a quem parasse atrás de mim decidir se queria arriscar ter contato ou não. Começamos a assembleia com o Pai Nosso, chamado pela Irmã Emmanuel. Mas antes mesmo de nossa diretora aparecer, eu estava rezando para que Ntombi saísse logo dos dormitórios e ficasse atrás de mim. Assim, a agonia do medo de esbarrar na colega branca que estava atrás de você se alguém se movesse repentinamente seria dela, não minha. Passávamos muito tempo consumidas por esse tipo de medo. Não falávamos sobre isso entre nós. Era humilhante demais, mas o horror da situação nos corroía.

"Bom dia, meninas!"

Logo a Irmã Emmanuel estava diante de nós em um púlpito em uma pequena plataforma. Esta plataforma era na verdade um pavimento instalado no meio do lance de escadas, e que dividia a subida para a sala da diretora em duas partes, como se fosse necessário para uma visitante fazer uma pausa e se conter antes de se aproximar da fortaleza. Sempre sabíamos quando a Irmã estava em seu escritório, já que, por estar no topo da escada principal, o escritório tinha uma vista completa do terreno da escola e acesso principal, de forma que quando ela estava lá também podíamos vê-la e adequar nosso comportamento, tornando-o cauteloso.

Nossa diretora olhou para o céu muito azul e sorriu, sem se intimidar por seu brilho impiedoso. "É uma pena", veio a observação em seu jeito casual, cuja informalidade era ampliada por seu sotaque americano, que fazia você pensar em ladrões de banco, belezas maltrapilhas em bordéis, pioneiros bem arrumados e caubóis, "uma pena fazer vocês entrarem em um dia como este!", ela continuou, como sempre fazia nesses dias de seca. Ela parecia gostar muito dessa piadinha. "Deve haver uma centena de coisas que vocês prefeririam fazer! Como se refrescar na piscina!" A Irmã fez uma pausa e começou de novo. "Em nome do Pai, do Filho e do Espírito Santo." Tocamos nossas testas, corações, ombros direito e esquerdo. "Pai nosso que estais nos céus...", conduziu a Irmã.

Depois das orações, a Irmã fazia anúncios. Naquela manhã fomos informadas de que o treino para a competição interescolas de Manicalândia ia começar nessa semana, que a nossa saúde física era tão importante quanto nossa robustez mental e espiritual, além disso, sempre nos destacávamos nesta competição e, por isso, por favor, que a levássemos a sério. Tracey estava animada, alternando seu peso de uma perna para a outra. Tracey era a campeã júnior de nado de costas e medley. Esperávamos que ela usasse as cores nacionais naquela temporada, e sua empolgação se estendia a toda a fileira. Estávamos todas passando nosso peso de um pé para o outro, pois todas nos víamos em Tracey e Tracey se via em nós em sua busca pela glória, e todas nós lhe desejávamos sorte em seus esforços. Josephine cruzou os braços com satisfação ao ouvir o anúncio seguinte, que era sobre tênis. Uma equipe seria enviada para outras escolas de moças no sul da África durante as férias. As meninas do time deviam, por favor, pegar os formulários com a Srta. Whitley, a governanta de jogos, para os pais assinarem indicando que apoiavam a viagem. Bougainvillea, que já era a vice-campeã de Manicalândia, sorriu também. Ela lançou um olhar para Tracey. "Ótimo, hein", ela sussurrou. "Eu te falei sobre ele! Aquele cara fofo da Cidade do Cabo!" Uma monitora franziu a testa. Bougainvillea sorriu para ela de forma desconcertante.

A seguir, Irmã Emmanuel nos informou sobre o coral, que não ia se reunir naquela sexta-feira como de costume porque a Sra. Dupont, a professora do coral, havia passado por uma pequena cirurgia. Benhilda, na fileira do quarto ano, encolheu os ombros, decepcionada. Ela era uma forte contralto no coral, sendo uma daquelas pessoas que fazia os pulmões baterem no ritmo do coração para colocar música para fora. Como resultado, o clube de violão, continuou a diretora, cantaria na igreja neste domingo e se reuniria com Irmã Catherine depois do jantar e do dever de casa, enquanto o resto de nós estava no horário de descanso. Benhilda estava no clube de violão também. Irmã Catherine deixava que ela usasse seu próprio violão para praticar, já que Benhilda não tinha um. Isso significava que Benhilda só podia praticar, nunca se apresentar. Mesmo assim, com esse último anúncio, minha colega de dormitório animou-se imediatamente.

A Irmã nos contou, então, que a reunião social no Salão da Igreja estaria finalizada por quinze dias na sexta-feira. As alunas do quinto ano para cima que desejassem ir deviam dar seus nomes a suas professoras. Anastasia, que era a única do dormitório elegível, já que estava no quinto ano, cruzou os braços e olhou para os pés. Nem era preciso dizer que não havia ninguém com quem ela pudesse socializar no Salão da Igreja da cidade, então, mesmo que quisesse uma noite de diversão, ela não iria. A Irmã nos informou que esse item sobre a reunião a levava a seu último anúncio, que era tão exasperante quanto desagradável.

"É", a Irmã balançou a cabeça com pesar, "completamente inacreditável." A ruga entre as sobrancelhas indicava a gravidade da ocasião e, em vez de falar, ela pressionou seu olhar contra nós. Um arrepio percorreu o colégio. As pupilas dos olhos da Irmã encolheram enquanto ela considerava o que tinha a dizer, brilhando ao sol da manhã como as pontas dos bisturis de um cirurgião. Em seguida, ela direcionou aquelas pontas de bisturi afiadas para a fileira de moças altas à sua direita, como um cirurgião preparando uma excisão. Atrás de mim, Ntombi inspirou e não soltou o ar. Também segurei a respiração. O que ia ser cortado! Que excisão a Irmã estava preparando!

Eram as alunas do sexto ano que estavam se contorcendo sob o olhar de navalha. Tínhamos duas fileiras dessas meninas mais velhas. Havia a fila formada pelas meninas mais inteligentes, que haviam passado em seus exames de nível A depois de dois anos, e outra fila para as garotas menos inteligentes, que se contentavam com uma qualificação de nível M, que era aceita na África do Sul, mas não na Inglaterra. O que essas moças tinham em comum, senão o intelecto, era a idade aproximada e o desenvolvimento de seu corpo. Curvas que precisavam ser contidas eram uma consideração séria no Colégio de Moças. A estipulação de três sutiãs na lista do uniforme é extremamente pertinente aqui, e era estritamente seguida com precisão na checagem de armários por parte da Srta. Plato. A meticulosidade da governanta colocava mães amorosas na coleira e as fazia fingir que não ouviam os pedidos persuasivos das filhas em relação ao número e à sensualidade dessas roupas íntimas. Por outro lado, as veteranas passavam de meias para sapatos de salto alto e nylons transparentes e aderentes todos os dias, se pudessem pagar por isso. A atenção da Irmã a tais detalhes nos ensinou as permutações e limites do decoro. Agora, com a Irmã olhando para as alunas mais velhas tão severamente, imaginamos que uma terrível indiscrição com base biológica tivesse ocorrido entre elas. Uma veterana pega com um baseado, ou no mínimo gazeando aula, se não fugindo! Mas o olhar da Irmã passou pelo quarto ano e parou nas alunas do terceiro ano, onde pousou em Patience e em Benhilda. As funcionárias do colégio, que junto com as monitoras se posicionavam nas margens da área de assembleia para cortar o mau comportamento pela raiz, se empertigaram mais severamente, o endireitamento de suas costas parecendo ser proporcional à gravidade da infração que estávamos prestes a ouvir. As pupilas aguçadas da Irmã moveram-se novamente. Um tremor atingiu a todas. "É", Irmã Emmanuel disse furiosamente, "é o dormitório africano."

Um suspiro escapou das jovens. Ombros caídos, joelhos flexionados, aliviando o peso que se tornou repentinamente irrelevante. Bochechas estufadas sopravam as franjas de testas úmidas.

"Me foi informado...", a diretora disse, fervendo. Um tom rosa estampava seu queixo e testa. "Me foi informado...", ela repetiu, com uma tensão de emoção tão forte em sua voz que, para o bem dela, e esquecendo completamente de sua própria angústia, você desejava que houvesse alguma maneira de relaxá-la.

"Me foi", ela começou pela terceira vez, "informado que o dormitórafricano!" De tão indignada, ela estava juntando as palavras. "O dormitórafricano mais uma vez causou um entupimento do sistema de esgoto do colégio! Todo o sistema de drenagem vai ter que ser reformado. E vamos ter que fazer isso porque", aqui a Irmã fez uma pausa, sem conseguir acreditar em nossa irresponsabilidade, "porque, apesar das repetidas advertências sobre as consequências gravíssimas de suas ações, as moças naquele dormitório insistem em jogar seus produtos femininos usados na privada."

A Irmã nos olhou uma por uma, uma depois da outra, nos empalando naquele olhar afiado. "Lamento dizer que esta não é a primeira vez que isso ocorre, e eu expliquei repetidamente por que isso não deve ser feito. Sei que as meninas no dormitório africano podem não estar cientes das razões pelas quais esses produtos não devem ser depositados em vasos sanitários, mas esta é uma das razões pelas quais elas foram trazidas para cá. Tenho certeza, meninas, que vocês sabem que foram trazidas para cá para polir seu comportamento! Vou dizer mais uma vez: o sistema de esgoto é caro. Não deve – e espero que isso fique claro – ser entupido com seus itens de higiene pessoal!"

Os pontinhos que éramos nós, Anastasia na fila do quinto ano, Benhilda e Patience no terceiro, as mais novas, Ntombi, Irene e eu, todas baixamos a cabeça e nos contraímos e nos encolhemos. Eu me vi como se estivesse lá em cima, em um lugar onde não havia ralos de banheiro para entupir, como um daqueles, aquele que Tambudzai... Não havia qualquer dúvida, especialmente depois daquele cabo de guerra imprudente com a Srta. Plato, de que eu tinha energia para esse tipo de coisa. Como todas nós ansiamos naquela assembleia por não ser nós mesmas, mas outras pessoas!

A Irmã pareceu notar esse grande anseio. Ou ela sentiu que havia colocado seu ponto de vista ou não queria nos deixar ainda mais desconfortáveis. Então, concluiu rapidamente: "Vocês estão dando uma grande despesa para toda a escola, que não deveríamos incorrer neste momento. Estou extremamente desapontada. Em nome do Pai, do Filho e do Espírito Santo. Amém." Fomos abençoadas e, fila atrás de fila, caminhamos penosamente até nossas salas de aula. Olhei para baixo novamente, para não pisar nas fendas e cair nelas. Para onde eu iria; cairia naquele eu que nunca seria? Pelo mesmo motivo, não queria olhar para ninguém que se parecesse mais comigo do que a maioria das meninas, então não queria olhar para Ntombi. Olhando para baixo, esbarrei em Tracey. Ela sorriu para mim. Eu sorri de volta e senti alívio. Seguimos para a sala de aula.

A questão era a seguinte: eu era, em dois aspectos, uma pessoa biologicamente blasfema. Isso ficou cada vez mais claro enquanto eu caminhava, minha cabeça baixa, para a primeira aula. Meu crime corporal indiciou-me por duas razões. Primeiro foram as secreções que pingavam carmesim no vaso sanitário ou, absorvidas por algodão, entupiam o sistema de esgoto da escola. Depois, havia o outro tipo de gene que me fazia diferente das outras alunas. Mesmo que essas outras corressem o risco, como eu, de tornar os sistemas de escoamento disfuncionais, pelo menos elas tinham outra aparência. Como eu poderia me redimir, me perguntei, triste. Era em momentos como esse que pensar em Netsai praticamente tirava todas as minhas forças. Bem, o que eu podia fazer? Pensei. O que estava ao meu alcance? Em resposta, subindo os degraus para a sala de aula do segundo ano, olhando para as pontas dos meus sapatos, resolvi que nunca mais iria me distrair. Eu prestaria atenção minuciosa, memorizando cada palavra que a professora dizia em cada matéria, cada página em cada livro. Isso era algo que eu podia fazer para convencer qualquer pessoa de que eu tinha valor. Esportes não serviam de nada, porque as competições aconteciam normalmente em escolas públicas, e você não tinha permissão para frequentá-las. Eu praticava salto em distância estendido, mas de que adiantava se você não podia competir com as melhores para mostrar que você também era excelente? Senti-me fortalecida por essa decisão, então a coloquei em prática imediatamente. Na aula de Latim, Irmã Catherine comentou satisfeita sobre como eu estava alerta. Mas apenas alguns dias depois, minhas aberrações corporais, que ocupavam cada vez mais os meus pensamentos, mais uma vez me colocaram em apuros.

Foi depois do café da manhã. Eu precisava ir ao banheiro. Estávamos caminhando, saindo do refeitório e voltando para os dormitórios. Tínhamos quarenta minutos depois de nossas grandes jarras de alumínio com leite e travessas de pão para escovar os dentes antes que a Srta. Plato batesse o sino da assembleia. Você tinha que calcular essas questões com precisão para garantir que tudo acontecesse no tempo certo. Você tinha, por exemplo, a opção de ir ao banheiro que ficava nos fundos da sala de aula do primeiro ano, mas se fosse, voltaria a tempo de arrumar a cama e colocar as roupas jogadas no chão na pressa para se vestir antes do sino do café da manhã, ordenadamente em seu armário?

Os armários não tinham fechaduras. A Srta. Plato os inspecionava quando quisesse, a fim contabilizar nossos pontos de organização. Se seu armário estivesse desarrumado com muita frequência, ela lhe marcava com uma pequena mancha preta em seu nome no quadro ao lado da biblioteca. O horário da biblioteca era obrigatório para todas, e todas viam a mancha. Ser marcada já era ruim o suficiente, mas o que tornava tudo pior era todas saberem. Significava que todas podiam ver que tipo de pessoa as outras pensavam que você era! *Tiripo, kana makadini wo!* Estou bem se você estiver bem! Essa era a saudação que fazíamos um ao outro, ouvida pela primeira vez nas costas de Mai quando não era nada mais do que um zumbido estrondoso de confusão de palavras. Essa saudação percorria a terra como um cobertor que cobria e aquecia, uma proteção fabulosa contra o destino. Tudo era recíproco e nós também; todos nós sabíamos disso, por isso dizíamos isso todos os dias em nossas saudações. Isso significava que o que as pessoas viam em você era uma grande parte do que você era! Somada a esta verdade existencial básica, estava a verdade particular do convento. Quatro dessas manchas de desaprovação faziam você não se qualificar para o quadro de honras, independentemente de seu desempenho escolar. Disseram que nenhuma menina de nosso dormitório havia conseguido estar presente no quadro de honras. O rol de honras! Eu estava determinada a alcançá-lo. E minha determinação nunca vacilou, embora eu subscrevesse, pela educação que havia recebido, à opinião de que "eu estou bem se você estiver bem."

Tudo isso significava que agora, quando precisava soltar meus intestinos, mas também queria me organizar para permanecer no quadro de honras e, por isso, não queria andar o caminho todo até a sala do primeiro ano, eu não sabia o que fazer. Os banheiros dos dormitórios do segundo ano davam para o corredor de Santo Inácio, na parte superior, quando você entrava no corredor pelo refeitório. Normalmente, a Srta. Plato ou uma monitora ficava na esquina para garantir que nada de errado acontecesse. Eu geralmente já esperava que essas figuras de autoridade estivessem à espreita, mas hoje, em minhas circunstâncias difíceis, rapidamente percebi que não havia nenhuma à vista. Algumas meninas dos outros dormitórios, lembro-me de Deidre Brophy e Barbara Arnott, entraram no banheiro antes de mim. De repente, entrei atrás delas.

Os banheiros tinham portas de vaivém. Você as via, indo de um lado para o outro, para as salas de aula e o refeitório, balançando, bloqueando o mundo proibido de necessidades corporais e seus odores. Era minha primeira vez naqueles banheiros. Os blocos de ablução eram assim naquela época: lugares sagrados. Havia fileiras de chuveiros com cortinas brilhantes, banheiras que brilhavam como madrepérola em tons de coral pálido; ao longo de uma parede havia pias roliças, tão profundas que eram à prova de respingos, nunca deixando uma poça embaixo, e o cheiro de jasmim exalava de tudo. Franzi a testa ao pensar em como você teria que ser descuidada ao se lavar neste banheiro para deixar o chão escorregadio pelos respingos. Mas não pude olhar em volta, por mais que quisesse aproveitar o brilho das torneiras, o vidro fosco das janelas. Continuei, tensa e ágil, passando por uma fileira de máquinas de aparência enigmática que sabíamos serem incineradores, embora não tivéssemos um em nosso banheiro. Às vezes, quando havia muitos, Anastasia ou Benhilda embrulhavam absorventes em papel higiênico e os guardavam até poderem depositá-los no incinerador de um dos banheiros das salas de aula, que os regulamentos permitiam que usássemos. Bati a porta de um cubículo violentamente, na minha pressa para não ser vista por uma colega branca.

"Ei! Cuidado aí!", Deidre reclamou a duas portas de distância. Prendi a respiração e me sentei. Naquele momento, senti um tremor triunfante ao expor minhas nádegas, imaginando todas as meninas brancas fazendo o mesmo. Mas imediatamente senti culpa por ter aspirações acima de minha posição. Eu estava onde não deveria estar. Estava infringindo a lei, repreendi a mim mesma. Essa tensão tornou meu desempenho no que estava ali para resolver insatisfatório, e a situação piorou quando fui pegar papel higiênico. Dois *takkies* brancos, a borracha arredondada dos dedos dos pés parecendo lábios sorrindo maliciosamente, estavam me olhando por baixo da porta.

"Estou te *fendo*!" Era a governanta. Sua voz estava trêmula, triunfante por ter me pego no ato. "É nesse *panheiro* que *focê* não deve estar sentando!", ela gritou. "Abra!", continuou, estridente e alto, de modo que Deidre, Barbara e todas as meninas que estavam no bloco de ablução ouvissem. Sandálias marrons se reuniram ao redor dos *takkies*. A Srta. Plato não podia fazer nada agora com uma audiência ao seu redor. Ela exclamou: "Essa porta *aperta* eu exijo!" Eu pretendia limpar o vaso sanitário, mas não ousei.

Abri a porta sem ter cuidado suficientemente de minhas partes íntimas, que estavam desconfortavelmente úmidas e pegajosas. "A-ha!", a governanta gritou quando saí, de cabeça baixa, e senti as garotas brancas me examinando. "A-ha! O *faso*! O *faso focê* não puxou descarga!"

Obedientemente, virei-me, entrei no cubículo, fiz a operação necessária e voltei a ficar na entrada, sem conseguir olhar para ninguém. Foi absolutamente horrível! Eu que, ao contrário de muitas outras meninas do meu dormitório, usava vasos sanitários desde muito jovem, agora sendo humilhada dessa maneira! Foi tão terrível que não consegui compreender como aconteceu. Não podia acreditar que tinha me comportado de uma maneira tão boba que resultou em ser pega, por assim dizer, em flagrante.

Por causa desse meu comportamento, a marca preta foi inserida ao lado do meu nome. O horror de não entrar no rol de honras, de não ser honrada, pairava sobre ele. Para piorar, fomos chamadas, um dia depois, para a sala da Irmã Emmanuel.

5

No fim da tarde do dia em que fomos convocadas, eu estava sentada no período de estudo, ainda me sentindo desconfortável por causa do meu mau comportamento, mas sem suspeitar que nada mais desastroso do que a marca fosse acontecer. Estava memorizando minha lição de geografia sobre Bongo no Congo e sua admirável casa sobre palafitas, enquanto Ntombi colocava pequenos sinais de adição e subtração em um gráfico, simbolizando as cargas de elementos da tabela periódica. Margot Shales, uma monitora do sexto ano, entrou silenciosamente, e não ouvimos o sussurro de advertência de suas meias-calças, nem o tap-tap nos ladrilhos cinza de seus sapatos de couro. Ela sussurrou brevemente para a outra monitora, Stephanie, que estava nos supervisionando naquela noite. Ela fez uma expressão evasiva e assentiu.

Margot não olhou para ninguém ao caminhar pelo espaço entre duas fileiras de escrivaninhas. Continuei repetindo a mesma frase sobre as espécies de cobras que Bongo e seus pais haviam evitado por sua astúcia. Estava muito dedicada a esse esforço de concentração, pois acreditei no princípio de que, se ignorasse Margot, eu, por consequência, seria ignorada.

"Irmã Emmanuel quer ver vocês duas", a monitora informou. "Peçam para a Srta. Plato deixar vocês saírem quinze minutos antes do horário de descanso."

Ela ficou, enquanto falava, em um ponto entre mim e Ntombi. Minha colega de dormitório estava sentada atrás de mim na fileira à direita. De minha parte, assim que ela começou a falar, resignei-me. Elas tinham todo o direito de chamar minha atenção, porque não dava para negar o que eu tinha feito. Eu não estava preparada, porém, para seu discurso incluir Ntombi. Foi horrível. Estávamos sendo convocadas e me senti terrivelmente culpada por ser a causa. Assim como Netsai! Lamentei em meu coração. Por causa de pessoas como minha irmã, todos éramos suspeitos de terrorismo! Agora eu estava fazendo o mesmo que minha irmã! Eu não estou bem, então você não está bem! Essa era a nova filosofia.

Aproximando-nos da sala da Irmã, lamentando os últimos minutos de descanso que estávamos perdendo, Ntombi e eu percebemos rapidamente que não estávamos sozinhas. Benhilda e Patience emergiram de um corredor e olharam em nossa direção. Atrás delas, como se estivessem se escondendo da luz branca do saguão, quase não dava para reconhecer Irene e Anastasia. Margot estava esperando com o resto das minhas colegas de quarto. Quando Ntombi e eu chegamos, ela recuou para a escuridão. Passamos muito tempo reunidas em frente ao escritório da Irmã, nós, habitantes do último dormitório do Santo Inácio, sem dizer nada.

Quando ela falou, fiquei feliz por ser ela, minha colega, e não eu, que estava preocupada o suficiente para expressar sua frustração.

"Gente!" Ntombi virou os lábios para baixo para expelir as palavras em um sussurro. "Aquelas que querem se permitir, como se tivessem sido elas a estipular as proibições pra começo de conversa! Pessoas que querem se colocar lá em cima! Agora olha onde está colocando todo mundo!" Ela me encarou.

"Você balança eles pra trás e pra frente?" Ouvimos, baixinho, a pergunta estridente de algumas outras alunas relaxando no corredor Santo Inácio. Para me distrair do que estava acontecendo, concentrei-me nessa bagunça alegre que emanava do banheiro do corredor do terceiro ano. Os banheiros ficavam perto, no final do corredor, à esquerda. Havia meia hora indeterminada no Sagrado Coração, entre o período de descanso e as orações. As alunas mais novas passavam esse período no ginásio, o que quer dizer que *Sisi* Anastasia e nossas outras colegas mais velhas ficavam lá junto, parecendo muito grandes e destoantes. O ginásio era equipado com um cavalo, esteiras e cordas pendendo do teto. Depois de uma hora de estudo com verbos latinos e práticas geográficas estranhas, se não suspeitas, corríamos atrás umas das outras, pulávamos em piruetas, tentávamos saltar o cavalo e algumas das meninas mais destemidas se balançavam nas cordas. Elas berravam enquanto voavam, e desafiavam a gravidade, confundindo suas subjetividades: "Vocês, Jane, mim, Tarzan". Tarzan era um homem que eu tinha conhecido há muito pouco tempo. Eu é que não ia subir nessas cordas, alto como uma perna saltando contra a lua, uma lua que se arqueava acima das encostas escuras da montanha. Mas muitas vezes começávamos a entoar aquela canção boba disfarçadamente no ginásio, com a sensação de ser audaciosas e inapropriadas, e a carregávamos até o corredor. Quanto mais você se afastava das autoridades, mais alto podia cantar. Então o banheiro era um bom auditório. Antes, eu sempre parava em frente às portas de vaivém de madeira e cantava baixinho enquanto olhava em volta para evitar a Srta. Plato.

"Seus peitos são pendentes?", as jovens gritaram, o som vindo baixinho como uma canção de ninar pelo ar calmo da noite. "Você balança eles pra trás e pra frente? Consegue dar um laço e usar eles como corrente? Consegue jogar os dois pra cima e se sentir super tranquila? Se você consegue", o último verso, triunfante, saía num gritinho: "então seus peitos são pendentes!" Ntombi me deu as costas e eu virei as minhas, como se não me importasse, para ela. Enquanto isso, Irene, que na verdade não ligava para coisas como convocações e falta de decoro, cantarolava junto com a turma do banheiro. "Imaginem", ela sussurrou durante uma pausa no bloco de ablução, "se a Emma saísse e a gente começasse a cantar!" A menina cobriu a boca com as mãos. Ela gorgolejou baixinho com risadinhas sufocadas.

Anastasia olhou para a menina mais nova com pena. "A questão é que", ela disse, séria, "nosso problema são as pessoas que não sabem *nada*, que acham que sabem *tudo*, mas quando você olha bem, você vê que não têm *nada*." Era o tipo de comentário que deixava todo mundo desconfortável. Irene parou de dar risada e se apoiou na parede do escritório da Irmã, o rosto livre de qualquer alegria, marcado apenas por uma perplexidade triste. Menina boba! Ruminei silenciosamente. Mulheres idiotas! Essas tolas que não sabem nem usar um sistema de esgoto decente. Se elas simplesmente mostrassem que estavam familiarizadas com esses artifícios, eu tinha certeza de que não haveria proibições – para ninguém e para nenhum banheiro! Se essas pessoas com as quais era forçada a me identificar fossem mais capazes, os banheiros estariam abertos a todas. Ninguém estaria aqui nesta humilhação. Agora, eu tinha que estar ali, sendo que já havia recebido o treinamento adequado na casa do meu tio! Ah, senti mais uma onda de antipatia pelas meninas do meu dormitório!

"Ela disse depois do horário de descanso!" Anastasia estava ficando cada vez mais impaciente. Olhou ao redor, desamparada. "O que a gente faz? Será que batemos?"

"Cara!" Irene murmurou. "Cara! Poxa, gente, quem são vocês?" Nós todas olhamos para ela, desafiando-a a seguir as palavras com ações. Para nossa descrença, na verdade, nosso espanto, ela ergueu a mão, fechou-a em um punho e bateu.

Ninguém além de Irene respirou até ouvirmos uma resposta.

"Podem entrar!" A voz da Irmã instruiu, permitindo que agíssemos agora que havíamos recebido o comando.

"Achei que vocês não iam chegar nunca!" A diretora nos repreendeu, achando graça. "Vamos, vamos, entrem", instruiu, pois estávamos todas amontoadas timidamente logo na entrada. Novamente, Irene foi a primeira se mover, e nós nos colocamos em uma meia-lua em frente à diretora, nossas sandálias afundando no tapete no meio do cômodo, que tinha felpas tão profundas quanto nossa respiração. A diretora nos observou com olhos críticos. "Vejo que estão todas aqui. Ótimo." Ela apertou as mãos na grande mesa de mogno cortada no sentido do comprimento, de modo que, à luz fraca e quente da lamparina em um suporte ornamentado atrás da Irmã, parecia um fosso rodopiante.

"O que preciso dizer para vocês", a Irmã continuou, desconfortável o bastante para não nos olhar durante parte de seu discurso. "O que chamei vocês aqui para discutir não é nem um pouco agradável." Ela pausou, pensando. Quando encontrou as palavras, recostou-se na cadeira, deixando uma mão esticada sobre a mesa. "Também não é cristão. Porém, há muitas coisas que não seguem a moral cristã acontecendo, e somos obrigadas a lidar com elas." A Irmã pegou seus óculos de leitura, que estavam em cima de uma folha de papel. Ela os colocou e nos examinou bem. "Como resultado, meninas, nós recebemos e precisamos lidar com diretivas como esta." Pegou o papel onde seus óculos haviam estado. "Eu não quis que vocês lessem isso sozinhas." Ela segurou a folha bem no canto, sacudindo-a com desdém. "É uma diretiva do Ministro da Educação." Nesse momento, Irmã Emmanuel pausou novamente, pois, mais uma vez, não sabia o que dizer. E nós não podíamos ajudá-la, pois estávamos com as cabeças desconfortavelmente baixas, nossas testas franzidas e nossas órbitas oculares doloridas de tanto olharmos para cima por baixo das sobrancelhas. Pois todas nós havíamos aprendido na infância como respeitar, mas tínhamos todas, desde aquelas primeiras lições, descoberto que pessoas brancas esperavam que você as olhasse bem nos olhos quando elas falavam.

Compelida por sua criação a também nos olhar por uma parte significativa desse tempo, mas sem realmente querer fazê-lo, a Irmã buscou alívio. Ela o encontrou em seu humor ligeiramente sádico. "Não se preocupem", fomos tranquilizadas por um sorriso enigmático. "Ninguém vai ser cortada ao meio." Anastasia, Irene e todas as outras meninas passaram o peso de um pé para o outro, chocadas. Fui a única que ficou firme. Pessoas pela metade! Não conseguia entender. Não sabia do que a Irmã estava falando.

"Nós temos", a Irmã nos informou, "cotas. Infelizmente, sim, o governo estabeleceu cotas de estudantes!" Ela elevou um pouco a voz, indignada. "Estamos cientes disso. Na verdade, já sabíamos dessas cotas antes mesmo de qualquer uma de vocês que estão aqui serem trazidas para o Sagrado Coração. As cotas são parte de nosso regulamento para admissão de qualquer aluna africana e para sermos multirraciais. Nós sempre interpretamos as cotas generosamente. E nunca tivemos problemas com isso. No entanto, com a questão de segurança cada dia pior, como vem acontecendo, o Ministério está solicitando que instituições multirraciais como a nossa fiquem especialmente atentas." Ela nos observou calmamente agora. Envolvi um pé ao redor do outro tornozelo. Tinha certeza de que a diretora estava me olhando. Ah, maldita seja aquela minha irmãzinha! O que aconteceria comigo se eles descobrissem? O que as forças de segurança fariam conosco? Como eu ia conseguir explicar uma irmã de uma perna só na aldeia! Como ela havia se machucado e quem a havia ajudado? A família toda pagaria por isso. Depois de Babamukuru ter sido espancado pelos guerrilheiros! Longe, nas montanhas de Moçambique – era lá que eu esperava que Netsai estivesse.

"Não se preocupem!" A Irmã estava nos tranquilizando. "Nós sempre interpretamos as cotas generosamente. Por isso, sempre as excedemos. Não vamos voltar atrás nessa decisão agora. Não se preocupem! Não vamos mandar ninguém embora para seguir as instruções. Todas estão em perfeita segurança, independentemente das porcentagens." Irmã Emmanuel puxou um canto da boca para baixo, depois para cima, e seus olhos congelaram com um humor frio. "Quaisquer que sejam os memorandos que nos enviem, não vamos cortar ninguém ao meio, nem em mais pedaços. Era isso que eu queria dizer para vocês."

Era uma piada, então rimos. Ntombi colocou a mão sobre a boca, mas Patience a cutucou. Todas nós, incluindo Irene, rimos abertamente.

"Fico feliz que seus medos estejam agora tranquilizados", a diretora continuou. "Eu entendo o que vocês devem estar passando nestes tempos difíceis. Mas entendam que são tempos difíceis para todos." A diretora nos olhou mais intensamente do que antes. "É por isso, mesmo que as coisas estejam mudando, que consideramos realista manter em vigor alguns de nossos regulamentos antigos, o que pode fazer parecer que não estamos acompanhando essas mudanças. Na verdade", a Irmã admitiu, "eu não teria falado com vocês sobre este memorando, se não tivesse ouvido falar de muito descontentamento no dormitório de vocês. Quero que vocês saibam que apoiamos vocês totalmente. Muitas circunstâncias desagradáveis podem surgir da situação atual, e queremos proteger vocês delas. Não queremos fazendeiros rodesianos vindo até aqui para insultar vocês por usarem o banheiro das filhas deles!"

Murmuramos palavras de concordância, mudando de um pé para o outro.

"Alguma de vocês têm algo a dizer?"

Ninguém disse nada. A Irmã parecia feliz que esse assunto desagradável estivesse resolvido. "Obrigada, meninas", ela nos dispensou. Mas como eu estava irritada com a Irmã por ter falado conosco daquele jeito, fazendo piadinhas sobre nossa carne e como algumas pessoas pensavam que ela era divisível. Ou então era tudo agrupado como uma coisa só: sua carne dividida ou empilhada! Para piorar, ela não pediu nossa opinião sobre o assunto para além de uma formalidade. Não que alguma de nós fosse dizer alguma coisa, ou talvez Irene tivesse dito. Se a Irmã nos tivesse dado espaço suficiente para a enormidade do assunto, enquanto nós, as mais velhas, manteríamos as cabeças baixas, mansamente, a mais nova poderia ter falado. Pensando essas coisas, um impulso me deixou teimosa enquanto as outras se preparavam para sair. "Podem ir. Todas vocês", a Irmã repetiu, porque eu estava lá parada. Ntombi estava me empurrando para que eu me mexesse. Não cedi. Tinha que ser feito. Mas o que podia ser dito para trazer sua voz para a questão e ao mesmo tempo não chatear ninguém? Era impossível, desmoronei. Decidi que o melhor, então, era mostrar para a Irmã como eu havia sido bem-educada, e que conseguia me manter calma e simpática independentemente do que acontecesse. "Obrigada, Irmã. Boa noite, Irmã", desejei educadamente. A freira me olhou pensativa, novamente com um brilho divertido em seus olhos ao me observar saindo atrás de minhas colegas de dormitório. Ntombi passou a mão sobre as grades de ferro preto do corredor enquanto caminhávamos silenciosamente para nosso quarto.

Virando a esquina, encontramos as outras alunas pegando seu leite e biscoitos. Esta noite eram bolachas Maria e biscoitos amanteigados, ambos secos, enquanto eu preferia os de creme ou de chocolate. Anastasia fingia que não gostava de biscoitos e passou com seu corpo de mulher pelas meninas de treze e quatorze anos. Benhilda, que tinha quase a mesma idade de *Sisi* Ana, a seguiu. O resto de nós foi pegar seu lanchinho da noite.

"Pare! Pra *focê* não!" A Srta. Plato vinha correndo.

"Oh-oh", Patience exclamou, e então seu rosto ficou quieto. Paf! um tapa doeu no pulso da aluna do terceiro ano. Levou um tempo até eu perceber que era o pulso de Patience que estava doendo. "*Focê* não tem *fergonha*!", Srta. Plato gritou, indignada. "*Focê tevia* ter *fergonha!*" Com isso ela quis dizer que Patience não deveria ficar indignada, mas sim envergonhada. "*Focê* é mais *felha* e está comendo o que *teixei* para as mais *nofinhas!*"

"Vá até o Santa Agatha", Ntombi aconselhou nossa colega.

"É", Srta. Plato concordou. "É o *corretor* do terceiro ano, seu ano! Lá *fão* estar os seus biscoitos. Mas *fá corrento* porque as *luces* eu logo *fou* apagar."

"Pode ficar com o meu!" Tracey estava na mesa atrás de nós. Ela ofereceu um biscoito para Patience, que olhou para ele e depois para Tracey como se os dois fossem imundos. Tracey começou a ficar vermelha e o biscoito ainda estava estendido quando a aluna do terceiro ano se virou e saiu balançando os quadris bem assim, *fasha-fasha*, como se fosse um mulherão, pelo corredor. Senti-me mal por Tracey, que estava tentando fazer o que é certo e cuja oferta havia sido rejeitada. De qualquer modo, minha colega ainda estava com a mão esticada segurando o biscoito. Eu me aproximei, peguei-o de sua mão e o coloquei na boca. Minha colega me observou mastigando; as migalhas secas demais como areia em minha boca, não queriam descer. Ela me examinou tão atentamente que acabou vendo algo em mim que lhe causou repulsa. Percebendo isso, senti uma necessidade muito grande de fazê-la gostar de mim e ajudá-la a entender que eu tinha feito aquilo para que ela se sentisse bem, então sorri. Por um longo momento, a expressão de Tracey não mudou, mas, no fim das contas, e para minha alegria, mesmo que doesse, como alguém se livrando de um objeto adorado, ela balançou a cabeça e deu um sorrisinho. "Boa noite, Tambu!"

Andei confiante pelo corredor depois disso, Ntombi logo atrás de mim. Foi só quando estávamos na porta que Ntombi me empurrou para o lado e explodiu para todas no dormitório: "*Vasikana*, meninas, vocês acreditam nisso! Eu não consigo, mas sim, foi ela! Foi Tambudzai! Ela pegou aquele biscoito!"

Ah! Ntombi tirou outro biscoito do bolso e o ofereceu para Patience. Nossa colega estava sentada em sua cama, já em sua camisola longa de algodão, massageando o próprio pulso. "Ai, *Sisi*

Peshi, foi tão forte assim, está doendo?" Ntombi deixou de olhar horrorizada para Patience e virou-se para questionar a todas. Ela tinha lágrimas nos olhos. "É isso que elas podem fazer? Elas podem nos bater?"

"Meu Deus, Tambu!" Anastasia disse, indignada. "Por que você foi fazer uma coisa dessas? Cara, sério! Pegar aquele biscoito!"

"Ela *comeu* o biscoito", Ntombi gritou, desesperada.

"Tsc!" Foi Patience, puxando ar entre os dentes. Ela pegou um espelhinho com bordas metálicas e começou a cutucar sua acne. Uma gosma amarela foi espremida para fora.

Anastasia apertou um tubo de pasta de dente sadicamente. "Merda! Saiu muito. Alguém quer um pouco?" Benhilda pegou um caderno que estava na cadeira ao lado de sua cama e começou a revisar as equações de geometria.

"Ninguém me ouviu?" Ntombi estava incrédula. "Vocês não estão querendo ouvir o que eu disse sobre o biscoito da *Sisi* Peshi?"

"A gente ouviu", Anastasia concordou, escovando, a boca espumando.

"Então o que vocês estão fazendo?" Como Ntombi estava indignada! "Eu falei, aquele biscoito, o que a Patience queria, a Tambudzai comeu!"

"Estamos", Anastasia respondeu calmamente, "fazendo o melhor que podemos, isso é, ficando quietas."

"Ou nos concentrando", Irene sugeriu de sua cama, "nos problemas reais! Para com isso, Ntombi. Vamos focar no que a gente está fazendo aqui. Sabe, pi-r-quadrado! E todos os outros quadrados, tipo os da hipotenusa!"

Irene riu e olhou bem séria para mim. "Sabe que eu não estou falando de quadrados de tortas e biscoitos!"

O sangue subiu para meu rosto imediatamente. Quem essa menininha achava que era para me ridicularizar, sendo que eu era mais velha que ela, e logo estaria no quadro de honras, e não em qualquer escola, mas em um colégio de europeus!

"Ai, olha só pra ela!" Ntombi cantarolou, maliciosa. "Ela está ficando toda vermelha! Deve ser inchaço por causa do biscoito!"

Patience estava tão brava comigo quanto eu estava com Irene e Ntombi. "Ah, você não tem vergonha, hein, Tambudzai! Comeu o biscoito que era pra sua irmã! OK, foram elas que me colocaram aqui com vocês, mas eu sou sua irmã, e também sou mais velha que você! E eu estava sempre no quadro de honras no ano passado, exceto por um azar que tive nas últimas notas! OK, eles nos enfiam aqui com vocês, mas nós somos mais velhas que vocês. E vocês têm que aprender a nos respeitar!" Anastasia e Benhilda, as outras duas alunas mais velhas, agruparam-se ao redor dela. Até Ntombi estava se aproximando do grupinho, e Irene estava sentada em sua cama, sorrindo astutamente enquanto as outras perdiam o controle.

"E que tipo de veterana você é!" Explodi de volta. "Dando um escândalo por causa de um biscoito! Quem é que deve se envergonhar? Eu, não! Você que devia... por fazer a Tracey se sentir mal, ela só estava querendo ajudar! Ah, sua... sua!" Eu estava sem palavras, então recorri a um insulto de minha infância. "Ah, você! Você, toda cheia de acne! Sua... *mazikupundu!*"

Ntombi imediatamente perdeu mais uma grande parte do controle. "Não, você! Por que você não respeita a *Sisi* Patience? Você está falando assim porque eu disse a verdade e contei pra elas que você comeu o biscoito! Agora, nos deixe em paz! Não diga mais nada!" Ela deu seu ultimato em um gritinho, reluzindo pela solidariedade que sentia pelas veteranas. "Se você quer conversar, vai embora, nos deixe em paz! Vai conversar e dizer alguma coisa pra aquela sua *murungu*, aquela Tracey!" Seus olhos duros estavam vermelhos. O grupinho se fechou ao redor de Patience em sua cama, uma falange sólida.

"Não só espinhas!" Devolvi, furiosa. "*Mazikuzamu!*" Gritei para Anastasia. "E também seus peitos são grandes demais! Vocês têm merda demais na cabeça! E na privada! É tudo muito!"

"Quê? E você não? A sua é pura, não tem cheiro de nada?" Ntombi gritou. "Hein, você acha que é pura! Você acha que tem cheio de mirra e incenso!" Ela se lançou pelo ar, como se enfurecida para além de suas capacidades por seu próprio sacrilégio. Anastasia, sem muito entusiasmo, estendeu as mãos, sem qualquer intenção real de conter nossa colega de dormitório. Quando ela pousou em mim, me jogando na cama, me bateu com força suficiente para arrancar lágrimas. Retaliei agarrando todas as partes macias que pude, batendo, torcendo, arranhando e puxando.

"Não tem nada de errado com a Tracey!" gritei. "Você sabe onde minha irmã está? Você conhece a Netsai? É minha irmãzinha! Você sabe pra onde ela foi?"

"O que a gente vai fazer! *Sisi* Benhilda, *Sisi* Anastasia, o que, *kani*, o quê?" Patience estava sentada em sua cama, os braços cruzados sobre a cabeça, ansiosa como se não houvesse consolação possível.

A porta do corredor se abriu sem que ninguém prestasse atenção. Patience, que era a única removida o bastante da briga para perceber, disse que era a Srta. Plato. De qualquer modo, Ntombi e eu só paramos de nos machucar tão brutalmente quanto possível quando todas as outras meninas exclamaram e uma voz alarmada disse: "Meninas! Meninas! Por favor! Meu Deus, o que está acontecendo?"

Era a Irmã Catherine. Parece que a Srta. Plato não tinha conseguido lidar com a cena quando entrou para investigar a origem do alvoroço e foi chamar a freira de plantão. Tivemos sorte por ser Irmã Catherine. Ela fazia você se sentir envergonhada em vez de raivosa. Meu nariz estava sangrando. O olho de Ntombi, uma parte mole, estava inchando muito, o suficiente para sugerir alguma lesão nos tecidos por trás dele.

"Logo depois... bom, depois de tudo, depois de vocês terem que se defender. Nessa noite mesmo." Irmã Catherine parecia muito desapontada.

Foi difícil. Palavras como essas faziam você querer encarar a outra novamente. Mas era a Irmã Catherine, seu corpo longo e esguio se dobrando todo, aflito, uma mão sob meu queixo para ver quão grave era o sangramento, a outra na cabeça de Ntombi para inclinar-la para trás a fim de observar o olho inchado. Uma mão branca no cabelo! Ficamos boquiabertas! Nunca tínhamos visto isso.

"Ah, N-tombi! Ah, Tamboodzahee!" Ela olhou de uma para a outra, desesperada. A Irmã era uma das poucas funcionárias que tentava acertar nossos nomes e não nos confundia uma com a outra. "Ah, Patience!" A Irmã falou com a aluna do terceiro ano, abalada. "Vá buscar o kit de primeiros socorros com a Srta. Plato."

Patience colocou seu roupão e saiu, apressada. A Irmã balançou a cabeça, olhando de Ntombi para mim, de mim para Ntombi, até nós três estarmos quase chorando.

6

"*Ekani*, sim, Tambudzai", Babamukuru sorriu. "*Manheru mwana wangu!* Boa noite!"

Eu estava em casa para as festas de fim de ano. Ou mais precisamente, estava no lugar que chamava de casa, que era a missão. Há muito que deixara de achar a propriedade atraente e não podia agora pensar em ir para lá novamente, tendo visto a satisfação nos olhos de minha mãe durante o espancamento de Babamukuru.

"*Manheru, shewe*! Boa noite, meu senhor", disse Maiguru, adocicando a voz para abafar a mágoa, pois não era apropriado que Babamukuru cumprimentasse a mim, uma jovem, antes de reconhecer a mulher com quem era casado.

"Ah, *maswera* aqui, Mai? Como foi o dia? Boa noite! Boa noite!" Meu tio agora incluiu Maiguru em suas saudações. "Sim, Nyasha!", meu tio acenou para sua filha taciturna. Com isso, ele depositou sua pasta ao lado da lareira e, por fim, ocupou seu lugar à mesa. Prudence, a quem chamávamos de *Sisi* P., a nova empregada, trouxe o prato para ele lavar as mãos. Estávamos sentados para jantar. A refeição era feita na sala de jantar, que tinha o formato de meio octógono e janelas com vários pequenos painéis em cada segmento da parede, dando à sala a atmosfera da torre de uma rainha presa em um conto de fadas.

Pela janela atrás de Babamukuru, no crepúsculo, Maiguru e eu podíamos ver a estrada empoeirada e deserta que serpenteava em direção ao centro da missão como um leito de rio atingido pela seca, pelo qual Babamukuru havia caminhado recentemente. Era um alívio saber que ele havia andado em segurança, mas, ao mesmo tempo, havia preocupação. O que mais, antes de terminarmos de comer, ou entre as orações e a hora de ir para a cama e acordar, iria aparecer ao longo dele? O toque de recolher havia chegado à missão, as restrições de horário escapando da aldeia como uma doença crônica devastadora e se espalhando. Os rodesianos diziam que o toque de recolher imposto começava às seis horas. Hoje à noite, como tinha acontecido todos os dias nas duas semanas desde meu retorno, minha prima Nyasha, Maiguru e eu esperamos, espiando com cautela pelas várias janelas, perscrutando a estrada por longos minutos sem nos preocuparmos em respirar para ver o momento exato em que as luzes se apagariam e a escuridão desceria sobre o escritório de Babamukuru. Nem então, porém, ousávamos respirar. Meu tio tinha uma sala no prédio central da missão. Ele se sentava ao final da ala que se estendia para perto de sua casa, enquanto a sala do assistente administrativo ficava bem na frente dele, e os escritórios da administração, onde os residentes da missão pagavam suas contas de serviços públicos, a central telefônica e a loja de mantimentos, estendiam-se pela fachada. Ninguém na história da missão, exceto o padre fundador, o próprio Bispo Deergood, havia trabalhado tantas horas quanto Babamukuru. Babamukuru se orgulhava, e Maiguru reclamava, de sua capacidade de voltar para casa várias horas depois da meia-noite e ainda estar em seu escritório às sete da manhã seguinte. Meu tio continuou com seu trabalho administrativo mesmo depois de ser espancado pelas mãos dos Big Brothers. Foi necessário o governo da Rodésia para diminuir a diligência de meu tio. Pouco depois que a notícia do espancamento do diretor da missão se tornou bem conhecida, as pessoas sussurrando várias razões para o acontecimento, o exército rodesiano enviou pela estrada de terra vermelha da missão um veículo camuflado verde e cáqui. Dele saiu um oficial envergonhado e de aparência aborrecida, trazendo um aviso oficial do *status* de segurança mais rígido que o Governo da Rodésia agora conferia à missão.

Babamukuru superou sua frustração com as autoridades com o conveniente, e um tanto impróprio, jogo de *chisveru*, ou pega-pega. Você chegava terrivelmente perto, mas não tão perto a ponto de permitir que o tocassem. Era novidade para mim que brincadeiras pudessem ser conduzidas dessa forma, até mesmo por adultos. Foi muito surpreendente, pois eu já não brincava daquele jeito há muitos anos, desde a época, tão satisfatoriamente distante agora, em que meu tio fora à aldeia e escolhera meu irmão em vez de mim para estudar. Eu nem gostava mais de me lembrar daqueles tempos, pois era muito doloroso ter sido preterida daquele jeito, e foi também quando perdi a vontade de brincar assim.

Além disso, quando finalmente tive a oportunidade, me vinguei tão completamente ao conquistar uma vaga no Colégio para Moças Sagrado Coração que não havia razão para retornar a um passado que doía tanto quanto eu imaginava que a amputação de Netsai deveria estar doendo. As possibilidades eram infinitas em minhas circunstâncias atuais! Eu acreditava mesmo nisso e estava disposta a enfrentar os pequenos inconvenientes que aparecessem pelo caminho. No geral, sentia que estava bem agora, e o mundo também. Estava numa rota direta para um futuro tão brilhante que ele – ou eu naqueles amanhãs – iluminaria mais do que apenas minha comunidade; provavelmente, eu imaginava, acenderia todo o universo. Lá estava eu, aluna da escola particular de maior prestígio do país, e além de estar lá, era uma estudante excepcional! Seguindo os passos de meu tio, ficava muito feliz em me lembrar, sentindo-me superior a indivíduos que não tinham essa habilidade, que não se entrava em instituições desse nível fazendo joguinhos – a menos que fossem jogos oficiais. Minha lista de mortais inferiores incluía Baba e Mai, cujas melhores qualidades eram, pelo que eu podia perceber, não mais do que uma letargia invejosa. Eu, ao contrário, estava suficientemente focada para já conseguir avistar o quadro de honras. Jogos, aqueles em que uma garota era obrigada a se destacar, aumentavam suas chances de receber honras. No meu caso, os esportes sancionados incluíam hóquei, tênis, natação e atletismo, conforme prescrito pelos campinhos entre o portão de ferro e os cedros. Tendo isso em mente, jogava hóquei assiduamente para o time B da escola. Eu era, no entanto, apenas reserva para o time A, não tendo jogado hóquei até ir para o Sagrado Coração. De qualquer maneira, a tendência é que você não fosse incluída no time A a não ser que se destacasse para muito além da excelência, já que jogar em escolas públicas era difícil para meninas como nós. A Srta. Whitley, nossa governanta de esportes, lembro-me agora, queria que eu fizesse parte do time A das jogadoras de menos de dezesseis anos, mas recusei suas ofertas. Era o time da escola ou nada. Não jogaria por menos.

Outro problema era que, na minha série, eu deveria estar jogando com as menores de quatorze anos. Meu entusiasmo natural para exibir minhas proezas era diluído pela discrepância de minha idade em comparação com a idade da maioria de minhas colegas. Era uma vida de discrepâncias, de perguntas vociferadas durante os torneios com as meninas menores de dezesseis anos, "por que você não foi para a escola quando deveria? Você não pôde entrar na hora certa?" Como eu sofria ouvindo aquele interrogatório me atacando para expor minhas origens inferiores. Como resultado, meus membros se moviam com mais rigidez entre as menores de dezesseis anos do que quando jogava com o Sagrado Coração B. Eu não sabia quanta ousadia estava faltando nessa abordagem. Pelo contrário, tinha pena de mim e não exigia nada. Por isso, recusei o time das menores de dezesseis, preferindo a mediocridade do Moças B, e como resultado da ambição frustrada, acabei novamente desconfiando desses jogos.

Agora aqui estava a missão, sob toque de recolher. Havia apenas alguns europeus na missão. Eles também precisavam seguir o horário. Portanto, muito mais pessoas ficaram frustradas com a situação do que só as meninas do meu dormitório na escola. Antes de o toque de recolher recair sobre o escritório de Babamukuru, o funcionário da escola imitava seu diretor pelo menos uma vez por semana, mantendo a luz de sua sala acesa noite adentro. Uma luz amarela brilhava nas janelas do escritório da administração por longos períodos após o horário de fechamento regular, o suficiente para que os moradores da missão não se surpreendessem nas noites em que a iluminação era avistada. O toque de recolher transformara tudo. A equipe guardava seus papéis e arquivos às quatro e meia em vez de às cinco, comentando que nunca dava para saber com os rodesianos. Diziam que o toque de recolher começava oficialmente às 18h, mas não tinha alguma coisa no pedaço de papel dizendo que poderia haver mudanças sem aviso prévio? Bem, você queria que seu *corpo* percebesse, perguntavam as pessoas, que o horário do toque de recolher havia mudado! Então, o que seria eficaz se um rodesiano decidisse que, como medida temporária de austeridade, não seriam dadas notificações? Ah, quem podia pensar em outra coisa senão submissão? Na estação, muitas pessoas se maravilhavam com a eficácia do servilismo contra o movimento dos militares. Era assim que o pessoal da missão tratava de seus negócios. Eu, no geral, concordava com essa estratégia, lembrando das normas que cumpríamos na escola. O que poderia ser feito a favor ou contra uma ação, se fosse prescrita por aqueles que podiam prescrever que aquela ação estaria ou não em vigor!

Babamukuru, porém, não gostava que o fizessem sentir como se fosse menos, reduzido à mediocridade indolente, então optava por jogos. Em dias sombrios, quando nuvens de trovão pesavam sobre o topo das bauhínias de folhas cinzentas que ladeavam a estrada central da missão, a luz de Babamukuru nunca se apagava às seis horas, conforme prescrito pelas autoridades, a menos que houvesse uma queda de energia. Durante as quedas, meu tio acendia uma lamparina de parafina, e você via, após alguns segundos de escuridão e oscilação quando os primeiros fósforos se apagavam, uma luz fraca e quente que parecia estranhamente distante. Às seis horas, se você conhecesse meu tio, poderia vê-lo olhando para o relógio, aquele que ele se gabava de ter comprado na Inglaterra há mais de uma década – e não era um testemunho de todas as magníficas habilidades britânicas que o relógio ainda funcionasse com precisão! Tendo se assegurado de que já era hora, o homem guardava seus papéis, selecionando meticulosamente aqueles em que trabalharia em casa à noite, e os arquivava em sua pasta. Se o pôr do sol ainda estivesse fluindo rosa e dourado sobre as montanhas, você o via, dez minutos depois do horário, sair de seu escritório, olhar para baixo na direção da casa e, em seguida, virar para trancar a porta. Se fosse no inverno, quando a névoa de fumaça de lenha sufocava as fendas de luz do dia, era preciso esperar até que ele emergisse das sombras um minuto depois. Então, Babamukuru andava para casa, caminhando no meio da estrada de forma muito deliberada e extremamente provocadora.

"Por que ele tem que andar tão devagar!", Maiguru suspirava, mais uma vez inspirando eternamente. Ela normalmente estava na cozinha a essa hora, de onde ela assistia ao progresso do marido pelas janelas descobertas – desconsiderando respingos de óleo e partículas de poeira – em vez de afastar as lâminas das persianas na sala de estar como nós, minha prima Nyasha e eu, fazíamos. Era frequente que esquecêssemos de respirar, que puxássemos o ar e não o soltássemos, nós, a mulher e as filhas, enquanto Babamukuru andava até em casa.

Nós três tentávamos, quando ele desaparecia na sombra dos pinheiros que ladeavam a entrada, decifrar o que ele estava sentindo. Havia árvores nespereiras mais baixas um pouco à frente, depois, videiras. Conseguíamos vê-lo melhor quando ele estava debaixo dessas plantas, e ainda tentávamos ler em seu rosto, no ângulo e tensão de seus ombros, na força com que estava agarrando a alça da pasta, se ele tinha tido um dia bom.

Quando Babamukuru ia se aproximando, nós corríamos para a sala de jantar e ocupávamos nossos lugares para ele não precisar esperar por nós quando entrasse, iniciando a refeição imediatamente, com o mínimo de irritação. Prudence trazia os pratos de *sadza*, arroz, vegetais e carne ensopada, rápida e silenciosa. Maiguru pegava uma colher de servir e a segurava de um jeito indeterminado, pairando, assim, caso Babamukuru parecesse querer comer imediatamente, ela poderia rapidamente chegar a um dos pratos; mas se ele estivesse bem-humorado, ela podia perguntar como tinha sido seu dia e fazer uma longa prece agradecendo a Deus por trazer o sustento e também Babamukuru inteiro pelo caminho da missão.

Hoje meu tio estava sorrindo. "Tambudzai!", ele disse, sentando-se. Havia um tom de satisfação em sua voz que ele não conseguia esconder, e ele estava falando de um jeito muito gentil. "Tambudzai, recebemos algo hoje. Está endereçado para mim. Mas é sobre você." Colocou a mão no bolso da jaqueta e retirou um envelope bege decorado com um coração bordô. "É o seu boletim, Tambudzai. Sabe, Mai", ele se virou para Maiguru, que estava descansando a colher de servir entre os dedos na borda do prato de *sadza*. "Sabe, eu sempre disse que quero que Tambudzai tenha muitos e muitos desses. O bastante para formar um livro! Um livro bom e longo! Os boletins dela são ótimos para ler antes de dormir." Ele balançou o envelope, pegou sua faca e o abriu com um floreio. Ao extrair a folha bege com seu brasão de coração bordô bem no meio, Babamukuru falou mais sobre o quanto gostava dos meus boletins. "Não é como os do Chido", ele mencionou meu primo, que estava viajando para praticar canoagem com os amigos, os irmãos Baker. "Bom, se dessem nota para futebol, ou rúgbi, aí talvez tivéssemos alguma coisa boa para falar do Chido, nosso filho! Na situação como está, as notas dele são inúteis, e às vezes tenho que me segurar para não jogar elas fora com o lixo!" Se era para isso ser um elogio para mim, teve o efeito oposto, fazendo eu me sentir desconfortável. Nyasha, ao meu lado, começou a respirar fundo e tamborilar as unhas debaixo da mesa; mas embora ela estivesse de volta às aulas na missão, porque Maiguru dissera que um internato seria estressante demais para ela, ela ainda era tranquilizada, ao menos parcialmente, por generosas doses de Largactil, assim fazendo com que, hoje em dia, ela ficasse apenas levemente instável, sem sair do controle.

"E como foi nossa irmã Tambuzinha?", Maiguru vibrou, enfiando a colher no *sadza* com muito mais força do que podia ser percebido em sua voz, e observando a própria filha distraidamente. Ela virou para mim: "Sabe, irmã Tambuzinha, o boletim da Nyasha vai estar maravilhoso quando a escola fechar e o diretor...", ela sorriu timidamente para Babamukuru, "entregar as notas para os pais."

"História!" Babamukuru leu alto, com o ar de alguém que estava se preparando para um sermão longo, adorado e já ouvido muitas vezes. "Oitenta e nove por cento – entendimento excepcional de todos os fatos. Muito bom, Tambudzai, muito bom! Geografia, noventa e oito. Um prodigioso feito de memorização", ele continuou lendo em voz alta a nota e as observações das professoras. Olhei para baixo, envergonhada, agora que estava sendo elogiada por isso, pelo quanto minha memória havia me servido. Geografia era a disciplina de Babamukuru, a que ele ensinava na Escola de Ensino Médio Deergood, até o nível mais avançado. Até hoje, minha nota nessa matéria tinha ficado nos setenta, o que Babamukuru mesmo havia apontado que era inaceitável, especialmente porque ele nunca havia tirado menos que oitenta nas provas de geografia, e as condições em que eu vivia eram muito melhores do que as que ele tivera de suportar, então, esperava-se que eu tivesse resultados melhores. Então eu havia pegado o livro didático indicado pela professora, e o caderno no qual eu tinha anotado o que era ditado em aula. Memorizei cada palavra de cada um deles e as regurgitei no papel durante a prova. O que será que eu havia deixado de fora, me perguntei; foi uma vírgula ou um ponto e vírgula que me privou de uma nota perfeita?

Enquanto isso, Babamukuru seguia lendo a lista de resultados maravilhosos. Retornei aos sentidos para aquela deliciosa angústia que vem de ouvir que você é fantástica quando, ao mesmo tempo, você tem que ser modesta.

"A Irmã Catherine é sua professora supervisora, certo?", meu tio quis confirmar. Eu fiz que sim. "Er," ele pausou, pensando. "Er, Tambudzai, essa Irmã Catherine está dizendo aqui que ela acha que você estava meio sobrecarregada." Babamukuru olhou do papel para mim sem conseguir entender. "Mas, minha filha, se dar duro te traz esse tipo de resultado, então vale a pena, e com certeza vai fazer você querer se esforçar ainda mais! Todo mundo pode se esforçar mais, e ter resultados melhores, minha querida! Porque ninguém nunca é tão bom quanto pode ser! Acho, minha querida, que você precisa tentar desenvolver mais força de vontade!" Olhei para minhas mãos em meu colo, pensando em minha mãe, que se sentava debaixo de uma árvore quando ficava muito fatigada no campo e descansava por um tempo, em vez de remexer a terra em maior quantidade e produtividade. Minha cabeça caiu e subiu imperceptivelmente, pois estava envergonhada. Babamukuru estava muito certo! Por que eu havia permitido que algo assim fosse dito? Se eu não me esforçasse, era óbvio que acabaria como minha mãe!

Enquanto isso, Babamukuru estava observando a página à procura de mais informações sobre o progresso de sua sobrinha favorita. "Ah!", ele exclamou depois de um momento, sua voz de tenor estremecendo em um falsete em indignação. "Ah! O que é isso que eu estou lendo?" Nyasha levantou os olhos, um sorriso macabro no rosto. Maiguru depositou prontamente uma porção de *sadza* no prato do marido. Depois disso, pegou a tigela de arroz e a colocou na frente do rosto dele. "Quer um pouco disso aqui, meu papaizinho?" Mas a tigela atingiu o papel que Babamukuru estava lendo. "Mai!", ele a silenciou sucintamente. Lentamente, Maiguru depositou a tigela em seu descanso de sisal. Babamukuru levantou meu boletim para longe de qualquer interferência e se virou para mim. Sua expressão passou de expectativa para tristeza. Finalmente, seu rosto se encheu de dor enquanto me observava, como se tivesse descoberto apenas agora que havia vários zeros a menos em um dos cheques de doadores estrangeiros para seus programas missionários.

"Tambudzai, estou chocado", Babamukuru declarou. Nyasha segurou a respiração para abafar uma risadinha. "Eu não acredito que uma filha minha – eu não acredito que *você*", ele se corrigiu, "depois de tudo que investimos em você, estragaria a sua chance nesse colégio se envolvendo nesse tipo de situação!"

Foi um dos piores momentos da minha vida até então. O último comentário no boletim era a conclusão da diretora. Pelos sinais emitidos por Babamukuru, eu tinha uma ideia desagradável dos comentários da Irmã Emmanuel. Por que a freira tinha tantos problemas comigo! Eu não conseguira entender; e era tudo pior ainda porque estava acontecendo à mesa. Como estávamos na hora do jantar, não era educado falar de fluidos corporais, ou, pior, da necessidade de descartar o que saía do corpo, e dos arranjos do Sagrado Coração que tornavam cumprir essas necessidades eliminatórias no último dormitório do Santo Inácio logisticamente difícil. Suspirei, e Nyasha me lançou um olhar. Eu estava pensando que elas estavam certas, que essas necessidades não podiam ter tanta importância, se para realizá-las você precisava quebrar as regras! A Irmã não tinha nos explicado, e nós não tínhamos todas entendido a situação e agradecido a proteção das autoridades escolares! Como esse meu comportamento poderia ser justificado – eu o repudiava! Certamente era culpada. Um pouco mais de paciência e controle dos meus músculos inferiores teriam evitado toda a situação.

"Para início de conversa, minha filha, minha filha querida", meu tio passou os olhos pelo boletim novamente. "Você está naquela escola, pela qual eu realmente não queria pagar! Mesmo com sua bolsa, Tambudzai, eu pago mais para você, por *um*", ele enfatizou, "só um dos seus trimestres no Colégio para Moças Sagrado Coração do que pago pelo ano para que minha filha Nyasha estude aqui na missão! E quando estamos todos fazendo tantos sacrifícios", Babamukuru continuou, "primeiro você vai e diz que é trabalho demais! Aí, por causa dessa preguiça, por não querer se esforçar tanto quanto deveria, você se torna um problema! Escuta aqui!", a voz dele começou a subir de novo. "Eu mesmo sou diretor e sei que as professoras não mentem. Veja o que a Irmã Emmanuel disse!" Meu tio baixou a cabeça e leu em voz alta em um tom de surpresa: "Tambudzai tem um complexo. Isso faz com que seja difícil para ela se adaptar ao espírito do Colégio para Moças Sagrado Coração. Ela acredita estar acima das regras do convento, criadas para garantir a segurança das alunas. Sua incapacidade de fazer parte do colégio causa-lhe considerável angústia. Se ela não está feliz aqui, talvez seja melhor removê-la. Constantemente, seu rosto tem uma expressão arrogante." Babamukuru concentrou-se profundamente no papel, dobrando-o e desdobrando-o novamente. O vapor saindo em espiral do prato de *sadza* estava diminuindo. Maiguru observou, melancolicamente, o prato que esfriava. Nyasha estava em um silêncio chocado, assim como eu. O que tinha dado errado? Depois de a diretora se dar ao trabalho de nos tranquilizar tão gentilmente, o que eu fiz para deixá-la tão irritada?

Babamukuru também estava esperando uma resposta para essa questão. Ele correu os dedos ao longo da dobra do boletim como se estivesse se preparando para rasgá-lo em dois e jogá-lo na lata de lixo junto com o de seu filho.

"São minhas sobrancelhas!" Finalmente sussurrei estupidamente, sem convicção. Eu queria que a terra se abrisse e me tirasse dali, mesmo enquanto falava. No silêncio consternado que se seguiu, continuei: "Elas são altas. Elas me fazem parecer arrogante!"

"Eu disse", Babamukuru repetiu. "Eu sou diretor! Não pense que vai fazer a Irmã Emmanuel de idiota com essas mentiras!"

Nyasha agora estava olhando atentamente para minha testa. Rezei para que ela não falasse. Ela olhou para o pai e abriu a boca, porém, observando o trovão que havia se formado em suas sobrancelhas, optou por continuar em silêncio.

"Me diga!", veio o comando. "Me diga que ouvi errado, Tambudzai, que está errado isso que eu ouvi! Você quer dizer que a diretora não sabia de nada quando escreveu essas palavras que acabamos de ler no seu boletim? Está dizendo que ela não tinha olhado para você e observado o formato das suas sobrancelhas? Lembre-se, ela falou com você por um longo tempo aqui na missão quando você prestou o exame de admissão, e depois disso ela não disse que havia qualquer coisa errada com as suas características! Alguma coisa mudou! Mudou! Você está levantando essas sobrancelhas quando olha para outras pessoas!"

Só o que eu podia fazer era deixar as lágrimas rolarem. Coloquei minha cabeça no prato e comecei a soluçar. Em minha angústia, Babamukuru exigiu que eu fosse para meu quarto. Lá, eu deveria escrever uma carta pedindo desculpas para a Irmã Emmanuel.

"Você vai dizer para ela que sente muitíssimo por ter feito ela escrever essas palavras!", meu tio ordenou. "Você vai dizer que vai melhorar sua atitude, particularmente as atitudes que determinam se as pessoas nesse convento vão gostar de você ou não. Você vai dizer para a Irmã Emmanuel", ele decidiu, finalmente, "que você entende por que ela escreveu as palavras que você leu, e por que você merece todas elas. A última coisa que você vai incluir na sua carta para a diretora, Tambudzai, é que você se sente grata por essa lição, que também é uma chance para melhorar. Na última frase, você vai agradecer a ela por ter passado essas instruções de como se tornar uma moça aprimorada."

"Você acha que a freira quer mesmo que ela seja transferida?" Nyasha estava ansiosa, pois sabia o que aconteceria comigo se a freira não cedesse.

"Ninguém, nenhuma filha minha será convidada a se retirar de uma escola", Babamukuru decretou, "ou de qualquer instituição. Só pensar nisso já é vergonhoso demais."

Foi tão horrível. Eu tinha a chance de perder o apoio de meu tio se não me reconciliasse com a Irmã Emmanuel. Quando cheguei em meu quarto, peguei meu estojo e escrevi a carta. Ao terminar, estava cheia de vergonha por ter incomodado a Irmã a ponto de ela escrever aquelas observações no final do meu boletim. Eu estava tão chateada que me arrastei para a cama. Quando Nyasha apareceu e se sentou ao meu lado, me virei para a parede. Ela não tinha muito a dizer para me confortar. "Você está aí agora", ela acariciou o cobertor, um tanto distraidamente. "Vai ter que lidar com isso. Talvez não seja tão ruim. Você ia ter que lidar com... bom, com esse tipo de coisa, mais cedo ou mais tarde. Você sabe disso, Tambu, né? Eu sempre te falei muito sobre a Inglaterra..." Ela se interrompeu e ficou sentada em silêncio, imóvel.

"Nyasha", chamei baixinho, sentindo o peso de sua mão ficar mais leve em cima do cobertor, onde parou em curso, como se a energia que a movia tivesse se dissipado inexplicavelmente. Ela estava mergulhada em um devaneio. Ela fazia isso desde que adoecera, partindo para sonhos flutuantes onde nada era possível. Eu me movi com cautela, começando a entrar em pânico. Se Nyasha não acordasse, continuasse dormindo com os olhos fixos assim, o que eu ia dizer para todo mundo! Não ficaria claro para todos que eu a havia perturbado quando não deveria? Ela me deixou colocar sua mão em seu colo, onde repousou, abjeta e cadavérica, aparentemente sem pulso. Continuou olhando para a parede, mas sem vê-la, como se nenhuma parte de seu corpo se movesse. Não dava para saber o que causava isso, o que sugava o ser de uma pessoa como a seiva doce de um pedaço de cana!

"Você quer ler a carta? A que eu escrevi para a diretora?" Fui atrás do papel e o coloquei sob seu nariz. Foi um grande alívio quando, após alguns momentos, ela balançou a cabeça. Um pouco depois ela disse que era como um tratamento de choque que eu pudesse ser tão tola.

"Sério, só você pra colocar um negócio bem debaixo do nariz de alguém, desse jeito, hein, e bem o que causou o problema pra começo de conversa". Então, ela cedeu. "Acho que é tipo curar, sabe, curar as pessoas, não matar elas, com só um pouquinho de veneno."

"Enfim", ela voltou a agir como quem era, "não confio no seu vocabulário. Sabia que ia precisar corrigir!"

Então, passamos o resto da noite deixando minhas frases autodepreciativas ainda mais mortíferas.

Mais tarde, quando os barulhos das louças sendo lavadas haviam cessado e o dia estava terminado, ficamos deitadas na cama. Maiguru entrou com a pílula branca e redonda para Nyasha, e Nyasha a aceitou fazendo careta: "Queria que me dessem um xarope. Me apaga, sabe, bom, mais rápido."

"Boa menina, meu amorzinho", Maiguru aceitou o copo d'água de volta das mãos da filha. "Você também, Tambuzinha!

Boa noite, minhas meninocas!" E assim ela nos deixou.

"Para onde você quer ir?" sussurrei depois de minha tia sair. Como Nyasha não respondeu, me virei para olhar a fresta de luz que entrava por baixo da porta para não me assustar. Tive medo de que ela finalmente viajasse para lá, para o lugar aonde ela fora antes e, sem ter para que voltar, simplesmente não encontrasse um motivo que a fizesse retornar.

"Você não pensa em coisas melhores?" perguntei. "Tem tantas coisas que podemos ter. Tipo ir bem, conquistar coisas. Tipo crescer, virar uma mulher de verdade. Viver do seu jeito, encontrar alguém para amar e ter uma família. Sabe, o que vai impedir que a gente tenha tudo isso?"

"Bom", ela começou. Eu sorri no escuro, aliviada – ela estava ouvindo, então. Mas estava falando devagar demais, como se alguma parte indispensável estivesse se desligando. "Bom, se você vai viver e conquistar tudo isso, você precisa ter o combustível. Digamos que todas essas coisas existam, OK, como você vai atrás delas se não tiver nada te dando suporte? O que você pode fazer quando o combustível acaba?" A voz dela foi diminuindo. A árvore jasmim-manga acenou contra as vidraças, criando formas trêmulas contra a luz da lua.

"É horrível, né?" Ela também estava olhando pela janela. "Olha todo o combustível que gastamos apenas tendo medo. Você não tem medo, Tambu? Eu tenho! Como vamos conseguir todas essas coisas? Não vejo a gente chegando lá antes de ficarmos sem combustível."

"Medo!", repeti. "Pode ter certeza. Galinha, hein, cagada!" Usei a linguagem do convento, minha boca se revirando. Nyasha riu. Admiti: "Hm, *iwe*, Nyasha, você! Óbvio que tenho medo."

O padrão de folhas de jasmim-manga na cortina encolheu e ficou mais nítido. Ouvi Nyasha parar de respirar na cama ao lado da minha. Puxei as cobertas até meu queixo e observei demônios emergirem da escuridão do quarto. O feixe de luz se intensificou por um tempo quando um veículo passou pela estrada principal da missão. Aí o brilho diminuiu. Não eram os soldados rodesianos vindos para iluminar nossos quartos com seus faróis a noite toda. Estranhamente, eles começaram a fazer isso depois que Babamukuru foi espancado. Eles vieram e estacionaram seus jipes no quintal na noite depois que Netsai recebeu alta do hospital. Nyasha me contou sobre esse evento. Agora, ela exclamou: "Graças a Deus que não são eles. Imagina, fazer isso, Tambu, a noite toda. E pra quê? Pra nos deixar com medo!"

Nós duas pulamos quando ouvimos as tábuas do assoalho estralarem. Babamukuru estava vindo pelo corredor para seu quarto. Não gostávamos de barulhos no escuro e esperamos, apreensivas, pelo próximo. A porta do quarto dos meus tios fez um clique quando ele entrou.

Aí ouvimos o estalo e crepitação distante de estática. Nyasha começou a cantar antes que a agulha sintonizasse a estação. *"Kure kure! Kure kure! Kure kwandinobva, vana mai na baba, tondo sangana kuZimbabwe!"* Então, ficou quieta e ouviu com expectativa. A música se elevou em diferentes partes acima da estática, homens, mulheres e crianças que estavam reunidos, não como naquela reunião, mas em outro encontro, um mais triunfante. E veio uma voz rouca e exultante: "Esta é a Voz do Zimbábue, transmitindo de Maputo!"

"Imagina, Tambu! Só imagina. Você consegue? Imagina morar no Zimbábue!"

Babamukuru baixou o volume e eu cobri minhas orelhas com o cobertor.

"Imagina como vai ser!" a moça ao meu lado sussurrou, fervorosa. "Você vai poder usar o banheiro que quiser! E estudar na escola que quiser, aliás. E não vai precisar ficar toda amontoada num dormitório pequeno! Vai ser tratada como todo mundo."

Minhas axilas estavam coçando cada vez mais pela tensão. E se os soldados rodesianos viessem enquanto a "Voz do Zimbábue" discursava daquele jeito? Babamukuru conseguiria silenciar as palavras a tempo? Eu não era uma sonhadora como Nyasha, não tirava minha energia do que podia vir a ser. Queria viver no que era possível. A realidade é que os rodesianos faziam parte do país. Eles queriam lutar por seu direito a uma terra linda. A maioria das pessoas duvidava, de qualquer modo, que fosse possível vencer um conflito contra eles, já que eram europeus e superiores. Quanto a mim, eu estudava no Colégio para Moças Sagrado Coração, o que me tornava membro de uma elite específica, mas, além desse salto de ascensão intelectual, era um membro descontente do *povo*. Travei minhas mandíbulas pensando nos rodesianos entrando pela varanda, sala de estar e corredor e chegando à agulha sintonizada na "Voz do Zimbábue".

Eu estava muito assustada e chateada. "Seu pai!" Sibilei entre dentes cerrados para Nyasha, pelo pequeno espaço de escuridão entre nossas camas. "Por que ele está fazendo isso? Essas pessoas bateram nele, Netsai não tem perna por causa deles! Por que ele quer esquecer isso tudo e piorar as coisas, nos deixar vulneráveis a qualquer coisa!"

Nyasha não respondeu. Sua respiração profunda, induzida pelos efeitos em suas ondas cerebrais do tranquilizante que ela precisava tomar para ter qualquer semblante de paz, pontuava a voz contida, mas assertiva, vindo do quarto dos meus tios. Foi um enigma para mim, ouvindo a transmissão entrecortada de ondas curtas, por que Babamukuru, que insistira que eu escrevesse uma carta de desculpas à Irmã Emmanuel, estava ouvindo essa estação de rádio de "libertação". Não era para eu ter liberdade? Foi por isso que tive que escrever a carta à Irmã Emmanuel? A liberdade viria quando eu tivesse a idade de Babamukuru e fosse capaz de apreciá-la? Ou estávamos falando sobre diferentes tipos de liberdade? Isso parecia fazer mais sentido.

Os rodesianos não vieram. Eu caí no sono.

Entreguei a carta à Irmã Emmanuel para Maiguru na manhã seguinte. Não ouvi nada sobre o assunto, mesmo quando fui embora da missão no final das férias. Quando fui embora, nenhum dos eventos que temia tinham acontecido. A única coisa que me deixava nervosa era a continuação do toque de recolher. Também fiquei muito feliz por não ter havido nenhuma visita de guerrilheiros pela liberdade, o que poderia ter colocado Babamukuru no radar dos rodesianos. Apesar de tudo isso, me senti como sempre. Fiquei muito triste quando deixei a missão para voltar para a escola. Minhas malas estavam na varanda ao meio-dia daquele dia, prontas para serem colocadas no carro de Babamukuru por volta das três horas, pois esta era a hora que Babamukuru decretou que viria do escritório para me levar ao Colégio para Moças Sagrado Coração. Passei o tempo entre o almoço e o horário combinado vagando pelo jardim. O jardim de Maiguru se estendia ao lado da casa, além das janelas da sala de jantar e de estar, e era como um lago com canteiros e mais canteiros de flores iridescentes reluzindo e brilhando sobre ele. Flox, capuchinhas, malmequeres, amores-perfeitos, violetas africanas, dálias e rosas caíam em cascata como um baú de tesouro sobre a parte da terra que fora atribuída à minha tia, ou melhor, ao meu tio como diretor da Escola de Ensino Médio Deergood. Maiguru amava aquela terra como se fosse sua e os transeuntes paravam para olhar o caminho até a estrada principal da missão, qualquer que fosse seu afazer, fosse para visitar um parente doente ou responder a um caso de má conduta envolvendo uma criança matriculada na escola, ou se estivessem simplesmente em trânsito para outro destino. Eu imaginava que os jipes, às vezes, quando tudo ficava insuportável para seus motoristas e eles vinham para a missão à luz do dia – porque eu via as pessoas nos jipes quando pensava nisso –, eu imaginava os jipes também parados às vezes para admirar o jardim de Maiguru. Mas agora eu não queria pensar nisso. Vaguei pelo jardim da minha tia, sujando minhas sandálias recém polidas. Poof! Poof! Poof! Os morteiros estavam cada vez mais frequentes na escola. O jardim ainda estava ali. Fiquei feliz por ser o tipo de guerra em que os morteiros não destruíam coisas bonitas como o jardim de Maiguru.

7

O que aconteceu depois disso demorou muito, embora parecesse não ter demorado nada; como se eu permanecesse sempre no mesmo lugar, me arrastando, exausta, e sem sair de onde estava, flutuando no espaço e no tempo. Será que isso tudo queria dizer que as pessoas não eram lindas? Ou era apenas a fúria de um espírito raivoso com essas contenções duradouras que definem diferentes belezas que fazia algumas pessoas arrancarem as extremidades das outras? Eu estava ocupada ponderando essas questões enquanto Babamukuru me conduzia pelo subúrbio cercado de grades de Mubvumbi. Pois como eu poderia entender por que alguém queria que uma jovem andasse de pulo em pulo, como se dizia que Netsai agora fazia. Revirei a questão de novo e de novo, secretamente, na caverna do meu coração, tentando ver algo que estivesse escondido da luz: por que uma pessoa ficaria satisfeita por minha irmã não poder andar. Será que alguém aguentaria um irmão ou uma irmã matando pessoas porque elas tinham essa aparência e não aquela, cantando canções horríveis de todo tipo sobre esmagar suas cabeças! Nunca! Nenhum ser humano poderia tolerar isso! Mesmo assim, pensei que Netsai devia ter todos os membros para poder se mover, eu esperava, para o futuro, para longe de tudo isso.

"Aqui", informou Babamukuru quando paramos no terreno do convento, em um estacionamento sob os jacarandás. "Aqui, Tambudzai, aqui estão umas laranjas." Babamukuru abriu o porta-malas e tirou uma sacola. Meu tio sempre dizia coisas óbvias quando estava sendo gentil, como se ter os meios para ser generoso enquanto os outros eram obrigados a aceitar generosidades fosse uma situação perturbadora e pouco prática. Era: "Aqui estão umas laranjas", e não: "Tambudzai, vá pegar as laranjas que comprei para você." Sylvester, o jardineiro, tinha colocado minha mala no carro. As frutas foram uma surpresa. Meu tio preferia ir até o Alpha Estate antes, em vez de parar no caminho para o colégio. Peguei minha mala de dentro do carro e a coloquei ao lado do saco de laranjas.

"Obrigada, Babamukuru. Tchau tchau, Babamukuru!" Fiz uma pequena reverência enquanto falava e juntei minhas mãos, gesticulando como se estivesse rezando, suavemente e sem som. Babamukuru já estava no carro antes de eu erguer os olhos. Já estava acelerando o motor.

"Maiguru! Diga pra ela ficar bem!", exclamei. "E Nyasha. E Mai, minha mãe. Baba também, quando você for até lá!" Babamukuru não me ouviu, pois as Mercedes Benzs, BMWs, Volvos e Jaguares estavam rugindo estrada acima para encontrar lugares para estacionar. De novo, de novo e de novo eu acenei, relutando para me mover. Assisti a meu tio dar a grande volta ao redor do gramado da escola. Havia um cisne no meio do lago, o lago no meio do gramado, o gramado cujo crescimento era supervisionado por Felipe. Felipe viera para o país quando sua própria terra natal estava passando por um período complicado. O convento empregava meia dúzia de jardineiros locais, que periodicamente mudavam o irrigador do gramado para outro local ou retiravam o filtro da piscina e o limpavam. Eles executavam essas tarefas sob o comando de Felipe. Felipe frequentemente juntava tempo o bastante para ficar descansando embaixo das acácias e dos jacarandás, conversando com a Srta. Plato. Ninguém sabia sobre o que eles sussurravam, mas as meninas transbordavam com suas suposições adolescentes. Agora Babamukuru contornou a última curva da rotatória enquanto eu acenava. Seu Rover amassado dobrou a esquina além dos cedros que demarcavam a divisão entre os campinhos e os edifícios de aulas. Babamukuru dobrou à esquerda para o subúrbio de Mubvumbi com seus jardineiros impassíveis de macacão laranja, cães ferozes e gnomos de jardim astutos e brincalhões. Para trás a estrada serpenteava no espelho retrovisor do veículo, em direção ao norte, para as montanhas em cuja base ficava outra escola como a nossa, o Colégio Preparatório Monte Sinai. Quando meu tio já havia ido embora há alguns minutos, me abaixei e peguei o saco de laranjas e minha mala. Passei me arrastando pelas rosas brancas e salas de música, por todo o comprimento do Santo Inácio e para dentro do dormitório, sem desejar me mover nessa direção e sem entender o motivo, pois havia muitas razões incompreensíveis.

Naquela noite, percebemos novamente que o lugar para onde viemos não era seguro. Poof-poof! os morteiros estremeceram depois de nos ajoelharmos para as preces noturnas, e a Irmã Catherine voltou para o claustro. Poof-poof! eles assassinavam o sono, porque estavam perto demais.

"Sinai!', Benhilda sussurrou, a voz rouca de medo. "Eles estão no Monte Sinai!"

"Tem uma cabeça nesse seu travesseiro, né, Benni!", Anastasia retrucou, tão baixo quanto possível. "Então por que você não tenta usar ela pra pensar! Nada veio pra tão perto da gente! Ou a gente já ia ter ouvido as sirenes pra cima e pra baixo no asfalto. *Vasikana*! Vamos, né, gente. Vocês sabem disso!"

"Coitados dos meninos!" Irene parecia mais quieta do que normalmente. "Eles nem estão tão longe quanto a gente! Mesmo se não for a escola deles, dá pra ouvir que estão bem mais perto." A aluna do primeiro ano se colocou contra a posição de sua veterana, *Sisi* Anastasia, porque ela era a mais nova e, assim, a mais próxima em idade dos meninos do Monte Sinai. Os alunos daquele colégio vizinho tinham de seis a doze anos de idade, pois era uma instituição de ensino primário. "Eles são meninos, são pequenos", ela continuou sussurrando, como que fascinada pelo fato de os meninos chorarem, mesmo sendo pequenos. "Aposto que eles estão chorando agora! Aposto que eles querem as mamães deles!"

"Pelo amor de Deus, se acalma!", Ntombi exigiu da forma mais impaciente possível, pois, como as luzes já haviam se apagado, ela precisava falar baixinho. "Me diz uma coisa, você aí, Irene, o que tem de tão especial sobre aqueles meninos? São só eles que estão chorando? Agora, não vai me dizer", ela conseguiu ser grossa mesmo sussurrando, a voz cheia de reprovação, "não me diga que é isso que a sua cabecinha de aluna do primeiro ano está pensando? Espera só", ela continuou, em tom mais alto e ameaçador. "Espera só até estar aqui há mais tempo. Você vai ter muito mais pra se preocupar, tipo não ter permissão pra viajar com as outras no trem, ou ser deixada pra trás quando o time joga em outra cidade porque eles não querem que pessoas que se parecem com a gente pisem nos campos das escolas do governo! Meu Deus!" Ntombi estava ficando cada vez mais agitada, e esse humor combinava estranhamente com a tensão que baixara sobre o quarto após ouvirmos os morteiros perto do Colégio Preparatório Monte Sinai. "Eles não querem que a gente *jogue*! Tudo bem a gente pisar nos campos com material de jardinagem ou, que que é aquele negócio, sabe, o negócio das quadras de tênis, o rolo. O que eles não querem é que a gente *jogue*!"

Ficamos em silêncio por um tempo, ruminando esse fato, tentando encontrar a lógica. Poof-pi-phi-phu! ouvimos os morteiros, e depois de uns minutos, Irene estremeceu em uma voz chorosa e esganiçada: "Bom, mesmo que eu pense nessas coisas, não quer dizer que eu não deva pensar nas outras."

"E se quiser dizer? E se quiser?", Anastasia retrucou em uma tristeza desesperada. "E se às vezes é o que você tem que fazer, hein? E se for obrigatório fazer escolhas?"

Eu não gostei da direção para onde a discussão estava indo, em vozes baixas por preocupação com a Irmã Catherine e medo da Srta. Plato. O debate sibilava de cama em cama, então o sono não chegou para abafar o Armagedom de morteiros, as explosões acompanhadas, eu tinha certeza, por pessoas perdendo pernas e braços, os seus ou os de uma pessoa querida.

"E-e-eu estou feliz por não estar no lugar deles!", sussurrei.

"Hihihi!" As meninas se remexeram debaixo dos cobertores, rindo, chocadas que uma de nós fosse tão idiota a ponto de expressar abertamente um sentimento tão egoísta. É claro que era isso que você pensava e fazia o possível para manter a situação com "eles" e longe de você, mas expressar uma opinião tão mesquinha em público, todo mundo sabia, era como se abrir para uma maldição.

"Oh-oh, quem é que mentiu?", Ntombi exclamou. "Sabe, sobre aquele rol de honras", ela conseguiu dizer entre grandes goles de alegria. "Quem que fica dizendo que o rol de honras nessa escola é habitado pelas maiores idiotas?"

"Sim, teve alguém que disse isso. Vamos descobrir", Anastasia se juntou à colega. Seu riso estava controlado agora, mas dava para ouvir seu sorrisinho no escuro. "Vamos descobrir quem está mentindo pra nossa companheira aqui." Mas ela disse *"mumwe wedu"*, "nossa outra", incluindo-me generosamente na busca.

"Ah!", Irene observou. "Quer dizer que ela precisava de alguém mais pra isso? Não dava pra fazer sozinha, sabe, mentir pra ela?"

Todas as habitantes do dormitório riram de novo, incluindo Patience, tão moderada, e Benhilda, que era muito devota. Eu não precisava da reação delas para me censurar. Já fiquei com vergonha assim que me ouvi dizer as palavras. Agora, as risadas abafadas das meninas me fizeram questionar no que eu estava me transformando. Será que eu estava virando uma piada gigantesca? Será que era porque eu tinha aspirações grandes demais para minha posição social e pensava que era mais importante do que os outros, as pobres criancinhas que estudavam no Colégio Preparatório Monte Sinai? Os dormitórios da instituição sitiada, por causa do local onde os padres irlandeses tinham escolhido construir, ficavam mais perto das montanhas do que o Sagrado Coração, e, por isso, ocupavam uma das partes mais belas dos planaltos. Infelizmente, como resultado dessa localização, o Monte Sinai ficava bem na divisa com Moçambique e, por isso, estava mais perto do perigo do que nós. Ntombi riu em resposta a Irene, indicando a pouca consideração que tinha por mim e demonstrando que o sentimento que eu acabara de expressar apenas confirmava sua opinião. "Idem!", pensei o mais alto possível.

Por outro lado, eu estava verdadeiramente envergonhada. O que pode ser? Perguntei, tentando encontrar o defeito em mim. Logo ficou óbvio para mim que o problema estava nos europeus. Sim, essa era sempre a questão com os brancos, decidi. Aliviada, subsequentemente entreguei-me à ideia de que conviver com essas pessoas estava me deixando mais próxima delas. Pois se eu fosse parecida com os meninos, os menininhos brancos que estudavam no Colégio Sinai, meu comentário não teria sido tão insensível. Seria apenas uma adolescente passando pelo mesmo trauma horrível que as crianças, que estava feliz por escapar da intensidade da guerra, embora os meninos mais novos não tivessem a mesma sorte. Mas, bem, havia essa diferença física entre nós, e não nos parecíamos uns com os outros. Então, a conclusão lógica, deliberei, enquanto, uma por uma, as meninas do dormitório caíam no sono, era que eu estava feliz que os meninos do Sinai tivessem aquele destino porque a pele deles era diferente da minha! *Aiwa, kwete*! Como era possível! Só pensar nisso já me deixou chocada, a ideia que, como os piores entre eles, eu também estava me metamorfoseando em uma racista!

É claro, na época eu ainda não sabia que não podia ser isso, apenas uma versão reversa. A possibilidade de que tal transformação estivesse ocorrendo porque eu estava absorvendo as tendências de pessoas com as quais convivia deixou-me, naquela noite, profundamente perplexa. Meus próprios pensamentos foram aniquilados ao imaginar como alguém poderia fazer um mundo melhor quando reproduzia as mesmas coisas que neste aqui causavam tanta dor e angústia a tanta gente, recriando formas que eram tão abjetas. Agora a carta da diretora apareceu no escuro dentro da minha cabeça. Era como uma premonição, explicando o inexplicável. Eu estava errada, como a Irmã Emmanuel mostrou em meu boletim. Minha reação aos meninos do Sinai provava isso. Não, não havia nada de ímpio no comportamento das freiras se elas ofereciam bolsas de estudos a tantas de nós! E certamente as freiras estavam fazendo a obra de Deus, mantendo nossas tristes e ameaçadas colegas brancas dentro de sua zona de conforto! Babamukuru estava certo em me fazer escrever aquele pedido de desculpas. Ele fez isso para me ensinar, para me lembrar: "Tambu, estou bem se você estiver bem!" – a essência do *unhu*, de ser uma pessoa. Assim, caí em meu sono adolescente leve e inquieto, com as marteladas do ódio chovendo ao longe para mim, mas perto dos pobres meninos do Sinai.

Acordei cansada, como se estivesse realizando um trabalho sem fim. *Unhu*, aquela profunda sabedoria de ser sem alarde e sem extravagância; aquele entendimento da vida e de como preservar e acentuar os eternos entrelaçamentos da vida, pelo que nós, africanos do sul, somos conhecidos, o que outros agora chamam de *ubuntu*, exigia que eu me acalmasse, que eu ficasse bem para que outros pudessem ficar bem também. No momento em que entrei no banheiro para me lavar, antes que o sino tocasse e a Srta. Plato aparecesse, eu estava orgulhosa por expressar muito *unhu*. Com este *unhu*, refleti enquanto esfregava minhas costas e ensaboava minhas axilas meticulosamente, eu seria capaz de enfrentar os desafios Colégio para Moças Sagrado Coração com coragem, e assim alcançar, no devido tempo, uma ocupação útil, uma que trouxesse todos os confortos de trabalhos que são valorizados pela comunidade. Conforto e utilidade, uma contradição? De forma alguma, se você participasse da comunidade. Além disso, ocupações úteis não traziam apenas conforto a ser compartilhado entre você e sua família. Elas eram úteis em um sentido que ia além de você: pois, quando você é bom em seu trabalho útil, inspira outros a trabalharem duro para que possam assumir trabalhos úteis também, eventualmente. É só olhar para Babamukuru. Ele me inspirou a ser esforçada e produtiva. Talvez um dia eu pudesse inspirar outra pessoa a ser esforçada e produtiva também. Poderíamos acabar com uma nação de pessoas inspiradoras, produtivas e trabalhadoras, como os britânicos e os americanos, e todos os outros europeus que nos guiavam e ajudavam em nossa luta. Portanto, ser bom em um trabalho útil era muito diferente de ser útil em um trabalho inútil como a prostituição ou a política, de que ninguém se beneficiava.

"Poof-poof!" Me deu um susto, como os morteiros da noite anterior, mas era minha colega irritada na porta. "*Iwe*, o que você ainda está fazendo aí dentro? Você está fazendo isso porque quer, de propósito! Pra todo mundo se atrasar. OK, se é isso que você quer, então deixa assim!", Ntombi disse, atropelando as palavras.

Ko-ko-ko-ko-kongolo, o sino tocou atrás da porta e a voz esganiçada da Srta. Plato acusou: "Por que todas *focês* ainda não se *lafaram*?" Eu me enxaguei rapidamente e saí, a toalha ao redor do corpo pingando. Como evidência do meu recém-ressuscitado *unhu*, lancei um olhar de desculpas para Ntombi, que estava esperando, com a bolsa em uma das mãos e a outra batendo furiosamente na porta. Em seguida, murmurei um pedido de desculpas, pois realmente havia demorado muito na banheira, mas não adiantou. A opinião da minha colega de classe sobre mim na noite anterior foi confirmada, então ela não estava mais falando comigo. "Tsc!", ela me empurrou, estalando a língua com raiva, enquanto a Srta. Plato gritava, triunfante: "*Hoxe* uma marca preta *focês* todas *fão* receber!"

Decidi mostrar à Srta. Plato, e também a Ntombi, enquanto mostrava à governanta, quanto *unhu* eu tinha em mim. Mantive a cabeça baixa enquanto éramos ameaçadas de detenção, e mesmo quando Ntombi saiu do banheiro resmungando sobre pessoas que oprimiam outras pessoas por não permitir que removessem seu odor corporal, continuei a me vestir silenciosamente.

Pensar sobre isso – em quanto *unhu* eu tinha e como podia mostrar isso às pessoas – me manteve muito ocupada. Frequentemente, a partir daquele dia, caminhei da assembleia para a aula, ou de uma aula para a biblioteca, sem saber como tinha ido de um lugar para o outro. Muitas vezes eu estava tão mergulhada em mim mesma que não percebia nada nem ninguém. Entre a biblioteca e o refeitório, no entanto, ficava o quadro de avisos da escola, onde as marcas de má conduta que eu tanto temia eram inseridas para que todas vissem a caminho das refeições. Odiava qualquer vislumbre daquele quadro, onde estava a marca preta que a Srta. Plato impunha ao nome, uma mancha horrível no fundo branco, desfigurando o papel do quadro, assim como eu temia que pudesse fazer com minha vida. Quatro dessas pequenas manchas pretas em um único trimestre podiam fazer com que você ficasse de fora do rol de honras. Por isso ficava muito determinada, toda vez que colocava meu queixo no peito para passar por aquele quadro horrível, que logo mostraria à Srta. Plato que tinha tanto *unhu* que ela nunca mais precisaria apertar a ponta de uma caneta preta grossa ao lado do meu nome.

Uma noite, algumas semanas depois de falarmos no dormitório sobre o Monte Sinai e a Srta. Plato aparecer de repente, de manhã, Anastasia não conseguia dormir e foi tomar uma tampinha de xerez no banheiro.

Sua insônia começou no segundo ano, ela revelou, quando, depois que as luzes se apagaram, suas veteranas lhe contaram histórias de terror sobre o que as freiras faziam e suas razões para fazer isso, práticas pérfidas como segurá-la ali para sempre, sem qualquer esperança de provar sua idade ou dignidade para obter privilégios, encarcerada no último dormitório do corredor Santo Inácio. Nossa colega de quarto gordinha lutou contra a terrível incapacidade de encontrar descanso durante o terceiro ano, embora estivesse de fato no referido dormitório. No entanto, ela conseguiu vencer a insônia por pura força de vontade escondida no conforto de sua carne, de modo que dormia bem quando era aluna do terceiro ano. No ano seguinte, porém, o problema se agravou. E no quinto ano tornou-se insuportável. Ela frequentemente caía no sono durante a aula, o que lhe causava várias marcas pretas por preguiça, até que começou a tratar o problema com um xerez barato. Agora, no terceiro trimestre, com os exames se aproximando, ela estava tomando a poção mais ou menos regularmente. Derramava o líquido pela garganta usando a tampa, e o fazia no banheiro, pois havia luz suficiente lá para ver quanto ela beberia e para que a tampa da garrafa não transbordasse e desperdiçasse o precioso líquido indutor de sono, nem manchasse seus lençóis e cobertores. Ao mesmo tempo, havia naquele quarto um motivo legítimo, como estômago embrulhado ou paralisado, para deixar uma luz acesa após a hora de dormir. Naquela noite, enquanto o ódio de algumas pessoas por outras martelava no ar, Anastasia abriu a porta do banheiro e sussurrou em uma voz que tensa e cheia de espanto: "*Vasikana*, gente, venham, vejam isso aqui!"

Todas corremos para o banheiro. Patience e Benhilda, que eram altas, se colocaram dentro da banheira e se penduraram no parapeito da janela. Ntombi usou a tampa do assento do vaso sanitário para se elevar, e Irene e eu subimos na borda da banheira. Anastasia era baixinha, mas ficou no chão pois disse que já tinha visto o suficiente e por isso nos chamou. O céu estava iluminado como se os botões das árvores floridas nos jardins tivessem explodido.

"Uma tempestade!", exclamei, sabendo, desanimada, que não podia ser isso. O que seria melhor, pensei, a cabeça de novo em *unhu*, o jeito de ser que Babamukuru e, de certo modo, o convento me ensinou? O que seria *unhu* neste momento? Seria melhor comentar sobre a magnificência do céu, ou de uma forma amigável e indireta, indicar que Anastasia podia não ter nos chamado para assistir os céus se iluminando de um jeito que só fez aumentar nossas já insuportáveis angústias?

"*Sisi* Ana!", Ntombi começou corajosamente, embora Anastasia fosse muito mais velha, o que significava, se você estivesse agindo com *unhu*, que a comunicação com *Sisi* Ana devia ser distante e ponderada. Anastasia suspirou, mas não respondeu. "*Sisi*, Ana", Ntombi continuou, com uma pitada de seriedade, "não pode ser por isso que você nos chamou, né? Para ver uma coisa no céu que a gente com certeza não quer ver? Seria melhor ter nos deixado dormir. A gente já não sabe o que está acontecendo?"

Benhilda, Irene e Patience ainda estavam com os olhos grudados na janelinha de vidro fosco.

Ntombi se virou para encarar Anastasia de frente. "Se a gente já sabia do jeito que estava, deitadas, pra que se levantar e caminhar pra ver?"

O céu distante iluminou-se mais uma vez. "Pensei que fosse uma *tempeshtadje*", Anastasia murmurou. Todas nos viramos e olhamos para ela com preocupação. Ela se serviu de outra tampinha de xerez. Ela engoliu o líquido e completou: "Pelo menos no início". Ela estava na defensiva.

"São as nuvens de chuva", sugeri, prevaricando de maneira construtiva. "Se não fosse pelas nuvens, você teria visto logo de cara, Si'Ana. Mas, bom, todas nós pensamos que era um trovão – e relâmpago também – né, gente, quando Si'Ana entrou e nos chamou para assistir."

"Não pensei que fosse um trovão!", Ntombi insistiu. "Nunca achei isso! Foi isso que eu acabei de dizer!"

"Mas nós pensamos!", eu bati o pé, já que agora Ntombi e eu tínhamos um acordo tácito de não concordar, e eu queria consolar nossa *Sisi* Ana, que estava altinha. Então: "Pensamos sim! Pensamos!", minha voz tornou-se truculenta. "É por isso que a gente não queria sair quando a Ana chamou! Por que diabos alguém sairia da cama só pra ver raios e trovões?"

"Bom, algumas de nós sabíamos", observou Patience, sem especificar quem sabia o quê, o que acabou sendo muito pragmático, pois nos permitiu mudar de assunto.

"De qualquer forma, está muito mais longe do que da última vez", Irene comentou. "Então, aqueles menininhos não correm perigo".

"Vão fechar a escola em breve", Anastasia nos disse. "Já evacuaram os meninos para o Colégio para Meninos de Umtali à noite. Já. Ouvi a Irmã Emmanuel conversando com o padre O'Shea."

Ntombi congelou em cima da tampa do vaso sanitário. "Está tudo bem", acalmou Anastasia. "Eles estão levando os outros meninos para a São Mateus, sabe, aquela escola católica."

"*Sakubva!*", Ntombi zombou horrivelmente. "Ah, que levem todos pras cidades, hein. Ou que fiquem e explodam em pedacinhos."

"Cala a boca!", retruquei, sentindo uma onda de cólera.

"Cala você a sua boca!", minha colega respondeu imediatamente.

"Não, não calo! Quem vai me obrigar?" Achei muito estranho estar gritando palavras tão indisciplinadas, apesar de minha recente aceitação do *unhu*, mas ainda mais estranho era o quanto eu gostava disso.

"Pense naqueles menininhos! Ah meu Deus, só espero que os pais deles deixem eles irem pra Sakubva. Sabe como algumas dessas pessoas com dinheiro são!"

"Você está insinuando que eu não me importo com as pessoas?", enfrentei.

"Não se importa!" O nariz e os lábios de Ntombi se enrugaram em um rosnado. "Você me dá nojo! Você não se importa, a menos que sejam eles! Os *honkies*! Você não se importa com nada, Tambudzai, além de você! E é por isso que você adora aqueles europeus!"

Me disseram que dei o primeiro golpe. Não foi nem um pouco satisfatório. Foi só um golpe cego e entorpecido, e acredito que Ntombi retaliou da mesma maneira. Mais uma vez, nos socamos e esmurramos. Segurei outro nariz sangrando e Ntombi um pedaço de carne vermelha e crua onde minhas unhas arranharam seu ombro exposto pela camisola, antes que as outras meninas conseguissem nos separar. Ainda sentia sua pele sob as minhas unhas quando fomos para a cama. Voltei para o banheiro, sentei-me na banheira e passei muito tempo raspando a escuridão de onde estava alojada, com a ponta de um grampo de cabelo.

Então, eu estava brigando de novo e não conseguia acreditar. Mais uma vez, tive vergonha de mim mesma. Não posso dizer que pensei muito em Ntombi e na crueza das partes sem pele; mas estava angustiada e não conseguia entender como a briga tinha acontecido quando eu estava tão preocupada em assegurar que tinha *unhu* o bastante para me comportar do jeito certo. Por que diabos eu continuava fazendo essas coisas sem sentido que me faziam gostar menos de mim! Apenas pensar no motivo pelo qual eu era assim, que teria a ver com o estado fundamental e inalienável de ser indigna, me fez sentir um punhado de dedos cutucando para cima e para baixo em meu estômago com uma vibração tão nauseante que impediu qualquer conclusão. Quando passava pelo quadro de avisos, os dedos se fechavam em um punho.

Numa tarde de sábado, eu estava voltando da biblioteca, para onde me retirara para estudar em vez de nadar. Ntombi estava nadando com Irene e Benhilda. Patience estava passeando, pois um tio tinha vindo de Harare, e levara Anastasia com ela para ajudar a manter a veterana alerta. Este tio era alcoólatra. Em seu caminho para a escola secundária em Goromonzi na década de 1950, ele desapareceu, apenas para aparecer alguns anos depois soprando um saxofone em Joanesburgo. O instrumento transfronteiriço não tinha durado, e ele estava de volta, com dentes escurecidos, bicos de músico que compravam seu conhaque, e memórias que ele procurava Patience para compartilhar. A biblioteca fechava às quatro horas aos sábados, o que não me agradava. Eu preferia ter continuado revisando a vegetação da savana até o jantar. De que outra forma eu poderia seguir em frente? Estava refletindo sobre essa questão, com a cabeça baixa para não observar o quadro de avisos, quando pensamentos sobre o tio de Patience trouxeram o cheiro de tabaco às minhas narinas. Baixei ainda mais a cabeça, para não ficar fascinada com o que o homem e as duas meninas estavam fazendo. Ouvi passos mais à frente. O corredor Santa Sophia, o penúltimo corredor em termos de idade de suas ocupantes, abria-se para o andar superior de uma escada que saía do saguão principal. Vários passos se aproximavam. Destes, um ritmo era inconfundível. Srta. Plato estava descendo.

"O cigarro!" O sotaque implacável da governanta protestou nas escadas que levavam aos dormitórios. "O cigarro só pode no salão principal acontecer! E isso para as mais *felhas*! Em outras áreas não. Não! E também não no salão comunal! Nunca houve nessa escola um dormitório em que as meninas podiam fumar!" A ponta do uniforme da mulher enraivecida virou a esquina da escada e a governanta continuou absolutamente descrente. "Como *focês* pensam, eu não sei, que no quarto as meninas possam fumar! Não, eu não sei, e *fou* contar para a Irmã Emmanuel imediatamente!" Escapei para a alcova nos fundos do saguão para não encontrar a Srta. Plato e seu humor fulminante.

Na alcova havia um armário e dentro dele havia formas brilhantes. Cada uma era feita de prata e reluzia de forma superior, mas atraente. Aqui, no início da entrada principal, estavam expostos os grandes, magníficos e luminosos troféus escolares. Receber um desses significava ter realizado um feito digno não só de reconhecimento, mas também de registro para a posteridade, pela escola. Não havia, nas estantes de madeira escura, um dos medalhões de cobre do rol de honras, que eu me esforçava por obter. Esse prêmio, mesmo para uma conquista de tais proporções, que nenhuma menina em meu dormitório havia conseguido, não era suficientemente distinto para ser exibido. Eu não estava mirando alto o suficiente? Eu era como minha mãe, me contentando com alguns baldes de milho? Então, mesmo se eu ganhasse um daqueles medalhões de cobre que não estavam no armário, qual seria o significado disso? Que diferença isso faria? Comecei a me sentir cansada, com a exaustão que vem de estar constantemente desanimada. Era uma questão assustadora, a sensação de tudo se esvaindo de mim. Eu não queria sentir isso. Continuei a olhar para os troféus, que excluíam o tipo que pensava que poderia ganhar, e lancei olhares ansiosos de soslaio para o grupo que agora estava no meio do *foyer*. Se ao menos elas andassem mais rápido, desejei, para que eu pudesse me mover.

A Srta. Plato apareceu como uma tempestade pelo saguão de entrada. O grupo de veteranas veio se arrastando logo atrás, as alças de seus vestidos de verão cortando seus ombros de modo que a carne ficava inchada de ambos os lados, parecendo tão beligerante quanto elas. A governanta bateu na porta da diretora. Continuei olhando para os troféus e ao redor deles. "Vamos, se acalma! Se acalma, cara!" Implorei ao meu reflexo para me fazer parecer crível. Minha esperança estava em Ntombi, Patience ou Benhilda – as meninas brancas podiam presumir que eu era uma das outras, se eu não me movesse de um jeito que as persuadisse de outra forma. Era isso que eu estava pensando enquanto olhava para o metal brilhante. Pois mesmo que nos comportássemos como se não fosse sabido, era sabido. Uma pessoa era babá, cozinheira, um jardineiro, um mensageiro, um motorista, uma aluna do dormitório africano, até que essa babá, esse cozinheiro ou menino se tornasse terrorista. Aí a pessoa ganhava um nome. Com o nome, vinha uma fotografia impressa no *Umtali Post*, ou mesmo no *Rhodesia Herald*, ou, se a pessoa fosse particularmente famosa, no *Sunday Mail*. O novo nome era impresso sob uma fotografia borrada, mas reconhecível, da identidade. Um tempo depois, muitas vezes havia uma segunda fotografia no mesmo jornal (mesmo que fosse simplesmente uma reimpressão da primeira) acompanhada por um epitáfio satisfeito: outro terrorista levado à justiça foi executado esta semana. Um dia alguém próximo era cozinheiro, jardineiro ou estudante, no outro dia, um terrorista pronto para ser decapitado. É assim que acontecia com as pessoas cujos marido, filho, pai, tia ou irmã fizeram a transição de alguém que trazia vida para alguém que a atropelava. Mas também, nessa falta de identidade, era possível se esconder.

 De qualquer modo, era sensato não enfrentar um grupo de meninas brancas levando uma bronca da governanta a caminho de Deus sabe que punição, apresentada de forma tão desanimadora pela Irmã Emmanuel. "Se você quer desenvolver câncer nesta escola, pelo menos tenha a cortesia de esperar até que possa fazer isso no lugar certo!" Foi isso que a diretora disse. Não, ela não disse nada sobre cortar ao meio, mas a Irmã encontraria, eventualmente, algo apropriadamente desmoralizante para violentá-las. Era assim mesmo. "Essa é a única menina africana na escola que..." "Apesar do tamanho de suas panturrilhas, Bougainvillea Edwards conseguiu ficar em segundo lugar no campeonato de juniores de Manicalândia!" A Irmã Emmanuel era uma daquelas pessoas que apagava até quando elogiava. Nessas circunstâncias, foi uma péssima ideia acabar perto de um grupo de alunas brancas descontentes, especialmente aquelas que recorriam aos prazeres efêmeros das drogas. Meninas assim podem se ressentir por você ter assistido a sua humilhação. Ou podem simplesmente descontar em você a frustração por terem sido impedidas de usar seus produtos químicos. Elas encontrariam um nome horrível para chamá-la que seria usado por toda a escola. Ou elas imitariam você para fazer você parecer uma idiota e todos rirem sempre que elas reproduzissem aquele seu trejeito em particular, seja ele qual fosse, ou pior, sempre que você passasse.

O pior era quando elas nem se esforçavam. "Ei, cara, olha lá aquela *kaffir*!" Uma delas gritava, simplesmente. Onde quer que você estivesse, o que quer que estivesse fazendo, se você pertencesse ao último dormitório do corredor dos primeiros anos, você congelava. Aí você começava a assobiar ou cantar baixinho. Ou você retomava o que estava fazendo com indiferença, mas com muito mais energia do que a tarefa exigia. Os itens que você estava usando para realizar o trabalho – aquela caneta, escova de dentes, pente ou raquete de tênis – iriam, muitas vezes neste ponto, e inexplicavelmente, pelo que você percebia, colocar-se contra você e quebrar. Sem fé. Nós, no dormitório, nem olhávamos no dicionário, pois havíamos aprendido com a história e a religião, mesmo antes de virmos para o Colégio para Moças Sagrado Coração, o que significava *kaffir*. No entanto, quando as meninas brancas usavam a palavra, era como se estivessem decretando uma magia impenetrável. Pela ousadia de buscar o termo e aplicá-lo – como alguém esmiuçava as partes íntimas da filha em uma poção a mando de um *nganga* – o resultado desejado era alcançado. Mas esse era o problema com os brancos. Nunca dava para saber quando eles sorriam, mas, no fundo, pensavam assim, como uma pessoa que tinha uma poção potente, derivada de lugares terríveis, para espalhar por onde quer que passasse.

Enquanto encarava, afogada em ansiedades, as prateleiras, feições apareceram para mim, horríveis e inchadas nas laterais dos troféus. Naturalmente, eu já sabia dos prêmios antes daquele momento. Você os via sempre que se aproximava a temporada de premiações, ao passar pelo *foyer* das salas de aula ou biblioteca para os dormitórios ou refeitório. Além disso, eles sempre eram exibidos quando a aluna talentosa subia ao palco durante a cerimônia, e voltava ao seu lugar, os braços embalando orgulhosamente, como mais tarde fariam com uma criança, uma taça reluzente. Eu sabia deles, mas nunca tinha olhado por tempo o bastante para os troféus para ver qualquer reflexo que pudesse reconhecer, porque, você pensava, sim, é assim – como uma menina e sua irmã, esses troféus são felizes com outras pessoas. Naquela tarde, porém, eu estava presa. Fiquei parada passando o peso de um pé para o outro. As meninas brancas também estavam se mexendo e mordendo as pontas dos cabelos. Fiquei olhando para a prata enquanto a Srta. Plato batia na porta da diretora e esperava. Para preencher os segundos, recorri à leitura das inscrições nos prêmios.

Stephanie Rivers, Frances Millar, Barbara Blacking, Karen Browne. Havia prêmios individuais para Matemática, Francês, Latim, Geografia, História, Física, Química, Biologia e Inglês – todas as matérias individuais. Havia troféus para as casas que ganhavam nos esportes e outros troféus para as casas que venciam na "cidadania", que englobava desempenho em atividades sociais, esportivas e acadêmicas – todos os aspectos da criação de uma moça que eram abordados no convento. Eu não estava interessada em nenhum deles, pois não significavam muito para mim. Os prêmios individuais eram dados a alunas que concluíam o sexto ano final. Isso estava longe demais para eu pensar naquele momento. Mas à direita havia duas taças altas marcadas de forma impressionante com decorações folhosas. Uma era ligeiramente menor que a outra, fora isso, elas eram basicamente idênticas. "Melhores notas de nível A" estava inscrito em uma escrita firme, embora ondulada, na maior. "Melhores notas de nível O" estava gravado no mesmo estilo ao redor da borda da menor. A Srta. Plato entrou no escritório da diretora depois de olhar feio para as meninas. Elas ficaram ali, ainda se remexendo, ainda roendo as pontas dos cabelos, mas agora olhando por cima das escadas para o pátio da assembleia, e mais além, sobre os gramados com o cisne no lago de peixes dourados e árvores floridas, além das altas coníferas mais abaixo, e ao longe, púrpura nebulosa, as montanhas com o esverdeado das plantações de acácia, como se neste momento fossem da mesma opinião dos guerrilheiros: naquela direção encontrariam a liberdade.

Eu não estava mais pensando nessas pessoas. Melhor do nível O. Melhor do nível O! Eu li o que a taça dizia repetidamente. Eu! Eu podia ser a pessoa com as melhores notas de nível O. Eu mostraria a eles que tinha o que era preciso – substância cinzenta que era cinza o suficiente, substância branca que era branca o suficiente, na verdade, mais cinza e mais branca do que a deles. Eles veriam que eu tinha mais cérebro não apenas do que eles, mas também do que Ntombi! Número um! Eu seria a número um na classe e, no final do meu quarto ano, andaria pelo corredor, subiria os degraus à esquerda e receberia meu troféu reluzente. Mas quem seria a convidada de honra? A diretora do colégio secundário do governo, que não dava apertos de mãos? Por um momento, congelei e a imagem de mim mesma naquela posição gloriosa começou a rachar por causa do frio. Mas me balancei até uma onda de determinação quebrar em mim. Por que não? Eu faria e podia. E também não ia precisar esperar muito. Eu estava no segundo ano, chegando ao fim. Muitas matérias começavam a ementa de nível O no terceiro ano. Eu já havia provado que conseguia memorizar. A professora de Geografia, e mesmo Babamukuru, ficaram impressionados com a minha habilidade. Me preparei para memorizar toda a matéria de nível O, isso não seria problema. Aquela taça, a taça de melhores notas de nível O, prometi a mim mesma que ela seria minha, e meu nome seria gravado nela para todos o verem para sempre: Tambudzai Sigauke. Aí as pessoas saberiam quem eu era, uma pessoa que deve ser considerada e respeitada, não um receptáculo de desprezo como jardineiros, empregadas domésticas, cozinheiros e terroristas. Minha vida, prometi a mim mesma de novo, mudaria daqui a dois anos, na cerimônia de premiação. Quanto à diretora do colégio do governo, o que eu podia fazer? Sorrir! Tomaria cuidado para não deixar ninguém desconfortável oferecendo minha mão.

"Irmã Emmanuel *tiz* para *focês* entrarem!", Srta. Plato confrontou o grupo de veteranas nervosas. Elas se arrastaram mais lentamente do que nunca até o escritório da diretora. As meninas da frente deram espaço, educadamente, para as que vinham atrás, mas elas agarraram os braços das primeiras meninas e as empurraram de volta para a frente do grupo. A Srta. Plato as observou com o nariz em pé, cheia de desdém. "Qual é o problema de *focês*!", ela começou, como se já soubesse a resposta e, por isso, soubesse que a situação das meninas era irremediável. "*Focês xá* aprontaram muito, agora começam de novo a se comportar assim!" Então alguma coisa foi dita bruscamente de dentro, fazendo com que as meninas se empertigassem, colocassem os ombros um pouco para trás e entrassem.

Segui, enfim, para os dormitórios, um sorriso nos lábios. Você vinha para uma escola onde frequentemente precisava se beliscar para assegurar que realmente existia. Aí, depois disso estar confirmado, você frequentemente desejava não existir. Então você escapava para tentar evitar um certo grupo. E era ali que você descobria como faria, por fim, quando já tinha quase desistido, para conquistar o respeito e a admiração das pessoas. A vida às vezes era assim, afinal, com todas as peças se encaixando e ficando bonitas! Eu tinha um objetivo. Agora a vida era boa! Nos dias e semanas que se seguiram, não provoquei mais brigas com Ntombi. Levantei-me da cama às quatro e meia para tomar banho, rápida e silenciosa, para que a água estivesse quente quando as outras meninas começassem. Nesse ínterim, sentava-me na borda da banheira, lendo tópicos de Química, Latim e Francês, cujas ementas começavam no primeiro ano. Às vezes eu apenas lia um romance, pois isso também melhorava meu Inglês para a redação que eu escreveria nos testes de nível O, bem como os ensaios sobre literatura em língua inglesa.

8

Um objetivo pode dar o impulso para você ir em frente. O meu foi apreciado e nutrido por todo o terceiro trimestre do meu segundo ano. Também antecipei meu terceiro ano e o ano dos exames de nível O. Para facilitar que tudo ocorresse de acordo com minha estratégia, eu frequentemente me imaginava sentada na biblioteca até que ela fechasse. Depois, essas visões motivacionais passaram a ser de mim mesma na banheira de nosso dormitório, enrolada nos cobertores que Babamukuru havia comprado para eu levar para a escola, minha cabeça entre as torneiras para que eu não pudesse cair sono, e sacos plásticos presos a elas com elásticos, já que as saídas tinham o hábito, embora irregular e dependente da pressão da água, de pingar. Ao mesmo tempo, enquanto minha imaginação me apoiava assim, continuei meu hábito de leitura assídua. Ah, eu dizia a mim mesma quando ficava cansada, como todo esse esforço vai ajudar no meu *unhu*. Babamukuru também achou isso quando fui para casa passar as férias, dizendo com um sorriso satisfeito que estava vendo o quanto eu estava estudando.

Na missão, Nyasha, com a ajuda do remédio intragável coberto de açúcar, estava saindo da depressão. Ela estava mais envolvida com seu trabalho na escola, embora, sendo filha do diretor, ainda não tivesse muitos amigos na missão. Portanto, minha prima era solitária e agora estava feliz que eu estivesse de volta, pois poderia desafiar meu desenvolvimento com discussões. Nyasha havia perdido um ano de escola por causa da bulimia, então estava apenas no terceiro ano. Devido ao fato de ela ter ficado um ano sem estudar, combinado com meu novo objetivo, que me impulsionava para frente, eu sentia que estava em condições de enfrentá-la. Como ela estava na escola da missão, onde Maiguru podia ficar de olho caso tivesse uma recaída, os livros de Nyasha eram do currículo inferior, o africano. No entanto, o fato de seus textos estarem abaixo do padrão daqueles que usávamos no Sagrado Coração não importava no caso da minha prima, pois ela mesma era tão superior. Se fosse eu, essa situação seria desastrosa. Para Nyasha era como uma noitada, muito diferente do que teria ocorrido se eu, uma espécie inferior para começo de conversa, tivesse continuado com programas inferiores ensinados em livros didáticos inferiores. O melhor de toda a situação era que, como Nyasha estava agora apenas um ano à minha frente por causa de sua doença, ela prestava atenção quando a questionava sobre algum problema. Ela se dignou a discutir seriamente os desacordos que encontrei em seus livros escolares.

"Fosse", murmurei uma tarde na primeira semana das férias de Natal. Estava sentada na colcha roxa e marrom que cobria minha cama, meu travesseiro apoiado atrás de mim ao lado da janela. Meu dedo apontou paternalmente para uma linha completada com um tique vermelho de aprovação em um dos exercícios de língua de Nyasha. "Se eu *fosse* mais alto, chegaria ao topo." Fiquei orgulhosa de ter detectado esse erro que tantos ignorariam. "*Fosse*, Nyasha, não *era*! Como a professora não viu isso?"

"Eu sei", ela disse, cansada. "Eu sempre ficava tentando dizer pros professores. E ficava doida de olhar pra todos eles chafurdando na mediocridade! Mas pensa, Tambu, como aquela mulher pode saber o que é certo? E se ela não sabe, é claro que diz que está errado quando eu estou certa! Afinal, ela é a professora. Então, comecei a fazer do jeito que eles fazem, pelas notas, porque são eles que me avaliam." Ela encolheu os ombros de sua própria cama, onde estava lendo um livro que não se incomodou em compartilhar comigo, que em vez de ser revolucionário parecia ser sobre agricultura, pois se chamava *Um grão de trigo*, escrito, pelo que pude ver, por alguém como o pobre Bongo no Congo, um escritor queniano morto de fome. Suspirei com pesarosa surpresa pelas mudanças no caráter de minha prima, ocasionadas ou pela doença ou pela vida que viveu ou pelas drogas que estava tomando.

Meu suspiro a deixou incomodada, pois ela bufou, porém, de um jeito mais gentil do que costumava fazer antes da depressão. "É que nem quando falo de *campus* e *campuses*! Sério, não importa quantas vezes você fale, eles continuam falando desse jeito! E não é só a Sra. Zvimba, são todos eles!", ela desculpou a professora de Inglês. "E a mamãe é professora de Latim! Eles ficam lá sentados naquela sala dos professores juntinhos e bebendo chá! Pensa, Tambu, eles bebem chá! Me faz até pensar que isso afeta as células cerebrais! Porque", ela disse, irritada, "não consigo entender por que eles não falam das matérias que ensinam. Se eles quisessem saber sobre gramática, era só perguntar à minha mãe!" Ela fechou o livro com força, para poder continuar me respondendo: "Eles podiam perguntar à mamãe sobre qualquer uma dessas coisas sobre Inglês e Latim! Ela tem um diploma de Londres! Mas, Tambu, ela é mulher, né? Assim como você e eu, e esse é o problema! Imagina ter que voltar pra aula e dizer sim, isso é o correto, uma mulher me disse. Porque, eles admitindo ou não, todos vão saber. Você sabe que todo mundo sabe de tudo nessa missão. E você sabe como é aqui!" A voz dela estava diminuindo, a ponto de secar completamente e pegar fogo. "É uma missão, sim, mas é assim que eles ainda pensam sobre... Tipo, não é o que eles pensam *mesmo*, muitos deles não. Eu quis dizer que é assim que eles veem as mulheres!" Nyasha estava prestes a ficar exaltada, mas: "Não importa", ela se conteve, com mais resignação do que jamais havia demonstrado. "Não tem nada a ver com *fosse* e *era*, né, nem com *campi* e *campuses*! Tem a ver com o que é pra você saber e o que não é pra você saber!" Ela pegou o livro novamente sem nenhuma palavra mais sobre a situação das mulheres. Virei-me para observar a árvore de jasmim-manga balançando do lado de fora da janela. Essa nova calma em Nyasha era assustadora. Quando ela estava doente, minha prima ficava furiosa e enraivecida. Também achava a fúria da jovem assustadora – pode-se dizer que eu tinha medo de tudo. Eu tinha medo da raiva porque ela consumia tudo, incluindo as pessoas. E como a raiva tinha consumido minha prima naquela época, há poucos meses! Mas, ao mesmo tempo, a raiva de Nyasha me tranquilizava, confirmava que eu era íntegra e não estava em chamas. Naquele dia, a ausência da beligerância presunçosa e simultaneamente ardente da minha prima foi, inesperadamente, mais perturbadora do que sua presença. O que reconheço agora é que era confortável para mim ter outra pessoa sentindo raiva por mim, de modo que eu não precisasse me indignar. Não posso me culpar por esse posicionamento, já que não tinha os meios para agir diferente, pois *unhu* não aceitava emoções furiosas, de qualquer tipo. *Unhu*, como o conhecíamos, exigia contenção, e até mesmo negociar e renegociar a paixão. Portanto, pouco podia ser feito em situações em que negociar não fosse viável. E você se deparava com um painel, como um vidro, através do qual você via que o *unhu* era disfuncional. Havia um motivo para essa disfuncionalidade, obscuro para mim na época, que era a chave da própria filosofia. Em poucas palavras, era o princípio da reciprocidade. *Unhu* não funcionava, a menos que a outra pessoa também estivesse praticando *unhu*. Sem reciprocidade, *unhu* não podia ser *unhu*. A prática pressupunha que *unhu* estava presente em todos. Acreditamos, como tinha sido ao longo dos meses, anos, eras em que o conceito se desenvolvera, que estávamos todos juntos na exaltação de sua excelência e em não desejar nada além da prática do *unhu*. E como todos os nossos ancestrais e nós mesmos confiávamos que essa prática levaria à preservação do mundo e traria ainda mais benefícios ao mundo!

Era difícil para mim ver Nyasha demonstrando menos raiva do que antes, falando com crescente inervação e equilíbrio controlado, mesmo quando estava emotiva, de mulheres cujos genitais eram cortados e mutilados. Porém, minhas preocupações não tinham nada a ver com a jovem, devo confessar. Meus pensamentos, na época, eram: "Será que ela está se tornando alguém com mais *unhu* do que eu?" Se estivesse, ruminei, ainda seguindo as folhas oscilantes do jasmim-manga, será que era porque ela já havia sido tão beligerante, mas havia abandonado aquele comportamento? Ou seria seu *unhu* elevado o resultado do controle que exibia agora? Será que eu teria que ter mais autocontrole do que já tinha se, apesar de tudo, além do que já fazia no Sagrado Coração e aprendia com meus livros, eu ainda precisasse aumentar meu *unhu*?

"Tanto faz, sabe, sobre essas coisas de *fosse* e *era*...", Nyasha recomeçou, um sorrisinho contido, a voz baixa também, descansando o livro sobre os joelhos.

"Como ela está contida!" passou rápido pela minha mente, com admiração. Era com certeza essa contenção que havia permitido que ela abandonasse a raiva, pensei. Sim, a contenção era a base para seu *unhu*.

Ela passou a mão pela capa do livro, acariciando-o gentilmente, sem conseguir me encarar. "Tem um professor. Ele ensina Química para os exames de nível A", ela sussurrou, segurando seu novo sorriso contido nos lábios. "Apesar de ele ser professor de ciência, o inglês dele é muito bom!" Seu sorriso aumentou um pouco, sem ainda se alargar muito, e permaneceu focado na distância, destinado a alguém que não estava no quarto. "Na verdade, é excelente! Não tem muitos ingleses, sabe, que iam saber se o certo é "fosse" ou "era", do jeito que o Sr. Samukange sabe!" Com isso, ela mergulhou de volta no livro, mas percebi que ela não estava lendo, o que me deixou ainda mais preocupada. Um mundo em que Babamukuru pegasse a filha com um professor era um mundo que nem valia a pena imaginar. Nem pelo *unhu* superior da minha prima eu desejava que isso acontecesse, então considerei algo bom que ela estivesse contida. Voltei a folhear os livros escolares da missão e pensei em como nossa discussão havia exercitado meu raciocínio, aumentando minhas chances de conquistar a taça tão desejada. Esse exercício intelectual, pensei, e as manobras morais advindas dele, faziam parte da construção do caráter de que eu precisaria para ter sucesso no mundo. Decidi que era melhor monitorar a contenção de minha prima bem de perto e ver como ela iria progredir, pois, assim, eu obteria a atividade mental de que necessitava, mas quando os perigos do Sr. Samukange tivessem passado, poderia assegurar que ela não acabaria se dando melhor do que eu, com sua nova abordagem comedida, na questão do *unhu*.

Era muito fácil ver como *unhu* era importante pelo que tinha acontecido com as fumantes que a Srta. Plato pegara no flagra e levara até a sala da diretora enquanto eu examinava os troféus no gabinete do *foyer* e tomava a decisão de subir mais e mais no mundo. As fumantes, coitadas, estavam todas no ano dos exames de nível O, e prestariam as provas no quinto ano, como Anastasia. Durante as investigações desencadeadas pela descoberta da Srta. Plato e conduzidas, a princípio, pelas freiras, elas se arrastavam pelos corredores do colégio, sempre tentando parecer insolentes, mas conseguindo apenas parecer soturnas e deprimidas. A pele delas estava manchada pela ansiedade, o que me fazia crer que estavam preocupadas com o que seus pais fariam com elas durante o feriado de Natal. Muitas vezes estremeci imaginando o que teria acontecido se eu fosse uma delas, e os pais fossem Babamukuru! "Meu Deus, eu me arrependo de todo coração!", recorria imediatamente à penitência católica sempre que pensava na possibilidade. Eu nunca contaminaria meu corpo fumando cigarros. Nem iria me juntar a Anastasia em seus ataques de xerez no banheiro. Mas apenas no caso de acabar fazendo algo doloroso que afligisse Deus e Babamukuru o suficiente para causar raiva, queria construir um capital de contrição.

As pobres fumantes foram expulsas. Caroline Nicolls, Susan Winterfield, Janice Fraser, Alice Walters e Paulette Hudson, toda a escola ficou em estado de choque ao saber durante a assembleia numa manhã, haviam sido pegas inalando uma fumaça mais alucinatória do que tabaco. Imaginei a Irmã Emmanuel ficando de quatro, encontrando um baseado atrás de uma das camas, emergindo com o achado entre os dedos e, fervendo de raiva, declarando: "Elas estão expulsas!" Ou a rechonchuda Irmã Henry, que dava aula de Biologia, vasculhando o quarto com pinças e um saco plástico dentro do qual ela depositava espécimes para serem examinadas sob o microscópio no laboratório. Será que a Irmã Henry sabia a aparência de *dagga*, ponderei, ou será que havia levado as amostras para a polícia? Ou será que as fumantes tinham tão pouco *unhu* que haviam esquecido que precisavam se esconder se quisessem transgredir, e que, se as transgressões fossem descobertas, o único remédio era a contrição?

O preço que as fumantes pagaram por não saberem esses fatos foi serem expulsas da escola. Apesar de sua rebeldia, as jovens imprudentes não puderam desafiar a orientação da Irmã para fazer as malas no meio do trimestre.

"Não é justo!", Bougainvillea exclamou durante o almoço alguns dias depois da expulsão. "Elas se foram, todas! Todinhas! Caroline Nicolls foi a última. Aposto que ele nem sabia que estava fazendo isso, mas vocês precisavam ver como o coitado do pai dela estava dirigindo devagar!"

Estávamos comendo uma refeição de peixe assado ao molho branco. Havia brócolis na mesma substância farinhenta gosmenta que sufocava o peixe. As serventes vinham e jogavam os pratos na frente de Ntombi e na minha frente na mesa, como de costume. Quando tinham algo – um prato de pão, uma jarra de leite – para colocar na frente das meninas brancas, o faziam sorrindo gentilmente. Eu não estava muito preocupada com a opinião de Bougainvillea. Olhei para os pratos, sabendo que as outras meninas na mesa não comeriam muito, pois, para alcançar meu novo objetivo, este menu havia se tornado uma das minhas refeições favoritas.

"Minha mãe", Bougainvillea disse, revoltada, "não aceitaria isso! Sem chance, cara, nem pensar! Eles pagaram as taxas, não pagaram! Já pagam as taxas há anos! Elas têm o direito de fazer os exames de nível O aqui mesmo. Minha mãe ia fazer alguma coisa sobre o assunto", nossa colega jurou. "Ela com toda certeza conversaria com alguém, e faria alguém fazer alguma coisa!" Encarei essa moça que se sentava do outro lado da mesa, um olho ainda na refeição que forraria meu estômago, considerando esse novo conceito surpreendente de que mães podiam ser criaturas ativas. Sempre acreditei que as pessoas dependiam das tias, mas mesmo os poderes de uma tia eram passivos e limitados. Quanto a Mai, a imagem que tinha dela era dela se contorcendo, como uma cobra, pelo chão. A mãe de Bougainvillea podia! Minha mãe, ela não era capaz de enfrentar alguém como a Irmã Emmanuel por nada, nem em um milhão de anos.

"Qual é, Bo!" Tracey rejeitou o peixe e colocou um punhado de brócolis na lateral do prato, acomodando uma pilha de purê de batatas. "Você sabe o que elas estavam fazendo, né! Não era só cigarro. Elas estavam usando drogas! E elas usavam até no dormitório! Tipo, olha o nível de burrice! Olha, Bo, sério, pensa nisso!" Tracey revirou os olhos e olhou para o brócolis. Coloquei muito do vegetal no meu prato, ao lado do peixe, pois agora sabia que ambos eram um excelente alimento para o cérebro. Os carboidratos simples, por outro lado, cuja simplicidade havia sido confirmada pela mesma reportagem de revista que exaltava a carne de peixe, ocuparam uma pequena pilha do tamanho de uma colher de chá. Quanto a Bougainvillea e Tracey, porém, eu não conseguia me decidir, pois concordava com as duas. As fumantes foram tolas por se entregar a esse comportamento em primeiro lugar, e ainda mais desprovidas de inteligência por terem sido pegas fazendo isso. Elas deviam ser muito cheias de si, e será que as drogas contribuíam para esses delírios – meninas pensando que podiam fazer qualquer coisa em qualquer lugar, não importa o que qualquer outra pessoa estipulasse, e se safar sem quaisquer consequências! Que estranho! Eu não conseguia entender essa perspectiva, que denotava uma terrível falta de *unhu*. Como é que você podia agir assim, fazendo o que quisesse, independentemente do que outras pessoas dissessem? *Unhu* só permitia esse tipo de coisa quando a sua teimosia pudesse beneficiar outras pessoas, como era o caso de Babamukuru. "Como você está? Estou bem se você estiver bem!" Era assim que pessoas com *unhu* se cumprimentavam. Era, é claro, como é sempre o caso desse tipo de saudação, um cumprimento normal, utilizado há centenas de anos, então as pessoas sem *unhu* conheciam o formato e o utilizavam. Mesmo assim, refleti, mastigando o brócolis, a posição do *unhu* quanto ao que outras pessoas desejavam era clara, independentemente de quem usava a expressão. Apesar de concordar com esse posicionamento, ainda assim, eu também simpatizava com Bougainvillea, e concordava que moças em situações tão complicadas precisavam de mães e pais fortes que pudessem defendê-las. Quão horrível seria não prestar os exames! Não poder seguir com sua vida depois de ter passado tantos anos se preparando para isso! Eu não conseguia imaginar nada mais terrível.

"Por favor, né!" O rosto de Tracey estava posto em uma careta de desdém. "Não vai me dizer que a Caroline Nicolls queria mesmo fazer aquela coisa toda. Sabe, sentar no salão e preencher todas aquelas folhas, e escrever por horas pra depois a Cathy enviar tudo para o painel de avaliação! Estão mais pra painel de censura!", ela bufou. Deidre e Angela, e Ntombi, riram.

"É o princípio da coisa!" Bougainvillea segurou a faca de pé sobre a mesa e continuou. "Só pra você saber", ela divulgou, fulminante, "algumas pessoas que fumam maconha querem prestar os exames. Às vezes, elas são", a menina fez uma pausa dramática, "excepcionalmente inteligentes. É por isso que elas precisam fumar. Olha os existencialistas franceses! E, bom", ela perguntou em tom superior, "maconha! O que é maconha? Isso cresce em tudo que é lugar! Você não acha que Deus colocou a planta ali por algum motivo! Pra que acabar com a vida de alguém só por causa de *ganja*!"

Eu queria me decidir quanto à questão em termos de *unhu*, pois deduzi que assim adquirira conhecimento. A ideia que não parava de passar pela minha cabeça tinha a ver com a perda do *unhu* – essa característica tão essencial para se tornar uma pessoa –, que era um risco que as meninas agora corriam, pois tinham sido expulsas. Olhar para as coisas a partir dessa perspectiva mostrava que havia algo errado. *Unhu* queria dizer que outras pessoas não deviam perdê-lo; era como estar bem – todos deveriam estar bem. As pobres fumantes tinham errado, o que queria dizer que já haviam perdido bastante *unhu*. Agora as pessoas estavam garantindo que elas perdessem ainda mais, em vez de ajudá-las a recuperá-lo. Se fosse sangue, era isso que as pessoas fariam? Era o mesmo que deixar as veias se esvaziarem, se você não estancasse o *unhu* das pessoas. Eu não parava de sentir pena das meninas. Depois do prato principal, as serventes vieram recolher os pratos para abrir espaço para a sobremesa, mas antes que as bandejas aparecessem, Irmã Emmanuel bateu seu pequeno martelo de prata.

Eram más notícias. "Meninas, logo vocês vão estar ocupadas com as provas e achei melhor acabar logo com isso", o corpo discente foi informado. "Vocês vão ver alguns homens que não conhecem andando pelos corredores e nos jardins." Bougainvillea e Tracey trocaram um olhar, e Bougainvillea levantou uma sobrancelha. Debaixo da mesa, pois também se sentavam juntas, para economizar nas porções, embora o princípio fosse que as alunas se sentassem de acordo com o ano em que estavam, Benhilda e Patience bateram palmas; ou melhor, juntaram os dedos, a fim de não chamar a atenção para essa prática natural por medo de parecerem ridículas. Ao mesmo tempo, um burburinho cresceu por todo o refeitório. Mas a Irmã cortou impacientemente nossas insinuações adolescentes. "Esses homens são a unidade especial da polícia para detecção de drogas", revelou a freira, e fez uma pausa após a revelação para que pudéssemos entendê-la. Nós entendemos, e o silêncio caiu sobre cada centímetro do refeitório. As serventes também pararam, bandejas de pudim nas mãos, para olhar para Irmã Emmanuel.

"Meninas, quero que vocês entendam que o esquadrão antidrogas vai estar aqui por causa do comportamento de algumas de nossas alunas." Aguardamos sem nem esperar, ponderando o que mais aconteceria para perturbar nossas vidas. A Irmã continuou: "Vocês também têm que saber que as jovens envolvidas adquiriam os produtos de indivíduos aqui em nosso *campus*, membros de nossa equipe. Sim", a Irmã comentou, olhando para as serventes, que seguravam bandejas sobre as quais havia pratos de pêssegos em lata e creme. A Irmã olhou para baixo, além das mulheres carregando comida, e lançou sobre nós, como balas de canhão, seu semblante irritado. "Sim, alguns membros da nossa equipe, que foram contatados por essas moças, agora vão perder seus empregos por causa das ações de algumas meninas ricas e mimadas." A pessoa da equipe que estava me servindo jogou a bandeja de pêssegos e creme na minha frente. Felizmente, eu já sabia que ela faria isso, então peguei o pratinho antes que a sobremesa derramasse.

"Se alguém souber de qualquer pessoa, qualquer que seja, que esteja usando drogas dentro da escola, por favor, informe alguma autoridade. Seria muito mais simples para nós sabermos os fatos agora, do que esperar até que o esquadrão termine suas investigações." Blim-blim-blim! A Irmã bateu o martelinho brilhante nos lados do triângulo que ficava suspenso numa pequena estrutura bem à sua frente. Todas as alunas pegaram suas colheres e se seguiu um barulho um tanto quieto de talheres numa refeição agradável. Olhei de soslaio para Ntombi. Não podia perguntar para ela, pois não tínhamos uma relação em que podíamos simplesmente fazer perguntas, e, de qualquer modo, isso não poderia ser feito na frente de colegas brancas, e também não ousaria falar Shona e ganhar mais uma marca preta. Mas estava pensando em álcool enquanto comia minha sobremesa. Álcool, especulei, era uma droga! O que isso significava para Anastasia? Ela estava usando uma substância intoxicante e, assim, precisava ser denunciada para o esquadrão antidrogas. Mas e se ela não estivesse desrespeitando a lei? A Irmã mencionou o esquadrão antidrogas, mas não disse nada sobre pessoas que estivessem apenas quebrando as regras da escola. Se eu ao menos não tivesse pensado nisso, nossa aluna do quinto ano e seu xerez! Ntombi estava comendo seus pêssegos com creme em paz porque ela não havia identificado a ligação que eu via tão claramente entre Anastasia, drogas e desrespeitar a lei. Ah, a lei! Agora precisávamos observá-la para ver até onde Anastasia podia dobrá-la sem quebrá-la! Finalmente peguei minha colher e a mergulhei na calda, mas não antes de uma das moças que estava servindo nossa mesa puxar meu prato, fazendo-me pegar uma colherada de ar.

"Ah", ela disse em Shona, fazendo-me ficar quente e desconfortável, "como você estava só sentada aí achei que você já tinha terminado, que não quisesse o doce!" Ela permitiu que eu pegasse a tigela de volta.

"*Sisi* Ana, quando é o seu aniversário?", perguntei quando voltamos ao dormitório, depois da refeição.

"Hehehe! Para! Agora!" Ntombi sussurrou em Shona. "Não pense que eu não vi você cozinhando isso aí, cozinhando lá no refeitório!" O veneno engrossava sua voz. "E da próxima vez que alguém falar com você, talvez você devesse responder! Fiquei envergonhada! Fiquei tão envergonhada que nem sei, sentada do seu lado quando você tratou aquela moça tão mal! No refeitório, gente, *vasikana*, vocês nem sabem o que ela fez. Nem sabem." Ela se virou para as outras, indignada: "*Sisi* Jeleska estava falando com ela! E o que ela fez? Só o que ela conseguiu fazer foi puxar o prato de volta das mãos da *Sisi* Jeleska! Puxou sem nem dizer nada!"

Fiquei exasperada com Ntombi e brava com a servente, mas não pensei mais no assunto. Continuei sentindo pena das fumantes que foram o tema do anúncio da Irmã. Hoje em dia, digo a mim mesma que foi essa simpatia pelas veteranas, junto com a nova submissão de minha prima, em quem eu ainda me inspirava, que fez eu me comportar como me comportei quando voltei para a escola no ano seguinte.

O trimestre já começou de um jeito perturbador.

"Eles fecharam o Sinai!", Benhilda sussurrou na primeira noite em que estávamos reunidas novamente no quarto.

"Não!", exclamou Irene, que estava agora no segundo ano. "Por que eles fizeram isso?"

"Como assim, 'eles'?" Benni perguntou. "Não foram 'eles', os camaradas, nossos irmãos mais velhos, se é isso que você quer dizer."

"Bom, *vana mukoma*, os irmãos e irmãs mais velhos, eles estão fechando escolas. Estão sim! Em vários lugares!", Irene insistiu.

"Não exatamente em todo lugar", Patience apontou, tendo naquele ano progredido para o quarto ano, logo atrás de Benhilda. "Vocês já ouviram falar desses irmãos e irmãs mais velhos, como eles se autodenominam, vocês já ouviram falar deles fecharem alguma escola que tenha sequer um aluno europeu?"

Ficamos em silêncio, quebrado apenas pelo som de nossa respiração enquanto pensávamos no fechamento do Colégio Monte Sinai, o que era desconfortável de se pensar, porque quem quer que tivesse realizado o ato também poderia vir e fechar o Colégio para Moças.

"O que é o Sinai?", intrometeu-se Cynthia, nossa nova caloura, que estava um pouco perdida. "Por que eles fizeram isso? Era um bar? Ou era", ela hesitou antes de usar a palavra, "um bordel?"

Como nós, as mais velhas, estávamos muito preocupadas com nossas próprias questões, nem respondemos. "Bom, então", Irene exigiu, o mais baixo que conseguia. "Quem fechou? Foi o governo?"

"Imagina!" Benhilda continuou, preocupada. "Minha irmã é casada com os Jereras. Os que são donos daquela empresa de ônibus, *Kumhanya Kusvika*! Bom, a Maiguru dela, a que é casada com o segundo filho mais velho, tinha um filhinho lá no segundo ano, no Sinai. Ele era um interno, sabe, um dos que teve que ir pra Sakubva. Obviamente, os pais ficaram irritados com isso! Pagando as mesmas taxas", Benhilda contou, chocada, "mas, legalmente, não podendo receber o mesmo tratamento! Então eles tentaram trazer os outros pais pro lado deles, mas aqueles europeus queriam que os filhos fossem segregados! Imagina só! Querer que seu filho seja segregado! Por que essa gente não quer uma coisa melhor?! Eu acho", Benhilda relatou, cada vez mais ansiosa, "que minhas cunhadas ameaçaram falar com nossos irmãos mais velhos. Acho", ela refletiu, com um pouco de vergonha, como se estivesse confessando um pecado pelo qual logo haveria penitência, "acho que, porque eles têm aqueles ônibus todos indo pra aqueles lugares afastados, sabe, nas áreas rurais, minhas cunhadas, elas precisam... bom, elas precisam... se dar com eles, sabe, com os irmãos e irmãs mais velhos! Então", ela continuou, triste, "ou elas foram mesmo falar com eles, ou elas só disseram *vana mukoma* em alguma reunião da escola, disseram que *vana mukoma* não iam gostar disso. E todos os pais brancos naquela reunião não disseram nada. Mas depois eles começaram a escrever cartas pedindo pros filhos serem transferidos porque, segundo eles, as crianças não estavam seguras num lugar que também ensinava os filhos de terroristas."

Um arrepio percorreu o quarto. Os Jereras eram idiotas. Era melhor ser filho ou irmã de terroristas?

Benhilda estava chorando baixinho. "Agora ele foi levado! Meu cunhado foi levado. Nós nem sabemos quem foi que levou ele! Um dia ele só sumiu e ninguém mais encontrou. A gente nem sabe se foram as forças de segurança ou se foram os irmãos mais velhos! Ah, ah, *ini zvangu*! O que eu vou fazer? Era ele, quando as coisas estavam difíceis, que sempre aparecia pra comprar o que eu precisava e pagar minhas taxas!"

Ficamos em silêncio, considerando todas essas questões. E se nossa escola fosse fechada? Quem pagaria nossas taxas ou garantiria que mudássemos para outro local de aprendizado? Até Cynthia se absteve de perguntar, até a manhã seguinte: "Mas *Sisi Tambu*, por favor, me diga, o que é o Sinai?"

Uns dias depois, Ntombi voltou do almoço e perguntou ao dormitório: "Gente, vocês viram aquelas gêmeas Swanepoel? Vocês viram elas olhando pra minha colega aqui e pra mim?" Ela olhou para mim, indicando que eu era a colega, já que fazíamos um grande esforço para falar o nome uma da outra tão raramente quanto possível. "Sempre que nos olham, é como se tivesse alguma coisa devorando elas. Que pena, hein, alguma coisa se meteu dentro delas e está comendo elas por dentro! Todinhas! Está até digerindo!"

A foto no jornal do dia seguinte revelou o que era. Havia uma fotografia do tamanho de uma página de um homem esparramado no solo de sua fazenda como se estivesse adorando alguma antiga deusa da terra. Ele tinha um machado na cabeça, dividindo o crânio em duas meias luas iguais, de modo que parecia que sua cabeça, talvez por causa de seus pensamentos, curiosamente se transformara em nádegas. O homem era o Sr. Swanepoel.

A Irmã Emmanuel pegou uma dúzia de exemplares do *Rhodesia Herald*, o suficiente para passar um para cada fileira naquela manhã na assembleia e ter outro para acenar indignada. "Não somos uma instituição política", disse, falando com os lábios cor de magenta num rosto que estava branco como uma fornalha. "O que somos é uma instituição cristã. Como tal instituição, não podemos tolerar o assassinato. Assassinatos não podem ser justificados em nenhuma circunstância, e certamente não essa carnificina!" Concordei com a cabeça. Virei o rosto para observar, disfarçadamente, para que as pessoas não pensassem que não estava afetada pela gravidade da ocasião. No fim da fileira Três A estava Ntombi. Ela agora se interessava menos ainda por um lugar na frente, perto da diretora, pois queria garantir que não protegeria minhas costas. O sinal da assembleia tocava todas as manhãs enquanto ela estava em profunda discussão com uma das meninas no dormitório sobre se deveria ou não apertar uma espinha específica ou se Michael Jackson cantava melhor do que Donny Osmond. Enquanto isso, eu estava transformando meu objetivo em uma meta. Naquela época, quando o sinal tocava, eu tinha um diagrama da fotossíntese em mãos, citações de *O morro dos ventos uivantes* ou itens sobre a ascensão ao poder de Oliver Cromwell. Eu os colocava de lado sem ofender ninguém, ou perder qualquer discussão; assim que o sino tocava "kongolo", eu estava fora do quarto antes que a Srta. Plato passasse pelos banheiros.

Então agora Ntombi estava lá atrás, mas também estava balançando a cabeça. As mais velhas, Benhilda e Patience, também estavam levantando e abaixando gravemente o queixo. As duas calouras não conseguiam erguer os olhos e mantinham as cabeças permanentemente abaixadas. Fotos no jornal das coisas terríveis que os irmãos mais velhos faziam tinham esse efeito. Faziam você assentir. Faziam você concordar. Faziam você sentir vergonha.

"Estou pensando nisso há muito tempo", nossa diretora continuou. "E tomei a decisão de aceitar uma oferta que recebemos do conselho municipal."

O jornal chegou até mim. Eu o examinei superficialmente e passei adiante, usando o momento para verificar minha fila novamente, a cabeça ainda baixa, para vislumbrar as Swanepoels. Elas não estavam na assembleia. Já tinham ido embora, para descobrir que haviam perdido não só o pai, mas também a mãe.

"Sinto informá-las que a Sra. Swanepoel faleceu algumas horas depois do marido. Kim e Katherine, duas moças formidáveis, membros de nossas primeiras duplas de menos de dezesseis anos, estão órfãs. Isso depois de terem sido submetidas a todo tipo de horror e obscenidade durante as férias." A Irmã falou com uma voz furiosa, sem inflexão, como se não entendesse como seres humanos podiam se comportar do jeito que os *vana mukoma*, os irmãos mais velhos, se comportavam. Mas parecia que havia algo em sua alma de que ela não gostava, que era mais terrível do que sua decisão. Não olhei mais para ela, e todas as outras meninas do dormitório também estavam olhando para baixo.

"Há uma coisa que eu gostaria que vocês, meninas, considerassem com atenção", a irmã informou à escola. "Há um esforço acontecendo para combater esses eventos terríveis em todas as comunidades do país. Temos uma iniciativa semelhante neste município. As moças que queiram de se juntar às mulheres que costuram edredons e luvas para as tropas, por favor, levantem as mãos. Um ônibus vai levar vocês à prefeitura às sextas-feiras."

O sol ficou quente demais, o pavimento em mosaico cintilou muito forte, o céu oscilou acima de nós, reluzindo demais. Tudo ficou muito quieto, como se todas tivessem parado de respirar de repente. As meninas que viviam nas fazendas e ranchos de seus pais, com a ameaça de violência, tinham os olhos arregalados voltados para a frente, como se, inexplicavelmente, o mal as tivesse rastreado até o lugar que elas rezavam para ser seguro. Bougainvillea estava olhando para a diretora com a boca aberta. Tracey e outras meninas da cidade passavam os olhos inquietos de um lado para o outro. Agora, além das verificações de segurança das bolsas quando você entrava nas lojas de departamentos, a guerra havia chegado a elas. Nós daquele dormitório ficamos lançando olhares para ver o que estava acontecendo. Mas, na maior parte do tempo, porque estávamos angustiadas e envergonhadas, olhamos para baixo.

A Irmã percebeu que estávamos todas desmotivadas. "Bom, não vamos reagir como se o medo e o desânimo tivessem se espalhado pelo *campus*!" Um pouco de cor voltou para seu rosto enquanto ela tentava encontrar um tom mais ameno. "Não quero amedrontar e nem desanimar vocês", ela brincou com a terminologia do crime que víamos todos os dias nos jornais, espalhar medo e desânimo. Se você fizesse isso na Rodésia, podia ser punido com muitos anos de prisão.

"Meninas, não há motivo para ter medo", nossa diretora nos informou. "Espero que vocês estejam dormindo bem!" A Irmã retornou ao seu jeito de dizer "vá" e esperar que as coisas fossem, nascido de sua autoridade absoluta sobre notas, prêmios e exames e que, sua confiança fazia muitas de nós pensarmos, também se estendia aos assuntos de guerra e da nação. "Eu", a diretora continuou com um toque pessoal que era encorajador, "tenho o sono muito leve. Mas fico feliz em dizer que, agora que o esquadrão antidrogas examinou nossas dependências, estou tendo noites de sono decentes mais uma vez. Eles descobriram algumas falhas de segurança em nossa área, que agora foram corrigidas. Na verdade", a Irmã parecia animada, "não houve um único incidente dentro de nosso espaço desde o início deste semestre." Tendo nos encorajado dessa maneira, a Irmã agora nos examinou como fazia ao aconselhar que começássemos a nos preparar para os exames. "As tropas estão fazendo um grande esforço", ela enfatizou, "para nos permitir continuar com nossa missão de oferecer uma educação cristã. Acho que seria apropriado mostrar que estamos agradecidas. Voluntárias, por favor, levantem as mãos."

    Levante a mão.
    Não levante a mão.
    Faça a coisa certa.
    Se você fizer, os terroristas podem te encontrar.

    A impossibilidade disso, de colocar quatro dedos para cima, de esticar uma mão e um braço, e a impossibilidade de tudo o mais depois daquele momento de erguer, impossível por causa de pernas e outros membros que você conhecia e estavam emaranhados em montes, percorreram meus pensamentos como uma força armada. Enquanto isso, à frente, de cada lado, e atrás, ao longo das fileiras, mangas bege caíam de braços brancos jovens, dedos agitavam-se e mais e mais braços subiam. A Irmã disse que deveriam ser feitas listas, uma tarefa que cabia à professora de cada classe, visto que muitas de nós se apresentaram para o esforço de guerra. O meu estava entre os braços levantados.

    Na sexta-feira, recolhi de uma mesa no canto nos fundos da prefeitura várias meadas de lã verde-escura e a fotocópia de um livreto de padrões para produzir roupas para aquecer braços e pernas e outras partes do corpo. "Faça o que quiser, querida! Assim, você não fica entediada e trabalha mais rápido", uma mulher que eu não conhecia sorriu para mim, com as costas retas atrás de sua mesa. Havia café, chá, bolos e sanduíches à venda em uma mesa bem na entrada do espaço. Eu tinha dinheiro suficiente do meu tio e fui me presentear com algo saboroso, para poder falar sobre isso com todas as outras meninas que ficaram para trás no dormitório. Selecionei um saquinho de caramelos artesanais e me sentei colocando um na boca e, cantarolando enquanto a doçura corria pela minha língua, dei um ponto, lacei outro, para a faixa da balaclava que iniciei.

9

Aos sábados, a Srta. Plato fazia a ronda para verificar dentro e fora de todos os armários do andar Santo Inácio, a fim de prever nosso possível sucesso como formandas do Colégio para Moças. Suas previsões baseavam-se na ordem e limpeza, critérios que, principalmente naqueles sábados, causavam um pandemônio no último dormitório do corredor.

Ordem e limpeza eram atributos naturalmente escassos nos dormitórios dos primeiros anos. Bougainvillea agora estava alojada no Santa Agatha, a ala dos anos intermediários, que dava para a piscina. Mas, enquanto ficava no andar das alunas mais novas, falou por todas nós ao definir o caráter da organização. "Ordem", Bougainvillea declarou, "pertence a uma classe mental inferior. Na verdade, a falta de aleatoriedade denota um espírito abismal." Todo o corredor ficou muito admirado pela forma de falar da moça, a saliência de seu queixo quando fez o comentário. Apesar da admiração, porém, ninguém, além de Bougainvillea, jamais demonstrara a teoria para a Srta. Plato. Na verdade, tirando Bougainvillea, nenhuma alma no corredor dos primeiros anos era tola a ponto de esquecer um blusão, uma toalha ou um livro em cima da cama quando saía para a aula. E nos finais de semana éramos duplamente diligentes, ainda mais intensamente meticulosas. Pois durante suas inspeções semanais, a Srta. Plato não se lançava apenas sobre as infratoras óbvias. Ela passava vários minutos em cada quarto, a cabeça dentro dos armários, examinando todos os espaços. Nesses momentos, a governanta vasculhava cada cantinho dos dormitórios. Uma após a outra, ela abria as portas de guarda-roupas, suas pálpebras quase fechadas como paquímetros sobre seus olhinhos cinzentos. Prateleira por prateleira, ela conduzia seu escrutínio, para ver se uma blusa se projetava por cima da peça de roupa sobre a qual estava dobrada; e se a blusa era o primeiro item colocado na prateleira, a Srta. Plato inspecionava para ver se o pano não estava pendurado na madeira.

Bem, os quartos do corredor dos primeiros anos eram projetados para quatro pessoas, mas devido à grande bondade das freiras para conosco, nós éramos seis, e havia ainda mais tensão do que o normal aos sábados em nosso dormitório. Isso acontecia porque, com quatro armários e seis pessoas, quatro meninas precisavam necessariamente dividir dois armários. As mais velhas recebiam seu próprio espaço de armazenamento, e o compartilhamento era deixado para as mais novas. Então Cynthia dividia um armário com Irene. Como éramos as próximas duas em idade, eu era obrigada a dividir o espaço com Ntombi.

A Srta. Plato patrulhava sem aviso aos sábados. Carregar o grande sino de latão para os quatorze quartos que inspecionava toda semana inibiria a execução de seus deveres. Que mão ela usaria, então, para percorrer prateleiras de *shorts* de ginástica e blusas, dispostos de forma tão inconsistente como particípios estrangeiros? Além disso, o sino era importante demais para o bom funcionamento da escola para ser deixado, quando ela estava dentro de um dormitório e realizando a inspeção, ao alcance das alunas. Se Bougainvillea colocasse as mãos no sino, não haveria como qualquer pessoa escapar das consequências, como a própria Srta. Plato sabia perfeitamente bem.

A governanta compensava o tempo que passava longe do sino fazendo um barulho ainda mais tumultuado com o apetrecho ao nos chamar para receber nossa mesada na entrada do corredor. Isso ocorria um quarto de hora após o café da manhã aos sábados, depois do que voltávamos brevemente para nossos quartos para escovar os dentes e esperar com ansiedade pela verificação semanal dos armários.

Kongolo-kongolo-kongolo, o sino estacionário batia, e a Srta. Plato ficava parada imperiosamente na confluência do Santo Inácio com a rota do refeitório para conseguir vigiar dois corredores ao mesmo tempo. Nessa posição, ela também presidia uma pequena mesa de madeira sobre a qual ficava uma caixa de metal cinza. Essa caixa continha pequenos envelopes de papel pardo, mais grossos ou mais finos, dependendo da quantia de dinheiro que cada pai tinha dado à filha. Por causa da generosidade de Babamukuru comigo, meu envelope chegava confortavelmente cheio. Era constrangedor, porém, olhar para alguns dos envelopes que pertenciam às meninas em nosso dormitório, especialmente os envelopes das meninas mais velhas. Os de Benhilda e de Patience vinham magros como vacas durante a seca. Fazíamos filas de acordo com o ano em que estávamos. As veteranas eram as primeiras, então pelo menos Benhilda e Patience estavam na frente, embora tivessem muito pouco dinheiro para receber quando eram chamadas. Contando moedas ou, se só houvesse uma, acariciando-a de uma mão para a outra, voltávamos pelo corredor para organizar nossos quartos. Quanto terminávamos, como agora eu estava engajada em meu objetivo, eu não perdia tempo descendo até o portão para visitar o sorveteiro que passava em seu triciclo e, devido aos regulamentos do colégio, precisava permanecer do lado de fora, já que homens estranhos não tinham permissão para entrar no terreno, apesar dos muitos apelos da empresa de manufatura às autoridades escolares para reconsiderar esse posicionamento. Nos fins de semana, eu passava meu tempo livre enroscada em um lugar atrás do salão, onde nada além dos *chongololos*, que eram silenciosos, chegavam. Eu carregava um cobertor e uma pilha de livros comigo.

O planejamento e a preparação para conquistar meu objetivo

de obter as melhores notas de nível O da escola e ser premiada com uma grande taça prateada com meu nome gravado também influenciavam a organização do meu armário. Tomar o cuidado de ser precisa toda vez que um par de meias ou uma camisa era puxado reduzia o tempo gasto no sábado e me dava mais meia hora inteira com meus livros.

"Então você vai sumir de novo? Pra onde?", Patience perguntou naquele sábado. "Faz a gente pensar no que somos. É, começou ano passado, Tambu, e está piorando. Você está fazendo a gente pensar no que a gente é, já que não somos pessoas com quem você pode passar o seu tempo!"

Puxei uma pilha de roupas de ginástica meio centímetro para frente, examinei-a para ver que agora estava devidamente alinhada com a borda do armário. Tendo completado este movimento, me afastei, tentando não ouvir.

"Pois é, é isso!" Ntombi falou incisivamente por cima de mim para Patience. "Não tem outras pessoas com quem ela passa o tempo agora? Aquelas que a gente bem sabe! São as pessoas que vão pra lá também, essas amigas novas dela, de onde ela vai tricotar!"

O silêncio caiu sobre o dormitório, pois não sabíamos como falar dessas coisas. Mesmo as meninas brancas que embarcavam no ônibus nas sextas-feiras optavam, em sua maioria, por não falar sobre o tricô.

"Nunca!" Patience resolveu deixar a questão para lá. "Ntombi, você acha que alguém faria uma coisa assim! Não, ninguém seria tão idiota! Tricotar pelos cantos da escola! Mesmo sozinha, quem faria uma coisa dessas! Sabendo que a *vana sisi* nos terrenos de cima, ou *vana bhuti* lá nos jardins podem muito bem ser *vanachimbwido*, ou *mujiba*, e denunciar você! Uhum! Nem as meninas brancas, elas têm medo! Ninguém faria isso, ficar por aí tricotando! Não, ela está só lendo", Patience adivinhou, astuta. "Como se não tivéssemos tempo suficiente pra isso durante o período de estudo! Eu sempre acabo tipo uma hora antes do sinal tocar!"

De fato, era verdade que havia tempo o bastante para estudar para aquelas que não tinham um objetivo que exigisse mais dedicação. O sinal para que todas fizéssemos fila para as salas de aula tocava às onze horas todo sábado de manhã. Ficávamos em nossas mesas até a uma da tarde, que era tempo mais que o suficiente se a aluna tivesse apenas a missão de terminar o dever de casa; mas meu objetivo era muito mais do que isso! Naturalmente, eu não podia contar a ninguém do dormitório, para caso eu não conseguisse conquistar minha ambição, caso outra pessoa, Seema Patel ou Tracey Stevenson, ou talvez até Ntombi, fizesse reverência em frente aos troféus em cima do palco em vez de mim. Se eu falhasse, como minhas colegas de quarto ficariam felizes, animadas que eu mesma tivesse me derrubado, poupando-as o trabalho. Como elas entortariam os lábios e zombariam e dariam risada, especialmente Ntombi! Minha colega já estava horrivelmente exasperada pela conversa de Patience sobre salas de aula e estudo, combinada com minha dedicação, pois as palavras a faziam lembrar de como ela estava ficando para trás na questão da inteligência, embora nos primeiros dois anos ela tivesse constantemente ido melhor do que eu.

"É claro que seriam! Idiotas nesse nível, é claro que seriam!" Ntombi disse com desdém. As regras de *unhu* ditavam que ela ficasse quieta, mas ela estava tão exasperada que não conseguia fazer isso. "Você não vê como elas são idiotas só de irem lá, pra fazer tricô! Entram no ônibus lá embaixo dos jacarandás, vocês não viram! E a gente não ouve elas cantando aquela música, lá com as europeias!" Com isso, Ntombizethu virou-se para Patience, os braços cheios de roupas. "Essa terra é minha terra! Essa terra é sua terra! Dos Planaltos Vumba aos Vales Sabi!" Essa era a música que cantávamos dentro do ônibus bordô da escola enquanto passávamos pelos subúrbios até a prefeitura. Tensa e fina, a voz de Ntombi estrangulava as palavras. "Agora, meninas, o que vocês acham? O motorista está lá no volante, né! E se o motorista for um *mujiba*, ou conhecer alguém que seja? Quando ele tiver terminado de conduzir e voltar pra dizer o que viu, o que ele vai dizer pras pessoas?" As narinas da menina se inflaram. Ela estava respirando alto, como se não conseguisse puxar ar o bastante pelo nariz. Toda aquela exasperação estava a colocando cada vez mais longe do *unhu*, num lugar onde os perigos de falar desaparecem. Logo a menina jogou a braçada de roupas no chão e se jogou, indignada, até minha parte do armário. "Olha! Olha o que eu estou falando dessa aí! E se as *vana sisi* que limpam esse quarto virem uma coisa assim nesse dormitório, nesse armário?" Ela estava balançando meu novelo de lã e minhas agulhas, como se fossem armas monstruosas direto do arsenal de um ditador brutal. "E aí quem vai sobrar! Me digam, quem vai sobrar aqui e ficar pra trás! Vocês vão conseguir usar a boca pra dizer alguma coisa útil? Qual de nós vai falar se os irmãos mais velhos decidirem que tem gente aqui que tem que parar de ser vendida! Ah, vocês acham que alguma de nós vai ser poupada! Dizendo 'não sou eu'! Me digam, *mhani*, vocês acham que dizer isso pra alguém vai poupar vocês!" Todas ficamos quietas, pois sabíamos que a dor que impulsionava Ntombi a dizer coisas que estavam além do que devia ser dito doía de um jeito muito mais fatal do que apenas uma rivalidade entre colegas.

Agora eu é que havia parado de respirar. Achei impossível eu mesma saber por que tinha feito isso. Olhando para Ntombi – ou mesmo sem olhar para ela – agora era tão chocante que eu não tivesse pensado nisso: a agonia no vento, o silêncio e a respiração, a elegância lenta, muito lenta, da perna subindo pelo ar; e aí Babamukuru, estranhamente, como um dançarino, finalmente se movendo. Tudo isso sumira quando eu tomei a decisão. Não considerei nada disso. Pois é claro que essas coisas não podem permanecer, para que não afirmem, pelo ato de serem lembradas, que existiram. É por isso que não se pensa nessas coisas, porque a menina não é tão grande quanto o céu, que é grande o suficiente o trazer para existência que é o ato de pensar. Como as coisas eram assim, e eu não era o céu, apenas uma menina em um dormitório, disse: "Quando as irmãs Swanepoel voltarem". Dirigi-me ao quarto silencioso e fiquei surpresa ao ouvir minha voz falhando, pois não senti a força que a sacudia, mas quando a ouvi, o som me revelou como acabei presa em uma tentativa de autodefesa contra minha colega acusadora. "Quando as Swanepoels voltarem, pensei que... talvez se alguém dissesse, eu fiz uma touca e umas luvas, pensei que talvez pudesse fazer elas se sentirem melhor", terminei, falando baixinho.

Patience ficou sentada em sua cama sem dizer nada, e Ntombi abriu bem a boca e torceu o nariz. Ela agarrou meu braço. Me retorci para me libertar. Ela apertou os dedos com mais força ao redor da carne do braço e o sacudiu. Benhilda, Irene e Cynthia se aglomeraram ao redor da cama de Patience, a mais próxima, e ficaram nos olhando. Mas por causa da última briga que tivemos, e pela sensação do que não foi lembrado, eu não estava mais com vontade de brigar. Então, cobri minha cabeça para caso minha colega decidisse me bater.

Ntombi não conseguia sacudir meus braços também nessa nova posição. Ela ficou furiosa. "Você está dizendo que vou te bater! É isso que você está dizendo, né, fazendo isso. Levantando os braços assim! Mesmo que eu não tenha feito nada! Não, eu não fiz nada pra você! Você me provoca e quando eu encosto em você, você diz que vou te bater. Ah, você quer que eu bata, né! Continua! Continua assim e eu vou bater!" Ela balançou o braço livre para trás. Apertei meus cotovelos ao redor do meu rosto para proteger meus olhos. O golpe não veio. Ouvi uma comoção no quarto enquanto eu continuava encolhida.

"Ei!" Patience veio restringir Ntombi. Agora que um movimento tinha sido iniciado, Cynthia, Irene e Benhilda também se mexeram.

"*Sisi* Ntombi! *Sisi* Ntombi! Não, não faça isso!", as meninas mais novas imploraram, esticando os braços para segurar Ntombi.

"Não, Ntombi, assim não! Não, não é assim que a gente age!" Benhilda recorreu ao Shona e falou com tanta intensidade que qualquer um pensaria que ela tinha sido a primeira, e não a última, a se mover.

"*Vasikana!*" Patience arfou. Com uma mão ela estava segurando o braço de Ntombi, enquanto a outra tentava agarrar sua cintura. "*Vasikana*, segurem ela, segurem! Não deixem ficar falado que é isso que sempre acontece no nosso dormitório." Patience também falou em Shona, segurando Ntombi, que tentava atacar. "É isso que a gente quer, hein, *vasikana*? Que eles digam, ah, aquelas lá, elas são assim mesmo, deixa elas lá?"

Ela não precisava nos dizer de quem estava falando, quem falava assim. Um "eles" ameaçador e indefinido no dormitório sempre significava europeus.

"E por que eles dizem isso? Por quê? Não é por causa de pessoas como ela?!" Ntombi exclamou, ainda relutando. "Benni!", ela se virou para a colega, que tinha conseguido tirar a mão de Ntombi do meu ombro. "*Sisi* Benni, e se os seus parentes ouvirem falar disso! E se aquelas parentes que conhecem os *vana mukoma* ouvirem você falando dessa aí!" Ntombi me indicou com o queixo, venenosa. "E se eles ouvirem você falando, sabe, sobre algumas coisas que algumas meninas colocam em alguns armários nesse quarto!"

Benhilda baixou os olhos, incapaz de falar, tão ansiosa que ficou confusa. Patience, puxando Ntombi para a cama e mantendo um braço firme ao redor dela, deu a Benhilda tempo para se recuperar. "Ah, não, a gente não se dá com eles! Ninguém da nossa família fala com eles, fora, sabe, *vanasekuru*, os avôs", a aluna do quinto ano explicou. "Tudo o que eu sei sobre os meninos do Sinai, é por causa dos que os mais velhos disseram."

Iiih!", Ntombi lamentou. "Isso é pior ainda!" Os olhos dela estavam arregalados. Ela parecia muito chocada. "Esses seus parentes não gostam de você, *Sisi* Benni! Não é por isso que eles não te contaram quando aconteceram todas aquelas coisas com o seu cunhado! Se as pessoas não gostam de você hoje em dia, se elas escutam qualquer coisa, se elas escutam você dizer qualquer coisa sobre pessoas que nem as que estão nesse quarto, elas sabem imediatamente pra quem contar! Isso é pior ainda! Ah, porque é isso que as pessoas contam pros irmãos mais velhos!" Ntombi sacudiu-se para um lado e para o outro, de modo que não ficou claro se ela queria se jogar em cima de mim ou apenas se jogar no chão. Então Benhilda e Patience empurraram-na para a cama de Patience. Lá elas se sentaram uma de cada lado da minha colega de ano fervorosa e desconsolada, um braço de cada uma impedindo as mãos de Ntombi de atacar, o outro braço gentil, mas alerta para qualquer movimento, ao redor de sua cintura.

"Ah! Eu sei bem!" Ntombi gemeu. Ela estava com uma expressão que me fez parar por um momento e me perguntar o que, durante suas próprias férias, ela fora levada a testemunhar. "Hoje em dia, quando alguém não gosta de você, é aí que eles fazem isso! Eles – esses seus parentes – eles vão dizer que tem gente que precisa aprender uma lição, junto com a sobrinha deles naquela escola lá. E é isso! É o que as pessoas fazem, *Sisi* Benhilda! Aí, quando essas palavras são ditas aos *vana mukoma*, acabou! Eu sei, não resta nada além do fim!" Ntombi soluçou e se retorceu com uma nova onda de desespero. Antes que ela pudesse me agarrar novamente, nossas colegas de quarto pularam e avançaram em sua direção. Elas pegaram seus braços, então tentaram trazê-la de volta para a cama mais uma vez. Isso fez pouco efeito em Ntombi, que gritava sobre os membros que perderíamos, a natureza e a temperatura do que seria inserido em nossos vários orifícios. "Ah, você, Tambu! Por que você está fazendo isso! Como se você não soubesse que algumas coisas são amaldiçoadas! Ah, vai e pula numa panela de óleo fervente! Ou água, vai, pode ser água também se estiver fervendo! Vai e pula, *usvuukue*! *Usvuuke*! Aí você vai ser o que quer ser. Você vai ficar igual a eles, toda rosada que nem uma europeia!" Era horrível, o que ela estava falando, e bem quando ela disse, a Srta. Plato entrou.

Com todo o barulho que estava acontecendo no dormitório, demorou um pouco para percebermos que havia chegado a hora de sermos julgadas pelo asseio de nossos armários, pois a governanta já estava no quarto antes que qualquer uma de nós percebesse. Quando olhamos para ela, ela estava parada a um passo da porta, completamente rígida. A maçaneta da porta ainda estava em sua mão. Ela logo a soltou. Com a mesma lentidão, o terror do corredor dos anos iniciais trouxe suas mãos de volta para os lados de seu corpo. Ela estava muito reta e alta, e muito quieta. Mas como estávamos, em nossa surpresa e consternação, olhando para ela de perto, pudemos ver a ponta de seu chapéu balançando para cima e para baixo e de um lado para o outro, e às vezes descrevendo pequenos círculos. Seu queixo estava fazendo o mesmo, com a diferença que, nesta parte de seu corpo, os círculos eram trêmulos.

Embora os avisos de Ntombi ainda estivessem em nossos ouvidos, era difícil para nós ver essa outra pessoa, que era mais imediata para nós do que os irmãos mais velhos, com tanta raiva de nós que estava tremendo. Sendo assim, não conseguimos olhar para o rosto da Srta. Plato por muito tempo. Estávamos pelo menos meio envergonhadas por ter causado tanta raiva. Pois se você tivesse *unhu* e convivesse com pessoas, você devia saber o que as irritava; você devia saber o que precipitava sentimentos incontroláveis e antissociais e o que causava bom humor, para adequar seu comportamento de forma a inibir aqueles e reforçar estes. Ao mesmo tempo, e se *vana mukoma* estivesse aqui ou tivesse recrutado seus *chimbwidos* e *mujibas* no local? O que poderia acontecer com essa mulher trêmula? Era difícil olhar para ela com essas questões em mente, então paramos de retornar de forma branda o olhar da Srta. Plato e fizemos o que sabíamos que os europeus não gostavam, ou pelo menos não consideravam uma ação razoável quando pessoas falavam com pessoas: todas desviamos os olhos do queixo, do chapéu e da testa furiosa e olhamos para o chão ou para fora da janela, onde as pombas dos pinheiros atrás do claustro arrulhavam e remexiam as penas do peito. Irene se atreveu a demonstrar interesse pelo teto.

"Eu cheguei", a Srta. Plato se engasgou, "para os armários checar!"

Um barulho de engasgamento veio de Irene também, que imediatamente apertou os lábios e examinou o teto de novo, agora mais seriamente.

A Srta. Plato abriu e fechou os dedos ao lado do corpo, como se estivesse reforçando sua autoridade. "De quem são essas?", perguntou, sua voz tão penetrante quanto qualquer bala, o dedo apontando para a pilha de roupas de Ntombi espalhada pelo chão como se fosse o cano de uma arma. Ninguém queria se responsabilizar por aquelas roupas que estavam sobre o linóleo. Continuamos com o olhar distante. No entanto, Ntombi era a mais desconfortável de nós agora. Ela saiu de cima do cardigã em que estava pisando.

"Então! Essas roupas são suas!" A governanta atacou. Ntombi, que já estava exaltada antes da governanta chegar, perdeu o juízo a ponto de se abaixar e recolher o cardigã. Ela ficou lá balançando o casaco em seus braços, enquanto o silêncio reinava no dormitório, exceto pela respiração cada vez mais pesada de todas. O que ia acontecer? A Srta. Plato ia confiscar o cardigã? Ntombi, que tinha um envelope de mesada fino, e seus pais não aceitariam isso. Os pertences confiscados nem sempre voltavam para as proprietárias originais, mas iam para a loja de roupas usadas ou então, na forma de doações, para uma instituição de caridade ou escola para os desprivilegiados na cidade de Sakubva.

"Por quê? Isso eu não entendo! Por que estão as suas roupas por tudo *xogadas*! Elas deviam dentro do armário bem organizadas estar, mas dentro do armário *focê* não colocou nada!"

Como Ntombi não sabia o que responder, ela ficou simplesmente tirando fiapos do cardigã. O silêncio durou tanto tempo que algumas de nós, que eram mais ousadas, levantamos os olhos para espiar a governanta.

"Ah, então!", a mulher exclamou. "Ah, é sempre assim! *Focê* deve agora todas as roupas recolher, Ntombi!"

Até eu ousei dar uma olhada após essa resposta mais calma. A Srta. Plato estava empertigada. Os braços estavam ao lado do corpo, relaxados. Havia nela uma tolerância desinteressada, em seu rosto uma expressão tênue, mas definida e satisfeita de reconhecimento, como se um assunto de pouca importância estivesse finalmente concluído, seguindo as expectativas. Mas, no momento, entendíamos o que era. Esse era o problema com os europeus naquela época: era preciso muito esforço para saber o que eles estavam pensando.

"*Focê fai* receber *tuas* marcas pretas", a governanta decretou em sua nova expressão calma e praticamente satisfeita que achávamos tão inescrutável. "Agora, rápido, as roupas recolher, Ntombi!"

Ko-ko-kongolo! Era o sinal para o período de estudos depois de finalizarmos meia hora de arrumação silenciosa. Então o próximo soou para terminarmos nossos estudos e prosseguirmos para o refeitório. Verificamos as duas pequenas manchas ao lado do nome de Ntombi quando saímos para comer, passando pela biblioteca. Contente, pensei em como, se minha colega ganhasse mais duas, ela não seria aceita no quadro de honra. Devo confessar, mais uma vez, que não estava preocupada com o sofrimento da minha companheira de quarto.

"Por que ela teve que fazer uma coisa dessas! *Vasikana*, isso lá é coisa de uma mulher fazer!" Ntombi ficou taciturna depois da refeição que se seguiu à passagem pelo quadro de avisos. Ficou resmungando sem parar, querendo que disséssemos que ela tinha sido tratada injustamente, mas ninguém respondeu de fato.

"Humph! Essa gente!", Irene suspirou. "Humph! Que nem aquela mulher!" Ela fez uma pausa para se esticar na cama e remexer os dedos dos pés antes de se virar para pegar na cadeira ao lado da cama uma barra de chocolate Cadbury que comprara na loja naquela manhã. Rip! foi-se o embrulho. "Humph, aquelas lá!" Irene mastigou os pedaços crocantes, pensativa. "Se começarem a falar calminhas daquele jeito! Humph! Acho que talvez seja melhor se elas continuarem agindo daquele outro jeito com a gente, irritadas!"

Ninguém tinha nada a dizer sobre isso. Ntombi passou o resto da tarde chorando.

"Vocês lembram da Anastasia e do xerez dela?", Patience perguntou. "Será que ela continua fazendo aquilo?"

Cynthia tinha um rádio. Ela o sintonizou. As Mahotela Queens da África do Sul estavam cantando, e Mahlatini, o leão de Soweto, rugiu. Clap clap! Benhilda bateu palmas, sentada na borda da cama. Um minuto depois ela estava de pé, dançando. Uma por uma, Patience, Irene e Cynthia se juntaram à colega. Clap clap! Palmas. Tap-tap, passos. Clap-tap, clap-remexe, tap-clap, clap-gira! Era primeiro o pé direito, depois o outro. Logo a cabeça estava se balançando. Havia uma atmosfera quase de alegria no quarto; ainda era triste demais para isso, mas as meninas estavam rindo. Eu me perguntei como devia ser ter tanto dinheiro a ponto de poder pagar um rádio para uma caloura. Nem mesmo Babamukuru podia fazer isso. Havia, em sua casa, apenas o rádio em que ouvia as notícias e a "Voz do Zimbábue", com transmissão de Maputo.

Ntombi continuou chorando, embora eu não conseguisse ouvir tanto por causa da música e das risadas e da dança. Saí com meu cobertor e livros. Ninguém percebeu minha saída.

A serenidade da Srta. Plato teve outras consequências. Minha colega passou a se comunicar comigo ainda menos depois daquele dia em que nossos armários foram verificados e Ntombi balançou meu novelo de lã verde e agulhas de tricô cinza. Eu estava preocupada, não tanto por perder a comunhão com as outras meninas, mas porque sua evasão resultava em uma diminuição na minha cota de *unhu*. Você dizia, eu estou bem se você estiver bem. *Unhu* exigia um mínimo de interação para estabelecer a reciprocidade obrigatória. Aparentemente, agora o rádio da aluna mais nova tinha mais *unhu* do que eu. Com um "clique", as meninas pulavam de alegria e começavam a dançar. Comecei a me preocupar com a questão existencial, e me senti muito superior por estar tão preocupada, pois os existencialistas franceses haviam ponderado assuntos semelhantes, de acordo com as informações que Bougainvillea nos dera. Então, minha pergunta era: e quanto aos rádios e outras coisas que traziam a felicidade às pessoas, as coisas compradas com dinheiro que você ganhava depois de conseguir um bom emprego como resultado de seus estudos? Elas traziam *unhu*? Inegavelmente, por exemplo, Babamukuru, que tinha uma boa casa e muitos bens, possuía muito mais *unhu* do que meu pai. Isso significava que Cynthia, que tinha um envelope mais grosso de dinheiro e um rádio que fazia moças tristes se levantarem e se mexerem ao som estridente da música, possuía mais *unhu* do que eu? Era o *unhu* que você tinha que fazia você ganhar seus bens, ou você adquiria o *unhu* depois de possuí-los?

Se você não tivesse *unhu* para começar, então estava condenado, pois como poderia retribuir as pessoas? Nesse ponto, cheguei perto de uma resposta. As meninas brancas tinham envelopes pardos mais grossos do que os que tínhamos na caixa de dinheiro da Srta. Plato. O mundo inteiro queria retribuir para elas, então certamente elas tinham mais *unhu*! Assim, fiquei ponderando até que ficou claro que um caminho para o *unhu* era o caminho da preponderância material. Passei mais e mais tempo memorizando cada palavra de cada texto, cada estranho sinal e símbolo científico, a sucessão de monarcas britânicos.

Os exames do terceiro ano chegaram. Comecei a me aproximar do meu objetivo. Fiquei no topo, superando Seema, Ntombi e Tracey. Minhas proezas continuaram no meu quarto ano. Me esforcei ainda mais, convencida de que agora meu objetivo era alcançável. No terceiro semestre de nosso ano dos exames de nível O, até mesmo Bougainvillea andava pela escola com o olhar vidrado e murmurando citações das leituras obrigatórias: "Não tenho um pingo de pena! Não tenho um pingo de pena! Quanto mais os vermes se enroscam, mais me apetece esmagá-los! Pode-se dizer que é uma dentição moral..." Eu também tinha memorizado capítulos de *O morro dos ventos uivantes* para o exame de Literatura Inglesa, embora estivesse preocupada por ter esquecido várias frases e, portanto, não teria como ser perfeita, sendo obrigada a recorrer à mera paráfrase.

Três ou quatro dias antes das provas, voltei minhas atenções para as citações necessárias da peça obrigatória, *Romeu e Julieta*. Distraidamente, passei meus dedos pela minha mesa na sala de aula de nível O, enquanto olhava para fora, acima e além das montanhas, recitando mentalmente as primeiras linhas do solilóquio de Romeu: "Oh! ela ensina a tocha a ser luzente! / Dir-se-ia que da face está pendente da noite / tal qual joia mui preciosa da orelha de uma etíope mimosa...". Era bom imaginar tanta beleza!

Meus dedos tocaram primeiro meu texto de Química, depois os livros de História, Geografia e Biologia. Encantada com a imagem evocada pelas palavras, sonhando em fazer parte daquela beleza opulenta, demorei para compreender que o livro que estava procurando já não estava em seu lugar. Em vez disso, voltei-me para as características dos climas mediterrâneos, prometendo pesquisar no final do período de estudos, uma vez que, tendo treinado minha memória como eu tinha, agora era muito fácil memorizar tudo rapidamente. No dia anterior ao exame, ainda não havia revisado, porém, porque o Shakespeare ainda estava sumido.

"Quem pegou meu livro?", perguntei, desesperada. O salão do ano estava cheio, já que era logo antes do horário de estudos, mas ninguém prestou muita atenção. Meu sangue ferveu e me deu a energia de uma máquina a vapor para ir até a colega que também dormia no meu dormitório.

"Onde está?"

"O quê?" Ntombi estava anotando febrilmente notas de Geografia em meio ao burburinho do salão, olhando uma página de texto, cobrindo-a e anotando palavras-chave em um pedaço de papel.

"Meu livro! Onde você colocou? Me devolve!"

Tracey e algumas meninas brancas ficaram olhando para mim. Inspirei para exigir novamente. Os olhos de Ntombi permaneceram imóveis em seu rosto de meia-noite, brilhando como estrelas.

"Silêncio, por favor!" Sandra, a monitora, parou na porta. "Por favor, continuem estudando", ela instruiu, as mesas se abrindo e fechando pela última vez, páginas farfalhando e canetas-tinteiro rabiscando.

Fiquei com meu desespero terrível no peito até o período de estudo terminar. Depois, assegurei que passaria em Literatura Inglesa e subiria os degraus para pegar meu troféu. Foi um ato repleto de riscos de uma mancha preta, pois a Srta. Plato punia qualquer uma que se atrasasse para chegar à sala onde tínhamos um período de descanso após nosso estudo noturno. No entanto, minhas ambições pesaram mais para o troféu de prata do que para as placas de cobre, das quais eu agora tinha duas, de modo que, apesar da Srta. Plato, permaneci determinada em minha decisão.

Terminada a hora de estudo, fiquei para trás, ostensivamente para fechar as janelas, oferta feita à monitora com um sorriso cintilante, já que, naquela época, a maioria dos europeus gostava de ser alvo de sorrisos. Fechei duas ou três janelas com o longo mastro de metal que tinha um gancho na ponta. Eventualmente, os passos de Sandra morreram e o corredor escuro do lado de fora ficou deserto. Imediatamente, corri para a mesa à frente, para abrir sua tampa e virar os livros febrilmente de um lado para o outro para estabelecer seu conteúdo. Quando não encontrei nada, fechei a tampa e avancei para a próxima.

Quando cheguei ao lugar de Ntombi, meu coração estava batendo secamente. A tampa subiu, minha mão mergulhou, o estojo e as réguas foram tirados do caminho. Vasculhei repetidamente e encontrei apenas uma cópia da peça, com o nome dela, Ntombizethu Mhlanga, na época, Ano 4A, Colégio para Moças Sagrado Coração escrito de forma reta na capa interna e sublinhado com firmeza. Não encontrei mais nada nas três escrivaninhas seguintes. A quarta escrivaninha era de Bougainvillea. Lá, aninhado entre as páginas do caderno A4 que ela usava para as aulas de Latim, estava meu Shakespeare, com as minhas anotações! Segurando-o com mãos que suavam, sentei-me, tremendo. Não confrontei Bougainvillea. Era difícil entender por que alguém faria isso, especialmente uma europeia fazendo algo assim contra alguém como eu, que tricotava balaclavas e lenços para que todos ficássemos em segurança! Não descobri o que aconteceu até muitos anos depois.

Os exames continuaram. Agora eu também recusava o peixe ao molho branco com brócolis, por estava enjoada de tão tensa. Se eu não passasse nos exames de nível O, Babamukuru talvez decidisse não me apoiar mais. E minha vida estaria acabada apenas quatro anos após a transformação milagrosa, quando fui aceita pelas freiras no convento. Para me confortar, me imaginei sentada no grande salão em mesas planas que não se abriam para evitar trapaças, no palco com todos lá embaixo aplaudindo e batendo palmas. Lá estavam Babamukuru e Maiguru, dois parentes orgulhosos, radiantes. Baba e Mai estavam brilhando e hidratados, trazidos especialmente da aldeia. Oscilar entre esses dois extremos era uma pressão terrível. Eu estava sempre exausta.

"Vocês têm dez minutos", a voz doce e encorajadora da Irmã Catherine anunciava ao final de cada teste, embora sempre parecesse que apenas dez minutos haviam se passado. Não fui capaz de terminar um único artigo de forma satisfatória e sabia que nunca mais na minha vida poderia olhar para Babamukuru. Miseravelmente, deitada na cama, vi-me voltar envergonhada para a aldeia e ouvi o consolo rancoroso de Mai: "Você achou mesmo que ia conseguir, Tambudzai! Você achou que quem não conseguiu não podia conseguir! Então, agora está voltando pra você, não é mesmo! Hehe, agora, com essa sua falta de sucesso, é assim que você sabe quem é seu pai!" A ideia de fracasso me deixava mais petrificada do que qualquer outra coisa, de modo que imaginar a simpatia sarcástica de Mai enchia minha língua de pânico.

Um mês depois do início do primeiro trimestre do nosso sexto ano – lembro que foi um dia depois de uma tempestade, com poeira e fumaça levadas pelo aguaceiro, de modo que as folhas das roseiras ao redor do pavimento cintilante estavam brilhando e o ar ao redor também – a Irmã Emmanuel se dirigiu ao sexto ano na assembleia, com a instrução de nos reunirmos do lado de fora do refeitório. No primeiro andar, nós nos agrupamos em um grupo nervoso, enquanto outras alunas começavam a primeira aula do dia.

"Ela está vindo! Ela está vindo!" Era Tracey, que estava esperando sem fôlego. Tap-tap, tap-tap vinham os saltos retangulares da Irmã Emmanuel pelo linóleo cinza, avançando em nossa direção. Séria, ela tinha nas mãos um grande envelope pardo.

"Meninas, os resultados estão aqui", a diretora nos cumprimentou como se fosse um dia normal e corriqueiro. Dizendo isso, mergulhou a mão no envelope. Ela reapareceu segurando finas tiras de papel. Seema, Angela, Bougainvillea, Tracey, Ntombi: as folhas estreitas foram aceitas por palmas úmidas. Minha mão fechou-se sobre o papel que a freira me ofereceu, de tão pouco peso para manter baixo o custo de informar milhões de adolescentes em todo o mundo se haviam passado ou não nos exames de nível O, mas de grande importância. Tracey estava agora pulando para cima e para baixo e abraçando Bougainvillea.

"Eu tirei seis! Seis uns!", minha colega gritou.

"Parabéns, Tracey," Irmã Emmanuel acenou com a cabeça, e finalmente admitiu que esta era uma ocasião especial, praticamente sorrindo.

"Que vergonha!", Bougainvillea respondeu. "Seis! O que aconteceu! Por algum motivo, minha amiga, achei que você tinha prestado para oito matérias." Então Bougainvillea, reluzindo de prazer, segurou a própria tira de papel debaixo do nariz de Tracey.

"Inglês, Literatura Inglesa..." elas desceram pela lista, comparando-as.

"Atenção, meninas!", a diretora chamou. "Vocês podem ficar aqui por quinze minutos. Depois disso, a Srta. Plato vai tocar o sino. E então, sinto dizer, vocês deverão voltar para suas rotinas!" A diretora olhou para minha mão, na qual o pedaço de papel estava se desintegrando em suor. A Irmã me olhou intensamente. "Quando o sino tocar, espero que todas vocês tenham reunido coragem para dar uma olhada em seus resultados. Acho que apenas em alguns casos eles são tão desagradáveis quanto se pode esperar!" Com isso, ela caminhou para seu escritório, cabeça precisa e erguida, satisfeita com o resultado de um bom ano em uma das classes mais inteligentes que o convento havia instruído desde sua fundação.

"Olha!" Era Ntombi, pois em ocasiões tão importantes como esta, os rancores eram menos importantes do que haviam sido ao longo dos anos. "Olha!" Ntombi exibiu seu pedaço de papel. "Talvez eu tenha ido melhor que a Tracey! Ei!" Havia um tom de desafio satisfeito em sua voz. Olhei para a lista de uns, interrompida apenas por um dois e um três. "Imagina, hein! Talvez eu tenha ido melhor que a Seema também!" Havia satisfação em seu rosto ao se permitir esses pensamentos grandiosos. Logo, porém, ela abordou o tópico que realmente interessava. "E você, Tambu? Como você foi?"

Meu estômago embrulhou e me senti muito mal, então não pude responder. O que eu sabia é que a Irmã tinha olhado para mim quando fez aquele comentário sobre o pequeno número de casos e coisas desagradáveis. O longo escrutínio e a expressão impassível da freira significavam que eu era uma das poucas infelizes do nosso ano cujos resultados foram piores do que o esperado.

"Tsc!" Ntombi puxou ar entre os dentes, zangada. "Eu não mostrei os meus? Vamos, *ka*! É justo! Me mostra!"

"Ei, como você foi?" Tracey se aproximou. Ela não estava andando no chão, mas no ar vários centímetros acima dele, dando saltos descontrolados, como se estivesse sobre um trampolim.

Ntombi esqueceu de mim e se virou para nossa colega, seu rosto tenso e ansioso. "E o quê?", ela quis saber imediatamente. "Você disse seis uns. E o quê?"

"Bom, eu tirei cinco, então não conto", Bougainvillea disse, lentamente. "Eu sempre soube que deveria ter lido aquela historinha de amor, Romeu e Julieta. Então, vocês mulheres de seis, eu sou o árbitro! Saquem as armas no três. Certo? Mostrem uma pra outra o que tiraram! Um, dois, três!" Os cabelos lisos de Tracey caíram sobre as tranças de Ntombi enquanto as duas alunas olhavam para a mão uma da outra para ver o que a outra estava segurando. Percorri todo o Santo Inácio até chegar ao dormitório. Mas Ntombi e Tracey podiam facilmente vir atrás de mim, então voltei para o corredor e desci ruidosamente pela escada de incêndio. Não era um bom caminho porque os degraus eram estreitos e de metal, cutucando os tendões do calcanhar. Mas queria dizer que elas não viriam atrás de mim para investigar, ou se viessem, seria lentamente.

Para onde? Afrouxei minha mão ao redor do pedaço de papel para garantir que ele não se rasgasse no caminho até um destino seguro em que pudesse lê-lo. Esse lugar precisava ser seguro, mas não muito longe, pois a primeira aula do dia era Sabedoria Religiosa, na qual todas as alunas do sexto ano tinham frequência obrigatória. Logo cheguei à sala de aula, onde nenhuma das outras meninas chegaria até o último minuto. Sentei-me à minha mesa e alisei as informações amassadas. Várias leituras foram necessárias para ter certeza. Quando tive certeza do que tinha feito, não pude acreditar, minhas forças se esvaíram e eu oscilei sentada à mesa, quase desmaiando.

"Típico", Tracey resmungou amargamente, eu não sabia quantos minutos depois. Ela, Bougainvillea e Ntombi estavam agrupadas ao redor de mim enquanto o resto do sexto ano esperava pelo Padre O'Shea. "É só olhar para ela! Coloque na boca dela, manteiga, e não derreteria nem um pouco!"

"E um bom dia pra vocês também!" Uma voz leve e masculina soou da porta. "Embora eu saiba que vocês acabaram de receber notícias que fazem a manhã melhor pra algumas do que pra outras!"

As meninas pararam de profetizar seus futuros com base nas tirinhas de papel que haviam acabado de receber e se dirigiram para seus lugares. Fiquei feliz pelo Padre ter entrado naquele momento. Eu ainda estava entorpecida. Apenas minha mente estava viva e fervilhando como um depósito infestado de baratas. Tracey estava com raiva por não ter as melhores notas. Também estava com ciúmes dos meus sete uns e um dois, o que a deixava ainda mais zangada. O que Mai faria quando soubesse do meu sucesso surpreendente? Será que ela teria inveja e, portanto, seria grosseiramente sarcástica? E quanto a Babamukuru, será que ele ficaria ranzinza e insuportável por causa da única matéria em que não me destaquei? Era isso que conseguir o que você desejava fazia, encher você de perguntas inflexíveis e irrespondíveis?

Como foram maravilhosos os meses seguintes, mesmo assim. Que progresso estava claro que nossa nação estava fazendo! Aqui estávamos Ntombi e eu! Apesar de nossas diferenças, éramos parecidas por sermos orgulhosamente as primeiras da classe de nível O no Sagrado Coração, a turma de moças mais inteligentes desde a fundação do colégio. Como nossa escola era uma das melhores, também éramos as melhores do país. Éramos a prova viva dos benefícios para nossa terra se fôssemos tratados com igualdade. Então, quase timidamente, Ntombi e eu fizemos questão de sorrir uma para a outra. Na aula, na capela, na piscina, acenávamos com a cabeça para aprovar nossa conquista. Foi uma mudança poderosa e benéfica. Você ficava maravilhada, como poderia ficar no momento da conversão, por como era essencial ter um coração feliz.

Às vezes, surgiam desavenças. No entanto, elas eram resultado de eventos que ocorriam além das coníferas e fora dos portões do colégio. Quaisquer que fossem suas falhas anteriores, estava claro que o convento não podia ser responsabilizado por tudo o que acontecia, especialmente pelos atos de um governo violento que enxergava as pessoas como porções divisíveis.

O maior desses problemas, resultante do governo, dizia respeito à minha educação continuada. Ntombi não enfrentava essas novas dificuldades. Ela frequentemente, após sua conquista no quarto ano, olhava sem medo para as montanhas, para Moçambique, onde as pessoas falavam Português. Estava estudando idiomas para permitir a comunicação posterior entre africanos que não se entendiam porque falavam Francês ou Inglês ou Espanhol ou Árabe ou Português. Eu, por outro lado, a fim de me preparar para um bom diploma em Farmácia, Medicina ou Engenharia, escolhi fazer disciplinas de ciências para meus exames de nível A. Por sermos as moças inteligentes que éramos, a turma de sexto ano mais inteligente na história do convento, uma dúzia de nós havia escolhido esse programa. Um professor de Química que deveria chegar da Europa ficou tão alarmado com as notícias de jornais sobre aviões abatidos e reservas de petróleo explodindo, que não assinou seu contrato. Além disso, como resultado de ataques inabaláveis de morteiros, da presença permanente de caminhões de tropas sombrias e sujas pela cidade, a falta de combustível e a austeridade do papel para escrever, muitos professores estavam indo embora. As meninas da minha classe que estavam fazendo matérias de ciências eram levadas todos os dias no ônibus escolar para a Escola Secundária para Rapazes de Umtali para assistir às aulas. Essa escola secundária era uma instituição do governo, construída em terras do governo, de modo que minha presença ali era proibida. Fui instruída pela Irmã Emmanuel a identificar uma menina cujas anotações eu deveria copiar depois das aulas. Angela Reid, que era muito tranquila, concordou com este arranjo insatisfatório. Frustrada, enquanto estava lá sentada na biblioteca tentando entender livros didáticos sem um instrutor e esperando as anotações da minha colega de classe, me perguntava se eu era mesmo rodesiana, se não podia me sentar em assentos rodesianos, ler fórmulas em um quadro negro rodesiano e escrever sobre as escrivaninhas da Rodésia? Cheguei ao ponto, quando me deparei com equações logarítmicas, de planejar um boicote ao ônibus escolar, o fim das excursões de sexta-feira pelo subúrbio de Mubvumbi até a prefeitura. A noção de um passo tão drástico, porém, me causou tamanha tristeza e ansiedade que continuei minha contribuição para o esforço de guerra. Decidi, de uma forma que considerei muito madura e progressista, trazer a Angela sinais de gratidão da noite de tricô, sempre que tivesse dinheiro suficiente para fazer isso.

Durante essas noites ainda havia *brownies*, torta de amora, *Koek Sisters* e *donuts*, mas o café era diluído com chicória, e os organizadores dos subúrbios pediam desculpas pela falta de leite. Cartazes verdes e brancos, no entanto, nos lembravam que as paredes tinham ouvidos e nos encorajavam a gastar nosso dinheiro, apesar de nossas privações, para levar ânimo aos meninos nas florestas. "Rodesianos nunca morrem." – uma longa faixa acima da mesa de bolos assegurava. A frase não tinha um ponto de exclamação: era a declaração de um fato. Ninguém falava comigo. Portanto, eu tinha tempo suficiente, enquanto enrolava a lã nas pontas das agulhas, para examinar a mensagem. Para mim, era uma proclamação potente, que se somava ao meu senso de *unhu*, recentemente reabastecido. Aquelas grandes palavras verdes provavam que se os rodesianos não morriam, a verdadeira questão desta guerra não era dizimar pessoas. Portanto, o objetivo de aquecer as tropas não era permitir que seus membros levassem a morte de forma mais precisa e rápida a outras pessoas, mas evitar que esses outros executassem atos inomináveis sobre os soldados.

Eventos no colégio contribuíram para o retorno do meu senso de equilíbrio. A Irmã Emmanuel mandou uma mensagem, num sábado de manhã, depois de nossos armários terem sido inspecionados, para sairmos do dormitório quando o sinal tocasse, não para a hora de estudo, mas para seu escritório.

"Algumas de vocês", a diretora acenou com a cabeça quando nós, do último dormitório no corredor dos primeiros anos, entramos na sala dela, "devem lembrar da última vez que falei com vocês sobre este assunto." Estávamos, é claro, tensas. Esse era o problema com os brancos: você nunca sabia mesmo o que eles estavam fazendo. Portanto, ficamos imóveis até que a Irmã continuou a explicação: "Queremos oferecer mais vagas para meninas africanas. Pedi à Srta. Plato que desse a cada uma de vocês acima do segundo ano um quarto no corredor apropriado em breve. Vocês vão, a propósito, usar os banheiros nos respectivos corredores."

Como ficamos extasiadas! Sim, maravilhosamente extasiadas pelos resultados de nossos esforços. Não posso dizer o quanto ficamos emocionadas com nosso progresso, combinado com a ausência de marcas ao lado de nossos nomes no quadro de avisos, que mudou o coração da Irmã dessa forma, de modo que agora éramos recompensadas! Por fim, Ntombi e eu viveríamos no Santa Sophia, o penúltimo corredor mais antigo do convento, que desde a época de Caroline Nicolls não abrigava mais fumantes. Patience estava se mudando para Santa Joana, o corredor das veteranas, enquanto Irene, Cynthia e Petronilla, que agora estavam no segundo ano, iriam para o Santa Agatha, o corredor dos anos intermediários. Na manhã seguinte, acordei bem cedo, coloquei um véu e desci pela última vez pelo Santo Inácio, embora fosse protestante, percorrendo a curta distância para agradecer na capela.

O segundo trimestre veio, trazendo o evento pelo qual eu havia me esforçado: a premiação anual. Por causa das circunstâncias de minha educação, eu não estava no quadro de honras, embora Ntombi estivesse. Na assembleia, quinze dias antes do final do semestre, a Irmã leu a lista de meninas que deveriam ir ao Salão Principal para praticar. "As mocinhas que se esforçaram em breve serão recompensadas por sua dedicação e disciplina", disse a Irmã. Não consigo descrever a alegria que senti. Pru-pru-pru, um pombo arrulhou dos jacarandás, e tive vontade de explodir de alegria com isso. Todas as meninas estavam olhando ansiosas para a diretora. As esportistas estava se retorcendo nervosamente, esperando para ver se haviam avançado. Ntombi me cutucou por trás. Abaixei a cabeça modestamente, para que ninguém visse a fornalha de triunfo queimando sobre mim.

"Como vocês sabem", a diretora explicou as circunstâncias dos grandes troféus estampados com folhas que estavam no gabinete do *foyer*, "Michaela Hammon está agora na universidade na Cidade do Cabo. Esperamos que ela volte para receber o troféu de nível A." Em seguida, a diretora anunciou prêmios de disciplinas individuais, para meninas atualmente no fim do sexto ano com base em seu desempenho geral durante essa série. Por fim, a Irmã Emmanuel chegou ao assunto que eu estava aguardando com incontida excitação. "O prêmio para as melhores notas de nível O", ela olhou para nós e senti que era hora de explodir de felicidade. Eu nem sabia o que fazer com tanto júbilo. "O prêmio para as melhores notas de nível O será concedido este ano a uma jovem muito merecedora e dedicada", continuou a Irmã. "Esta jovem", concluiu, "também é campeã de natação. Como o Colégio para Moças Sagrado Coração compromete-se a desenvolver seres humanos completos, o troféu de nível O vai para Tracey Stevenson." Houve uma comoção na frente, onde Tracey estava, com todas as meninas dando tapinhas em seus ombros. A Irmã pediu ordem e leu o resto da lista, incluindo sessenta meninas na lista de honra. Não olhei mais para cima. Não havia necessidade, pois meu nome não estava listado.

Li as anotações de Angela naquele dia e compreendi menos do que o normal.

Toc-toc. Foi depois do período de estudos naquela noite. Como veteranas, morando no corredor das veteranas, não descíamos mais para o período de descanso no salão. Em vez disso, tínhamos uma sala comunal, mas optei, esta noite, por me deitar na minha cama no escuro. Toc-toc. A batida veio novamente. Eu não disse nada e não me mexi. Mover-se era uma fantasia no estado em que eu estava. Certamente, não falaria com ninguém.

"Vamos! Abre! Você está aí, não está?" Era Ntombi.

Relutantemente, levantei-me para abrir a trava. Ela entrou, mas não acendeu a luz. Os quartos eram pequenos. Cortinas xadrez caíam sobre pequenas janelas protegidas com barras de metal que projetavam sombras em forma de cruz no material. Uma escrivaninha, uma cadeira reta e uma pia ficavam amontoadas ao lado da cabeceira da cama de ferro. "Vamos sentar juntas", disse Ntombizethu. Eu me movi para dar espaço a ela. Ela se sentou, deixando alguma distância entre nós. Nós duas começamos a tirar fiapos da colcha na luz fraca que vinha do corredor.

"Por que você não pergunta?" Ela sugeriu, finalmente. "Mesmo se, bom, se houvesse algo errado com os resultados, você deveria saber, não deveria, se algo estava errado e eles não contaram?"

Eu sentia que ainda estava espalhada pelo pátio pelo choque disso, essa coisa eterna e incognoscível sobre tantos europeus. "Pra você está tudo certo!" Sibilei, saboreando a amargura e deixando-a sair nessas palavras cuspidas. "Você ganhou alguma coisa. Você está no quadro de honras. Você vai fazer a sua entrada! Não tiraram nada de você, então você não perdeu nada!"

A respiração que ela conseguiu realizar foi curta e irritada. Meu estômago se contraiu meio em antecipação, meio em choque, com a memória dos meus membros com raiva em sua carne, a escuridão da pele arranhada sob minhas unhas. Não conseguia chorar, embora fosse a hora. Não conseguia porque era tarde demais. Ntombi, que chorou de medo e tristeza enquanto observávamos, Ntombi disse: "Tambu, você tem que parar. Agora. Você tem que parar com isso." Ela argumentou em voz baixa.

Sem entusiasmo, desesperada, metade pela paz e a outra parte pela fúria, cuspi: "Parar o quê? Não fale comigo! Não fale comigo sobre o tricô! Eles são para as mãos! E para os pés! Mãos e pés de pessoas! Está me ouvindo! Você está me ouvindo, Ntombi?!"

"Você não quer descobrir o que aconteceu com os exames?" Minha colega voltou ao motivo de sua visita. "Eu com certeza quero. Podemos ir juntas se você quiser."

"Ha!", ri com desdém. "E quem é você? Bispo Muzorewa, Ndabaningi Sithole? Robert Mugabe, hein, ou Herbert Chitepo?"

"Vamos lá!" Ntombi insistiu. "Você não pode deixar as coisas assim! Vamos! Amanhã, hein? Vamos lá!"

Eu não podia dizer a ela, essa menina que não tinha ganhado uma coisa e sido usurpada, que iria subir ao palco para fazer parte do quadro de honras, o quanto eu estava com medo de ter merecido isso, de não ter me dedicado o suficiente a decorar páginas de Romeu e Julieta. Deve ter havido um engano nos resultados, caso contrário, como meu tio havia assinalado a respeito do relatório que a Irmã Emmanuel escrevera certa vez, a diretora não teria feito isso. Pior ainda, me puni mais, tinha aproveitado seis meses de bons resultados e o *unhu* que os acompanharam, como uma impostora. Como eu estava com medo de que, na verdade, eu não valesse nada. Se eu não soubesse, poderia pelo menos sonhar que era a dona legítima do troféu de prata do nível O. Quando olhasse para ele no gabinete, poderia sobrepor meu nome ao de Tracey. Eu não queria perder esse sonho. Me virei para a parede e me espreguicei. Ntombi me observou. Ela não insistiu. Depois de um tempo, derrubando bolinhas de fiapos pelo chão, foi embora, decepcionada.

10

Foi difícil encarar Tracey. Mas ela continuou agindo como sempre agira. Corava com a impetuosidade arrogante de Bougainvillea no salão comunal do sexto ano e recusava, no refeitório, o peixe ao molho branco com brócolis que não agradava seu paladar, permitindo que eu empilhasse porções generosas no meu prato; pois a dieta do convento não mudara durante esse período. Ntombi, tendo desistido do chocolate em pó logo depois de tirar as lãs verdes dos soldados do meu armário, cerrava os dentes e respirava fundo quando eu esticava o braço para receber os pratos. No entanto, ao aceitar o que Babamukuru podia me oferecer, ficava claro para mim como também era apropriado aceitar essa generosidade. Educadamente, com um sorriso mais ou menos natural dependendo do dia, eu aceitava. Intermitentemente, sem dúvida, ficava abatida. Nessas ocasiões, me esforçava para considerar tudo o que era feito em meu favor. Encontrava consolo no fato de que, embora minha colega de classe, Tracey, também estivesse estudando disciplinas de ciências, como essas aulas eram ministradas na Escola Secundária para Rapazes de Umtali, eu felizmente era poupada de qualquer sentimento de indignação que pudesse surgir ao me sentar perto dela na aula.

No dia da premiação, o salão foi magnificamente transformado com decorações inspiradoras, penduradas, esticadas e destacadas de forma triunfante nas cores da escola, bordô e dourado. Taças com dálias de um vermelho escuro junto com rosas borrifadas em ouro brilhavam sobre suportes dourados reluzentes. As pesadas cortinas do palco foram substituídas por outras de veludo tão profundo que pareciam uma piscina de águas intermináveis.

Serpentinas balançavam das cordas do ginásio até as paredes, e os jardineiros tinham subido nas escadas na semana anterior, espanando os parapeitos e as persianas nas janelas e amarrando bandeirolas. Meia hora antes da cerimônia começar, os pais já estavam entrando pelas portas laterais. As portas traseiras se abriam para o pátio após uma curta caminhada passando pelas salas de aula. No pátio, uma recepção suntuosa, com pequenos animais em espetos e iguarias de oceanos distantes que Ntombi e eu só vimos durante a entrega de prêmios, estava em preparação, por isso foi necessário isolar a área.

Dentro do salão, a atmosfera era de tanta animação que as pessoas não precisaram ser avisadas para ficar quietas. Pais orgulhosos prendiam a respiração. As mães apontavam um lindo arranjo de flores após o outro em sussurros. Os pais cruzavam os braços e fingiam que isso era coisa de mulheres, mas sorriam com complacência. Pessoas cujas filhas não tinham se saído tão bem estavam contagiadas pelo espírito de expectativa que pairava por dentro e por fora das decorações maravilhosas. As vencedoras dos prêmios se sentavam bem na frente. As alunas pequenas do primeiro ano tinham lugares diretamente sob os olhos da Irmã Emmanuel. Solenes membros do sexto ano inferior, que receberiam medalhões de cobre, estavam sentadas mais para trás. Na primeira cadeira desta seção estava Tracey. As últimas entre as garotas que se destacaram eram as mais velhas, as do sexto ano superior, que, apesar de sua felicidade, já estavam cabisbaixas em seus assentos, tristes e nostálgicas porque esta era a última premiação de que participariam, e vai saber se elas se dariam tão bem quando saíssem para o mundo. As alunas que não se destacaram estavam atrás das vencedoras do sexto ano, longe da cerimônia, de forma que a mediocridade ficasse bem escondida. Ali, no final da seção do sexto ano, encolhi em meu assento. Atrás da escola estavam os professores, e a Srta. Plato, embora vestida de branco, colocara nos lóbulos das orelhas para a ocasião um par de pequenos brincos de prata em forma de cruz.

O clube de violão estava arrumado em um canto do palco. Bla-ammm! Irmã Catherine tocou as cordas de seu instrumento, enchendo o salão com uma música de boas-vindas. Batendo um pé com força, a freira lançava olhares de um lado para o outro para o grupo de alunas que balançavam a cabeça e estalavam os dedos.

"Esta terra é sua terra! Esta terra é minha terra!", o clube de violão começou a cantar. Costas se endireitaram. Rostos brilharam. Olhos cintilaram, ou olharam para além das paredes do corredor, para longe, e as costas estavam propositadamente voltadas para as montanhas moçambicanas. Aqui e ali na plateia, alguns lábios se curvaram em sorrisos pequenos, meio angustiados, meio determinados. Mas nós, as meninas! Ah, nós! Felizes e cheias de juventude e boa sorte, quando o refrão veio: "Este mundo foi feito para você e para mim!", a escola toda berrou.

"Enquanto eu viajava, aquela Estrada", veio o solo de Bougainvillea. Nossa colega tinha uma voz de cantora de ópera quando decidia usá-la. "Vi acima de mim, no céu uma estrada! E lá embaixo...", ela não conseguia evitar um olhar ligeiramente cínico e entediado do rosto, "... uma linda chapaaa-daaaa!"

"Esta terra foi feita para você e para mim!" Agora os pais também estavam cantando, e as notas ricocheteavam no teto.

Quando este número terminou, Bougainvillea deu um passo à frente. Toda a escola se levantou. Um silêncio desceu sobre todos enquanto Bougainvillea respirava continuamente, inchando o peito até parecer que ia haver uma explosão. Mas a melodia que saiu era cheia de graça e controle. Atrás, na última fileira da escola, era possível ouvir o som de bolsos sendo tateados, seguido de lenços se abrindo. E pessoas fungando. Certamente, entre as jovens premiadas, os olhos da monitora-chefe deste ano, Paula, também estavam avermelhados, pois aqui, na parte de trás, uma dúzia de alunas do sexto ano estavam chorando.

"Ao lado dos declives de Cross Kopje! Embaixo do lindo céu da Rodésia!" Bougainvillea declarou, seus olhos olhando para dentro agora, como se em direção a uma verdade oculta nas notas que ela reproduzia. "Foi lá que vi pela primeira vez meu Sagrado Coração erguer-se, elegante e belo!"

"Sagrado Coração! Sagrado Coração!", todas nos juntamos. Nossas vozes tremiam e ressoavam, transbordando com tudo o que nossos anos no convento haviam incutido em nós. "A você entregamos nosso coração! E oramos por ser leais! E fiéis aos seus ensinamentos!"

Clap-clap-clap! O público irrompeu em aplausos espontâneos, e até o teto parecia responder, como se o salão fosse um gigantesco alto-falante enviando a mensagem de nossa música para além da cidade e sobre o país. Ficamos tão maravilhadas que esquecemos de nos sentar. Só o fizemos quando a Irmã Catherine tocou de novo e o clube do violão recomeçou, desta vez com um dos hinos populares favoritos da freira melodiosa.

Durante a última estrofe dessa música, a Irmã Emmanuel subiu ao palco. Ela mantinha a postura das costas e a cabeça com tanta elegância que era impossível não a admirar. Peremptória, mas equilibrada em seu terno azul escuro, com o cabelo brilhando, ela emanava poder e realização por todos os poros. Ah, não pude deixar de pensar, enquanto observava a diretora se posicionar bem atrás do púlpito, que se eu continuasse, se simplesmente abaixasse a cabeça e continuasse, também me tornaria uma mulher tão autoritária e potente. Eu, Tambudzai Sigauke, da aldeia, tornando-me tão cativante quanto a Irmã Emmanuel! Era uma ideia maravilhosa, e resolvi mais uma vez não fazer nada além do que deveria.

Logo a Irmã fez com que todo o salão se sentisse tão calmo e satisfeito quanto o bem-estar que exalava. Ela ficou parada por um tempo, observando a todos e sorrindo de um jeito acolhedor e satisfeito. Após uma breve saudação, abordou os assuntos delicados que afetavam a todos nós de uma forma maravilhosamente encorajadora e tranquilizadora. Eram tempos difíceis, observou a diretora, e ela estava feliz que a escola tivesse se saído tão bem, quando tantas outras instituições haviam sucumbido. O louvor era devido principalmente, a Irmã explicou, às meninas que permaneceram suficientemente focadas nesses tempos difíceis, destacando-se em seus respectivos campos. Com isso, ela chamou a convidada de honra, que usava luvas e um grande chapéu branco, que eu acreditei reconhecer como a senhora que ficava atrás da lata de dinheiro na mesa de chá da prefeitura, mas não tinha certeza, porque com as pessoas brancas, a uma distância tão grande, nunca dava para saber ao certo.

Ela pegou o primeiro medalhão de cobre polido. Lá, sentada, meu estômago se embrulhou e minhas mãos suavam. Quanto mais prêmios eram distribuídos e mais perto chegávamos do troféu de nível O, eu fui tentando criar uma vibração entorpecente batendo palmas por mais tempo e com mais força do que todo mundo. Nos intervalos, porém, enquanto as taças eram entregues e as mãos apertadas, eu me imaginava correndo para o palco quando as melhores notas de nível O fossem anunciadas. Mas é claro que foi Tracey quem andou até lá e fez uma reverência antes de agarrar o prêmio no qual eu tantas vezes sonhei ver meu nome inscrito. O vazio abriu um buraco em meu estômago. Continuei batendo palmas e sorrindo, fazendo o máximo possível. Mas senti que minha colega me prendeu naquela taça como um mágico prende um gênio em uma garrafa. Era como se a cada passo que ela dava até seu assento, com a mão na tampa para evitar derramamento, ela me transportasse para longe de onde eu queria estar.

Enquanto Tracey voltava para seu lugar, Ntombizethu virou o corpo, como se quisesse me tocar com o olhar. Ela estava fazendo muito isso esses dias. Ela me olhou tristemente e com alguma reprovação, como se tivesse alguma reivindicação sobre minhas ações e eu tivesse falhado com ela de algum jeito significativo. No entanto, ao mesmo tempo em que me olhava com aquela expressão reprovadora, tentava entrar na fila ao meu lado, na frente do refeitório, na assembleia ou a caminho da missa. Eu detestava esse comportamento. Pior ainda, quando Ntombizethu estava por perto, a censura aos poucos se transformava em pena, como se ela quisesse me proteger. Mas eu sentia o cheiro de algo terrível e destruído nela também, que ela estava tentando descartar agindo dessa forma. Inevitavelmente, senti um arrepio e me encolhi. Naquela tarde, no corredor, puxei meu uniforme com força contra o corpo para reduzir o contato, embora minha colega de classe estivesse distante. A outra questão é que você ficava maior quando se reunia daquele jeito, e todas aquelas coisas que faziam os eventos acontecerem da maneira como aconteciam, cresciam com essa visibilidade, ficavam mais marcantes. Virei-me para olhar miseravelmente para o pátio, pensando em arriscar ir ao banheiro e não voltar. Mas que ideia boba era essa! Eu não tinha força de vontade para abrir meu caminho por entre essas outras pessoas. Além disso, depois de entrar e se sentar, você não deveria se mover, e eu decidi que seguiria em frente, me comportando como fui ensinada.

Ntombi ergueu as sobrancelhas distintamente, apontou para o peito e depois para a porta antes de murmurar: "Eu também!" Fingi não ver; em vez disso, apertei os lábios, sem responder. Ntombi suspirou. Ela cruzou os braços e olhou para baixo, enquanto eu olhava severamente para a parte de trás de suas tranças.

Finalmente, a tortura chegou ao fim. A voz da Irmã Catherine ressoou: "Ah, Senhor, agradecemos!" Ntombi e eu enchemos o peito, abrimos a garganta e soltamos grandes sons. Assim você ouvia, mas não sentia. Você se concentrava apenas na vibração da música, e música do bem sempre se espalha por todo o corpo.

Quando não havia música para espantar o desespero – na calada da noite, quando os espíritos de freiras raivosas e insatisfeitas deslizavam para nossas camas, ou quando eu erguia os olhos na biblioteca, saindo das garras de uma equação insolúvel, temendo que Angela chegasse trazendo mais do mesmo –, eu mal sabia quem eu era ou onde eu estava. Sabia que nunca encontraria o caminho de volta ao lugar que antes pretendera, mas não conseguia ver onde havia errado. Pois certamente o Sagrado Coração não podia estar errado. Este era o lugar onde toda jovem ambiciosa queria ser educada, o colégio para o qual todos os pais bons e cuidadosos desejavam enviar suas filhas. Descendo as escadas de concreto ásperas ao lado do corredor, que você podia ver pela janela da biblioteca quando se sentava lendo, estava o local secreto onde eu costumava memorizar a matéria para os exames de nível O, acompanhada pelos *chongololos*, silenciosos e, portanto, essencialmente honestos. Senti frio ao olhar naquela direção. Me deu uma sensação de estômago embrulhado. Pois aquele local, e toda a memorização que tinha acontecido lá, afirmava que ou Sagrado Coração ou eu não possuía os atributos que conferem virtude e merecimento. Era eu contra o Sagrado Coração, uma escala de luta semelhante a Davi e Golias. Mas eu acreditava no colégio com uma tenacidade praticamente feroz. Posso ter tido pensamentos divergentes, mas não acreditava neles. A crença prevalecia. Esta escola que nos educava era um primeiro e importante posto no caminho para uma vida melhor. Você acreditava que os sinais para este destino superior tinham sido colocados ao longo do caminho por aqueles que sabiam e lhe desejavam uma boa viagem, de modo que tudo o que você tinha a fazer era seguir. Ah, como eu tinha seguido diligentemente, tinha obedecido aos imperativos colocados sobre mim sem questionar – exceto por aquele episódio, é claro, no banheiro do corredor Santo Inácio, e pelo cabo de guerra com os lençóis; mas esses incidentes me fizeram sentir tanta vergonha que repudiava minhas ações e as tratava como aberrações. Eu conseguia pensar em olhar ao meu redor de uma maneira diferente? Não conseguia. Na verdade, eu não podia nem imaginar que deveria ter olhado ao meu redor de outra maneira e analisado o que estava acontecendo de minha própria perspectiva. Pois, para fazer isso, seria necessário um ponto de vista, mas é difícil ficar sobre os alicerces com os quais você nasceu para olhar para frente, quando esse suporte é bombardeado por tudo o que está ao redor até que o que permanece firme e reto fique escondido embaixo de entulho e ruínas.

Nesse estado, não ajudou muito quando tentei aprender como progredir mais, aplicando os conceitos gerais, até então úteis, de *unhu*. O problema com o *unhu* é que você não pode ir contra a corrente por conta própria. Você não era um clã, um *povo* com uma ode ou espólios de guerra que petrificava os inimigos. *Unhu* exigia que uma tia mais velha, ou uma *sahwira* – alguém de quem você era parente não por sangue, mas por absoluto respeito, simpatia e compreensão – fosse às autoridades a fim de apresentar seu caso, mostrando que o que a perturbava não era um capricho inconstante de um indivíduo mal-educado. O que *unhu* prescrevia para quem estava se movendo contra a corrente maior era que caísse em si, percebesse a soberania do grupo e trabalhasse para compensar a decepção. Então você se tornaria alguém, à medida que acumulasse mais *unhu*.

Isso, então, nas semanas e meses que se seguiram à cerimônia de premiação, foi o que tentei fazer. Voltei-me para meus exames de nível A e me esforcei para ter sucesso neles, mas não conseguia me concentrar nas lições que Angela trazia da Escola Secundária para Rapazes de Umtali. Minha colega de classe fazia o que podia com explicações e diagramas, mas não fazia diferença com que frequência nem com quanta paciência ela repassasse as aulas. Tampouco podia relacionar isso com o fato de estar desmoralizada, de ter me exaurido em minha busca por reconhecimento e uma taça, de modo que agora estava deprimida e desanimada, vazia como uma casca velha. Nada disso importava! Apesar das minhas boas intenções e esforço, tudo estava se desintegrando.

Como foi triste! Para piorar as coisas, na euforia que tive quando os resultados do quarto ano foram anunciados e descobri que era a mais inteligente da minha classe, havia me inscrito em mais disciplinas do que o normal: Matemática, Biologia, Química e, além dessas ciências, uma quarta, Inglês. Essa era a disciplina em que eu havia tirado dois, e eu estava determinada, quando as listas saíram, a obter um A nos exames de nível A, bem como nas outras três disciplinas. Cansada, me esforcei muito. Trabalhei mais horas na biblioteca de costas para a janela e nunca descia para o local banhado pelo sol, com uma manta para deixar o chão de seixos mais confortável, onde o calor irradiava do concreto e os *chongololos* rastejavam silenciosamente; o lugar onde eu tinha devorado meus textos de nível O como uma vaca comendo grama para ser regurgitada no papel do exame.

Fiquei com os olhos vermelhos e irritadiça, lia durante a noite no quartinho do corredor Santa Sophia, até as letras saírem das páginas como pequenas formigas pretas e me abaixar para pegá--las, para então perceber que estava cochilando sem esperança de dormir de verdade, e me forçava a voltar a aprender. Assim eram todas as noites até que os ataques de morteiros em alguma fazenda de chá ou tabaco ou plantação de acácia além das montanhas cessassem suas tentativas abafadas de assassinato, e o arrulho cinza pacífico das pombas, silencioso como o amanhecer, sugeria tentativamente: "Pergunte ao seu pai! Pergunte ao seu pai!"

Os dias se dissolviam nesses espaços ansiosos entre o anoitecer e o amanhecer, pois era na cama onde eu frequentemente acabava depois do café da manhã, já que não havia aulas para me manter ativa e tudo que eu tinha que fazer era esperar Angela voltar com a cota de conhecimento do dia. Exausta da caça após o descanso, frequentemente me sentava à escrivaninha em meu quarto e pegava minhas agulhas de tricô. Mas essa terapia também não tinha nenhuma vantagem. A lã verde escura era da cor de folhas na sombra, e quando me inclinava para que minha própria sombra da luz da janelinha alta caísse sobre a luva, parecia que os dedos estavam cortados e, nas manchas mais escuras, que sangue estava sobre ela. A energia com que eu laçava os pontos diminuiu. Logo, não consegui mais me obrigar a ir até o estacionamento sob os jacarandás para entrar no ônibus escolar bordô até a prefeitura. Cheguei várias vezes e vi o ônibus saindo de debaixo das árvores. Nem uma vez acenei ou chamei, mas observei-o partir com indiferença. Já não me importava mais com o que as meninas do ônibus pensavam ou o quanto sofriam, e depois de várias vezes que perdi o ônibus, coloquei as luvas inacabadas, a lã e tudo na lixeira da sala de aula. Me senti culpada e preocupada porque agora que não me importava, estava cedendo ao mal. Pois essa não era uma regra geral conhecida por todos os seres humanos em todos os lugares? Ame o seu próximo como a si mesmo! Eu estou bem se você estiver bem! Mas não conseguia mais encontrar um bom motivo para tricotar.

Agora, as noites de sexta-feira eram solitárias. Era preciso encontrar coisas para fazer para desviar a atenção dos estrondos que explodiam a vida das pessoas para o céu, como os raios de um deus louco. Pelo Santa Sophia filtravam-se outros sons do carnaval sanguinolento que se alastrava em busca das diversas liberdades antagônicas da Rodésia. "Papai foi lutar pelo verde e pelo branco!", vibrava Gwyneth Ashley Robbin. Após o horário de estudo no último dia letivo da semana, com tempo disponível e desespero esticando o coração como um animal desconhecido e indomável na coleira, as meninas do sexto ano enchiam a sala comunal com sons domésticos familiares: o tilintar de metal batendo na porcelana, o canto de uma chaleira fervendo, o chiado do leite espirrando no pequeno fogão de duas placas fornecido pelo colégio. Em seguida, os grãos de café eram batidos com açúcar até formar um creme. A deliciosa espuma que subia, quando o leite escaldado era adicionado, descia enquanto as alunas do sexto ano curtiam o novo pop nacional na Radio 1, a estação europeia.

Pela primeira vez, era possível ver diferenças profundas o suficiente para causar divisão entre as colegas. Havia, entre as meninas que se espreguiçavam nos sofás e folheavam cópias de *Fair Lady* às sextas-feiras, certa má vontade contra as que todas as semanas tricotavam feitiços para dissolver balas e afastar mortalhas com as mulheres da cidade. Mesmo assim, me sentia estranha na sala comunal, de modo que não ia lá com frequência. "O que canta e voa para as montanhas?", começou Bougainvillea. Um grupo de meninas repetiu a piada com risadas que beiravam cruelmente o descontrole quando o jato do jovem cantor de guerra caiu em um penhasco, enquanto o restante olhava em frígida desaprovação. Mas havia algo indefinível, mas absoluto, sobre a união de nossas colegas de classe e a aspereza de seu desprezo, não expresso, que era repulsivo e exclusivo.

"Vamos!" Ntombi estava destrancando a trava de seu quarto no Santa Sophia com sua chave. Isso foi algumas semanas depois de eu deixar de embarcar no ônibus para a prefeitura e não contribuir mais para o conforto das tropas. Patience estava ao lado dela, um quadril apoiado no batente da porta. Naqueles dias, você via as jovens calouras do último dormitório do Santo Inácio se movendo em um grupo encurvado, empurrando pelo corredor, como pequenos antílopes. Essas duas veteranas também sentiram a necessidade de se reunir e formar uma constelação.

"É!" Patience concordou. "Vamos, Tambu, *kani*! Vem com a gente."

Tracey, vindo pelo corredor, caneca de café na mão, parou para bater na mão de Ntombi, cumprimentando-a. "E aí, Nnntombi!" Ela só prolongava o primeiro som e não colocava uma vogal antes dele, como o resto delas. "Nnn-tombi" era como Tracey dizia. "Patience, sim, ei, Patience!" Nossa colega sorriu. Isso eu temia, esse cancelamento por vir até nós, pois era a vontade delas e não permitia que você fosse e se juntasse a elas. Ntombi observou Tracey abrir a porta da sala comunal para um bombardeio de música. Ela ergueu as sobrancelhas e Patience olhou de lado para mim. Esperei e esperei até que a porta da sala comunal fosse fechada, antes de aceitar que Tracey não tinha me cumprimentado.

"Vai sentar um pouco com a gente?", perguntou Ntombi. Mas agora eu estava com raiva. Tracey me deu as costas quando eu tinha desistido de causar qualquer problema com o troféu e os resultados do nível O; enquanto isso, Ntombi, que desejava expor nossa colega, com ela Tracey agora batia palmas! Por isso, fiquei angustiada com as duas, por sua traição e duplicidade. Além disso, fiquei indignada com Ntombi e Patience que queriam me reivindicar, agora que eu havia parado de tricotar, por sua inutilidade, sociabilidade e displicência constante. Além disso, eu não suportava a maneira como elas pensavam que se eu não tricotasse, ia ficar sentada sem fazer nada. Essas meninas, querendo definir as minhas ações! No entanto, elas não tinham a menor ideia de para onde eu estava indo. Se eu não fosse pela prefeitura, isso não significava nada: elas não entendiam que às vezes uma pessoa chegava a um ponto em que era contra tudo? Além disso, uma vez que Ntombi bateu a porta de seu quarto e a fechou atrás dela, as vozes das duas meninas subiram para aquele tipo de conversa barulhenta que lembra as florestas. O corredor estalou com o bater de palmas. Em seguida, gritos de riso, como se Santa Sophia estivesse sitiada por um exército de *banshees* embriagadas. Tudo isso com apenas duas moças! O que aconteceria se fôssemos três era algo em que não dava nem para pensar! "Estou fazendo fichamentos", informei as duas veteranas depois que elas fizeram o convite. Elas agora estavam esperando para entrar no quarto, sorrindo agradavelmente para me convencer a me juntar a elas. "Júlio César." Acenei enquanto andava pelo corredor até minha porta, gesticulando para que tivesse um tom ao mesmo tempo autodepreciativo e superior.

Você precisava se apagar para que as pessoas não pensassem que você tinha sido projetada com mais detalhes e habilidades do que elas. Ao mesmo tempo, você precisava saber como ignorar suas ebulições inúteis. Não seriam lapsos ignoráveis – um prefixo ou sufixo inserido com entusiasmo aqui ou ali. Essas veteranas planejavam passar a noite inteira tentando inutilmente voltar no tempo falando Shona. Imagine só! Arriscar uma marca por se recusar a aceitar qual idioma era permitido e qual não era quando você já estava no sexto ano! Tínhamos, a essa altura, escapado das patrulhas da Srta. Plato, mas mesmo no santuário do corredor Santa Sophia vagavam monitoras. As alunas do sexto ano superior não faziam questão de ser solidárias por estarmos no mesmo ano, preferindo, em vez disso, enfatizar as diferenças de estar no superior ou inferior. Essas meninas que estavam de saída não tinham escrúpulos contra inserir cruzes ao lado dos nomes de alunas do sexto ano inferior no quadro de avisos. Não ia me juntar com um grupo que falava na única língua, de todas as que se conhecia na escola, que era proibida.

"Na próxima, hein!" Ntombi prometeu quando eu saí. Ela estava estudando Inglês também, junto com Francês e Afrikâner. "Tambu!" A voz dela começou a aumentar de uma forma que me empurrou para frente mais rápido, em proporção ao seu tom e intensidade. "Vou estar lá na próxima! Vou te ajudar com esses fichamentos!"

"Hahahaha!" Twa! A risada ricocheteou pelo corredor, seguida pelo estalo das palmas das mãos batendo uma na outra. "Hu-uri!" Mesmo depois de trinta minutos, as risadas das duas quebravam o zumbido da música da sala comunal. Não havia como me concentrar em Júlio César, pois fiquei intrigada. O que Ntombi e Patience tinham, que eu não, para fazê-las rir? O que fazia Ntombi e Patience descerem para encontros no último dormitório do corredor Santo Inácio, do qual tanto desejamos escapar? Confirmei que estava certa quando, certa manhã, na assembleia, a Irmã Emmanuel pediu às meninas que diminuíssem o número de decibéis que emanavam daquele dormitório.

Uma semana depois, Ntombi manteve sua palavra. Começou a vir estudar no meu quarto, embora reservasse as sextas e os sábados para a alegria estridente que iluminava os olhos e deixava as meninas estranhamente saciadas.

Os domingos eram os dias que ela preferia passar comigo. Dentro de algumas semanas, eu ansiava por suas visitas, que continuaram em nosso sexto ano superior, e nós duas nos mudamos para o corredor Santa Joana. Enfim, minha colega declarou que era minha vez de carregar os livros para o quarto dela. Era um grande passo para alguém que estava presa na miséria em que eu estava. Por isso, fiquei terrivelmente desanimada, certa noite, quando cada batida, cada virada da maçaneta, parada diante de sua porta, uma pilha de livros nos braços, foi respondida com silêncio. Algumas de suas vizinhas eram o tipo de colega com quem se podia conversar. Angela estava do lado oposto e Bougainvillea duas portas adiante. Nenhuma delas sabia para onde Ntombi tinha desaparecido depois do jantar. Decidi que era pior ir ao Santo Inácio para ver se ela preferia passar o tempo falando uma língua ilegal a estudar, então enfrentei a ansiedade e coloquei minha cabeça para dentro do salão das veteranas. Tracey disse que tinha visto Ntombi ir até a cabine telefônica no fundo das salas de aula. "Aposto", nossa colega sorriu, "que é o namorado dela!"

Namorado! Aqui eu estava, me esforçando para encontrar uma vida para mim, e já tinha que lidar, além de com troféus roubados e parentes que nunca mais seriam completos, com a competição um tanto fedorenta e completamente inútil de adolescentes do sexo masculino. Depois de vestir a camisola, amarrei meu lenço com muita força, senti uma dor de cabeça cortante e rapidamente o desfiz.

Toc-toc-toc! veio uma batida enquanto eu espremia a pasta na minha escova de dentes. A maçaneta se mexeu impaciente antes que houvesse tempo para responder. As meninas debatiam sem parar: era melhor que um objeto estranho entrasse pela porta ou pela janela? Eu não trancava mais minha porta, para facilitar uma fuga, se necessário. Ntombi entrou. Ela ficou na porta, respirando fundo, o que fez seus olhos brilharem vermelhos com a luz que entrava pelas frestas entre as cortinas.

"Voltem para casa, ociosas criaturas!", comecei, trocando a escova de dentes por um pequeno Shakespeare encadernado em couro que Maiguru havia tirado do santuário de livros acadêmicos em seu quarto, e me legado por sua empolgação que eu, como ela fizera, estava estudando esta antiga literatura inglesa. Apresentando o drama à minha visitante, "Pensam que hoje é feriado?", perguntei, recitando.

Ntombi passou por mim.

"Decidi", eu disse grandiosamente, "simplesmente começar do início. Eu posso muito bem memorizar tudo." Para demonstrar, continuei: "... vocês não devem andar / Em dias de semana o sinal..."

As palavras tinham um gosto bom em minha boca, temperadas com a memória do meu triunfo nos níveis O. E embora fosse improvável que eu ganhasse de Tracey memorizando as disciplinas de ciências, eu estava suficientemente revitalizada agora pelas sessões semanais com Ntombi para acreditar que poderia conseguir capturar, desta vez, a taça do Inglês.

Sem responder, Ntombizethzu sentou-se à escrivaninha com o braço apoiado nas costas da cadeira. Ela descansou a bochecha em um punho mole no início. Alguns momentos depois, baixou a testa até a borda da mesa.

"Fale, tu – qual tua profissão?", continuei, esperando o sorriso de admiração de minha colega por minhas façanhas com minha memória, que me daria a aprovação que eu tanto desejava.

"Hum!" Sua respiração saiu rouca, mas ela estava quieta e retraída, com os olhos fixos no chão. "Hum!" Ela grunhiu novamente, e agora quando o som forçou sua saída, seu peito arfou como se ela estivesse sendo sacudida por convulsões. Por fim, Ntombi ergueu os olhos, cruzando os braços sobre o peito. "Tsc! Ha!" Seus lábios se curvaram para trás e ela sorriu revoltantemente, balançando a cabeça. Naturalmente, achei que ela estava rindo de mim, de modo que parei de recitar no meio da frase. Pois era uma traição incompreensível e surpreendente, em que meses de amizade eram simplesmente um estratagema para me humilhar com esta risada malévola!

"*Asi*, ya! He-he! Ya!" A risada continuou. Ntombi ergueu os olhos e vi ódio brilhando neles como um demônio. "Você já viu uma coisa dessas, Tambu! He-he! Você já pensou numa maldade dessas?" O som que saiu dela agora foi um soluço. "Iih! Ai! Ai! Você consegue pensar numa coisa dessas, seguraram ela pelos pés, de cabeça pra baixo! Colocaram a cabecinha dela na água! Um bebê! Ela só tinha nove meses!" A voz dela estava tão quebrada quanto o corpinho. "Ela já estava cheia de água, então eles já tinham afogado ela. Mas mesmo assim bateram ela na pedra, como se estivessem debulhando *rukweza*!"

Os irmãos mais velhos! Os terroristas! Caí na cama, chocada e quase sem respirar.

"Disseram que minha tia estava dando comida pros terroristas! Minha tia! Ah, minha tia, coitada!", minha colega exclamou. "Sim, ela falou, por causa do que fizeram com o bebê. Mas era tarde demais. Minha priminha estava quebrada, toda quebrada! Aí pegaram *vana mukoma*. Ninguém está falando do que fizeram com eles! Ah, Tambu, *kani*!" A angústia de Ntombi estava escalando para fora, me fazendo recuar em direção à parede. "Aí minha tia se matou, porque quando é assim, você não quer mais viver. Mas eles voltaram e agora, na propriedade, meus *sekuru*, *mbuya*, *babamunini*, primos! Ninguém está vivo! Baba estava indo pra lá, com Mai. Mas havia um bloqueio na estrada. Mai e Baba só estão vivos porque aqueles homens do exército disseram que eles tinham que voltar!"

Tivemos que segurar a mão uma da outra e deixar as lágrimas caírem sem saber quais dedos estavam molhados por causa da dor de quem. Acredito que éramos muito jovens e não sofremos o suficiente; há uma curva, você chega ao cume e depois desce. Ntombi e eu ainda estávamos escalando. Ela estremeceu em uma respiração profunda e hesitante. "Donos da vida!" Ela gargalhou. "Doutores da vida! É isso que essas pessoas pensam que são!" Ela sorriu como uma caveira. "Tsc! O que são é doutores da morte!"

"Papai foi lutar pelo verde e pelo branco!" A música pop se espalhou pelo corredor. Deitei-me no travesseiro, sentindo-me desesperadamente cansada. Ntombi ficou imóvel. Quando a música acabou, ela balançou a cabeça.

Então ela olhou para cima novamente com seus olhos vermelhos. "Sangue..." Ela começou, seus lábios trabalhando para cima e para baixo, com paixão, mas com a voz baixa. "Sangue", repetiu Ntombi inaudivelmente, sob a música, "e destruição serão tão comuns, / E o terror tão familiar, / Que as mães vão apenas sorrir quando virem / seus filhos esquartejados pelas mãos da guerra." Chegando ao fim de sua citação, ela perguntou: "Devo continuar? Você ainda quer fazer isso? E talvez seja melhor falarmos de Shakespeare agora, Tambu. Do contrário, o que está escrito ali, vamos descobrir de outro jeito! Mas Tambu, agora sabemos que devemos parar de sorrir!"

Eu assenti, me agarrando às palavras e ao que elas fariam por mim no meu exame de nível A, e não ao sentido do que ela dissera. Um minuto depois, longe, tra-la-la-la-la-la-la-la, a marcha das notícias começou na sala comunal.

Para manter o autocontrole, tentei lembrar que era apenas o rádio. Na televisão você via o que o apresentador da rádio falava: moscas zumbindo ao redor de buracos empapados de pus que antes enxergavam, enquanto as narinas abaixo se dilatavam inutilmente e os lábios se moviam, fazendo você pensar que eles estavam orando, porque não podia ouvi-los falar. De qualquer modo, ninguém aproximava o microfone das bocas mutiladas. Só o âncora se virava e falava com você na última frase. Havia pessoas na televisão em caminhões de gado, com as mãos amarradas ao trilho bem acima de suas cabeças naquele gesto de prece que se via em placas de cobre que eram vendidas na Meikles e OKs e Kingstons, e suas cabeças caídas em um ângulo improvável entre ombros cujas escápulas chamejavam como asas, tudo isso fazendo você se lembrar de pinturas nos livros da biblioteca, de Cristo sendo açoitado. Preferindo não ver, ainda assim você pesquisava as imagens chamadas reportagens, porque se não era o Sr. Swanepoel, era a sua irmã, e se não era ela, era a *mainini* de Ntombi.

Ntombi e eu não conversamos muito depois daquela noite, nem mesmo quando sentávamos juntas no refeitório, ou bem pertinho na sala de aula de Inglês. Nossas sessões de estudo quase pararam, como se ela tivesse liberado alguma carga fétida em meu quarto, de modo que não era mais um lugar de conforto para ela visitar. Ela passava mais horas livres no corredor dos primeiros anos e, quando voltava de lá, desabava de cansaço. Eu não me importava, particularmente. Frequentemente, eu exibia um comportamento estranho, mas não conseguia entender aqueles surtos desconhecidos. Levava uma hora para memorizar um solilóquio. Se apenas olhasse para os pinheiros e acácias, dois minutos depois todas as palavras eram esquecidas. Quando começava novamente do início, sucumbia a acessos de choro.

11

Você ansiava por alívio quando as coisas estavam assim; uma saída do mundo que os europeus traçavam em um padrão tão exaustivo, escapar para um destino longe dali, onde as pessoas eram boas e educadas e, por consenso, todas, mulheres e adolescentes também, estavam incluídas. Mas as fantasias de uma menina são ineficazes. Os dias passavam sem muitas opções.

Muitas alunas não puderam ir para casa no ano dos nossos exames de nível A, porque suas casas haviam sido tomadas. Ocupadas, as meninas diziam. A "Voz do Zimbábue" no rádio de Babamukuru, transmitindo de Maputo, dizia que haviam sido liberadas. Portanto, havia mais sussurros e mais lágrimas do que o normal no salão comunal naquele final de trimestre, quando deixamos o Sagrado Coração para não voltar. Angela, que era monitora chefe naquele ano, e Tracey estavam voltando para casas em Hatfield e Mabelreign, longe dos cheiros com os quais haviam crescido e que conheciam, e de suas memórias de infância.

"Tambudzai", Babamukuru disse quando veio me buscar. Em uma espécie de comemoração moderada, meu tio permitiu que minha tia fosse com ele. "Tambudzai, você terminou seu ano de nível A", ele acenou com a cabeça contente me olhando pelo espelho retrovisor enquanto cruzávamos Umtali, passando pelos correios, onde as filas não eram mais segregadas. "Você foi muito bem. Você nos deixou orgulhosos, minha filha! Sim, os pais sentem muito orgulho quando têm uma filha como você!"

"E Nyasha", Maiguru disse tentativamente, querendo que a filha que havia parido fosse reconhecida.

Mas meu tio estava absorto em elogios demais para ouvi-la. "Sim, você é uma filha maravilhosa, Tambudzai!" Ele acrescentou, encantado. "Considerando como as suas notas no nível O foram excelentes, tenho certeza que quando seus resultados de nível A chegarem eles não vão nos decepcionar."

Poucos metros antes do cruzamento de Inyanga, encontramos um bloqueio de estrada como um coágulo em um vaso sanguíneo vital. Havia pessoas espalhadas por todos os lados, ao redor de ônibus surrados que haviam sido direcionados para a beira da estrada por coronhas de fuzil, e ao redor de antigos Peugeots que ainda faziam rotas pela fronteira para Watsomba e Nyanga, estradas infestadas de *mbambaira*; assim ríamos da guerra, como se fosse suficiente chamar minas terrestres de batatas-doces.

"Boa tarde, boa tarde, senhor policial!" Babamukuru continuava alegre porque não estava prestando muita atenção aos caminhões do exército enquanto falava de minhas realizações.

Um homem de roupa camuflada e rosto avermelhado olhou para dentro. "*Chitupa?*", ele exigiu. Babamukuru vasculhou os bolsos, demorando alguns segundos bem calculados a mais do que o necessário antes de entregar o pedaço de papel grosso. O soldado olhou para ele e o virou, comentando como se para si mesmo: "Ah, então é você. Você é o diretor, Sigauke." Maiguru apertou as mãos no colo.

"Sim", Babamukuru assentiu. E adicionou: "Sim, senhor!", e continuou sorrindo.

"Vou dar uma olhada no seu porta-malas", decidiu o patrulheiro. Babamukuru se preparou para falar. Outro soldado, uma arma como um terceiro braço cruzada sobre o peito, foi atrás do primeiro. Babamukuru considerou o recém-chegado por um segundo, abriu a porta e caminhou até a parte de trás.

"O que tem aí?", o patrulheiro exigiu saber, encarando minha mala e lancheira de metal.

"São dela." Babamukuru me indicou com a cabeça. Ele engoliu seco e continuou, relutante: "Senhor, estamos só trazendo ela de volta da escola. Acabou o trimestre para elas. Elas não têm um cronograma como o nosso lá na missão. Para elas, já começou o feriado."

O militar deu a volta para investigar quem estava no carro. "Ah, sim, o Sagrado Coração!" Seu olhar recaiu sobre o brasão em meu *blazer*. Ele estreitou os olhos, ponderando. "É uma escola muito boa essa onde você estuda", decidiu. Senti minha respiração se soltando. "Você está dando uma ótima educação pra sua filha!" Ele entregou o passe de volta para Babamukuru. Os soldados recuaram enquanto Babamukuru conduzia o carro mais uma vez para a rodovia. Dois jovens, sendo revistados com as mãos contra um ônibus, viraram a cabeça para ver quem estava saindo tão facilmente deste bloqueio em que estavam presos.

Maiguru ficou olhando para os dois jovens enquanto eles diminuíam até virarem pontinhos à distância. "Humph!" Ela bufou com um mau pressentimento. Ficou observando a cena por mais um tempo antes de se virar para o marido. "Pelo que pude ver, não reconheci os dois. Eu não acho que eles são alguém que nos conhece."

"Não!" Babamukuru concordou por meio da negativa que tanto empregava ao falar com Maiguru. "Não, eles também não me são familiares, Mai. Não precisa se preocupar." Minha tia relaxou aos poucos. Babamukuru continuou antes que ela pudesse terminar de se soltar. "Mesmo que esses jovens sejam pessoas que observam o que está acontecendo, o que eles viram que poderiam dizer a alguém? Os soldados também me fizeram sair do carro. Eu abri o porta-malas. E daí se eles não quiseram me revistar. Não, Mai!" Meu tio falou com muita e deliberada convicção, o que ao mesmo tempo era triste e melancólico, e deixou Maiguru mais tensa e nervosa. "Não, Mai!" Ele enfatizou. "Não é o que elas veem. É outra coisa que faz as pessoas dizerem que outras são vendidas!"

"É isso! Tem gente", Maiguru estremeceu, "que sente que precisa fazer tudo ter importância! Elas fazem esse tipo de coisa ter importância. Tem gente, como sabemos, Baba, tem gente que faz isso. São as pessoas que falam muito, falam demais em tudo que é lugar, só *pwe-pwe* até sobre o que nem é verdade, só pra encher os ouvidos e fechar os olhos de outras pessoas."

"Ninguém está de olhos fechados, Mai!" Pela insistência da esposa, alguma parte sensível de Babamukuru ficou ofendida. "Então, se os olhos não estão fechados", ele respondeu à minha tia secamente, "e as pessoas podem ver, o que elas estão procurando para ficar dizendo coisas que não ajudam? Não queremos, Mai, também começar a falar demais! Nem todo mundo sabe lidar com as coisas que estão acontecendo hoje quando ouvem falar sobre elas!"

"Enfim", Maiguru vacilou entre a conciliação e o recuo para uma ofensiva mais amena, "é verdade, aquele ônibus estava indo para Salisbury. Esses dois não podem ter muito o que fazer por estas bandas. Ao mesmo tempo, Baba", ela insistiu, "eu sinto que às vezes é preciso falar sobre essas coisas. Agora é um bom momento para fazer isso, quando não há ninguém por perto que não deveria estar ouvindo."

"Não vejo motivo pra isso, Mai!" Babamukuru protestou. "Não vejo por que você só quer provocar sentimentos ruins! Mai, isso não é o que uma boa mulher faz, ficar nutrindo esse tipo de sentimento que destrói famílias."

"*Asi*, Baba!" A voz de Maiguru vibrou, exasperada. "Quem não tem uma dessas famílias de que você está falando? Você está dizendo que apenas uma família vale a pena? Mesmo que você esteja falando de totens, aquele seu, aquele gato selvagem, eu não carrego ele comigo? Então, o que estou dizendo é que minha família também importa!"

Maiguru apertou as mãos no colo novamente e olhou para os dedos entrelaçados. Ficou claro, por causa dessa conversa sobre totens, que a discussão me envolvia de algum jeito. Olhei para as colinas nuas e enegrecidas, onde as folhas não cresciam mais depois que o exército destruiu a cobertura dos irmãos mais velhos. Não era muito melhor do que ouvir meus parentes falando em seu código indecifrável e saber que algo terrível e vazio como ossos era a causa de seu antagonismo latente.

"Enfim", minha tia continuou, depois de termos viajado mais um quilômetro, falando cada vez mais indignada, "e você não é *bonga*? Se algo acontecer com esse *bonga*, pra quem vão ligar? Onde vão procurar? E não sabemos das coisas que estão acontecendo hoje em dia? É só ver o que aconteceu na casa ao lado, com os Samhungus!" Com uma pressa beligerante e desiludida, Maiguru disse o nome de nossos vizinhos de aldeia.

Coloquei o nariz contra a janela, desejando não absorver nem lembrar de nada. Ah, não! Não os Samhungus! A casa dos Samhungus era mais perto do que a clareira da guerrilha. Quantos perderam sangue, escorrendo pelo chão em que dormiam? Quantos braços e pernas cobertos de vermes jaziam na terra que o resto da família arava, e essas partes eram tão grandes quanto as de Netsai, maiores ou tão minúsculas quanto as da prima de Ntombi? Tentar não ouvir deixava tudo pior, chamava muitos pensamentos. Tentei procurar visões familiares. Mas o quiosque da Alpha Estate onde Babamukuru comprou laranjas para mim não estava mais lá, então acabei me perguntando se o fazendeiro ainda existia ou se os restos dele haviam sido arrastados para um ritual de retribuição. Era uma coisa terrível de se ter na cabeça: que as pessoas faziam o que faziam, assim como eu fazia tricô, e as tropas revistavam as pessoas que embarcavam nos ônibus, por causa de convicções fundamentais. Portanto, era muito melhor ouvir a amargura e angústia de Maiguru. Pelo menos eu poderia pedir a ela, mais tarde, para me explicar.

"Então eu acho que ela tem que saber! Ela não é mais criança!" Maiguru continuou, baixinho, mas decididamente se aproximando de seu argumento. "Caso algo aconteça, ou tente acontecer! Não é melhor saber o que vai acontecer do que acordar um dia e descobrir que já está acontecendo?"

"Mai", disse Babamukuru, habilmente virando o jogo contra as demandas da esposa. "Se você está dizendo que sabe de algo, algo que vai acontecer, então é melhor você me contar daqui a pouco, quando chegar a hora certa. Essa menina está cansada, Mai! Ela acabou de terminar os exames de nível A! E ela prestou para várias disciplinas. Você sabe quanto a Tambudzai sempre estudou para os exames! O que nós temos que falar com ela agora é sobre qual curso ela quer fazer e que passos ela já deu para o futuro de sua educação.

"Sim, Tambudzai!" Meu tio inclinou a cabeça um pouco para trás, mantendo as duas mãos no volante. Ele era o tipo de motorista que se concentrava em nada além da estrada à sua frente. "Matemática, Biologia, Química! Com essa combinação de disciplinas, você vai muito longe. Você não é como nós, sua tia aqui e até eu! Não nos disseram que matérias uma pessoa deve cursar para garantir uma boa vida. Agora você sabe melhor do que nós e, por isso, as portas estão todas abertas! Você pode ir em frente e se tornar uma engenheira, farmacêutica ou médica. Você já pensou no que gostaria de fazer? Todas essas são boas carreiras, com bons salários", meu tio me guiou com entusiasmo, muito indiferente, querendo me fazer acreditar que eu não estava ali enquanto ele e minha tia discutiam.

Eu relaxei no banco de trás. "Sim, Babamukuru. Já estou pensando em tudo isso há muito tempo", menti. "Já fiz minhas inscrições. Espero me qualificar para uma bolsa de estudos para estudar engenharia." Havia uma mancha na janela onde eu tinha encostado meu nariz. Esfreguei o vidro com a manga do meu *blazer*.

"Não suja esse *blazer*, Tambudzai! Lavagem a seco é caro", advertiu Maiguru bruscamente.

Babamukuru sorriu no espelho retrovisor. "Viu só, Mai. Em breve Tambudzai vai partir para sua carreira. Ela vai morar na cidade. Se ela tiver sorte, será aceita no exterior. O British Council vai dar uma bolsa para ela. Ela vai deixar tudo isso aqui para trás e, quando se qualificar, tudo será esquecido. Jeremiah e Mainini vão ter uma vida confortável quando Tambudzai voltar. O que está incomodando os corações deles vai desaparecer, por causa do sucesso da filha deles."

Nem mesmo em seu estado um tanto rebelde Maiguru conseguiu resistir a tanta conversa sobre educação e desempenho acadêmico. Ela me perguntou sobre os exames, e eu tive que mentir sobre como eu tinha entendido tudo perfeitamente bem por causa da alta qualidade das anotações de Angela.

"Sim, sim, Tambudzai", comentou Babamukuru com grande satisfação quando nos encaminhamos para a missão. "Isso é bom! É muito bom! Sei que não gastamos todo esse dinheiro com você à toa."

Senti certo alívio quando Babamukuru me disse, no jantar daquela noite, que eu não iria naquele feriado para minha casa. Pois muitas fendas estavam se abrindo entre as pessoas pelas diferentes crenças que abundavam sobre os rodesianos e os guerrilheiros, e pelas infinitas divisões entre pontos de vista, coisas de que ninguém jamais falou estavam acontecendo. Fiquei petrificada ao descobrir o que havia acontecido com o Samhungus. Além disso, com meus exames de nível A e as perspectivas que eles proporcionavam, como eu poderia sentar e conversar, como igual, com uma irmã que não possuía um diploma, cujo nome não estava impresso em nenhum papel de mérito, e que também agora estava privada de uma perna?

A guerra só chegava à missão à noite com o toque de recolher e, em algumas ocasiões, a patrulha do exército. Durante o dia, tive um pouco de descanso, embora muitas vezes precisasse fugir de Nyasha e de sua recém-descoberta equanimidade. Choveu mais do que o normal naquele ano. Na verdade, choveu cada vez mais à medida que a guerra piorava. As pessoas diziam que as chuvas boas aconteciam porque os ancestrais recompensavam nossa bravura. Após as chuvas, você sentia que até mesmo a terra obstruída com os coágulos da vida das pessoas era liberada. As folhas brilhavam com um verde intenso, lavadas da poeira que assolava o ar na esteira dos caminhões do exército ou seguindo os redemoinhos provocados por explosões. Com uma esteira de junco para deitar, um polegar em um dos muitos livros de Nyasha, me refugiava sob as nespereiras que cresciam na orla do jardim de Maiguru.

Este pedaço de terra em que Maiguru plantava sementes era um mistério para mim e para muitas pessoas. Sylvester, o jardineiro, era diligente, mas recebia o que era entregue por Maiguru. E parecia que minha tia só precisava segurar uma semente na palma da mão e acariciá-la, para que pulasse na terra, onde brotava verde e em pouco tempo estava florescendo profusamente. E as sementes não pareciam se importar com seu destino. Não interessava se as flores e frutos deviam ser admirados ou comidos: eles produziram prodigiosamente para Maiguru. Robustas mangueiras muito altas deixavam cair frutas perfumadas nas mãos de minha tia. Os mamões caíam maduros a seus pés, enquanto o frondoso covo, a colza e a couve balançavam folhas do tamanho de pequenos guarda-chuvas, grossas como uma selva. Na frente havia canteiros de flores, em um arranjo tímido, protegidos da casa por jacarandás e mais nespereiras, como se a produtividade de minha tia não devesse ser observada por quem se sentava nos sofás. Então, de dentro você tinha apenas vislumbres fugazes de lírios coloridos pululando, rosas brilhantes dançando em seus caules, dálias roxas profundas segurando suas cabeças como se estivessem em meditação, *arums* brancos elegantes olhando por cima de seus narizes para tudo – toda a gama de intensidades de Maiguru que ninguém, nem mesmo ela, poderia conceber.

"Boa tarde!"
"Boa tarde!"
"Boa tarde!"
Pessoas com negócios na missão, e aquelas que estavam simplesmente de passagem, paravam de andar para apreciar a magnificência do enredo de Maiguru. Nos fins de semana, quando trabalhava lado a lado com Sylvester, ela ria dos elogios com seu jeito autodepreciativo. Durante a semana, eu me deliciava com os elogios.

"Se uma coisa é boa, é boa, nada de inveja!"
"Que tipo de mulher mora naquela casa? E olha aqueles vegetais também!"
"Sim, é minha tia! É minha Maiguru."
"E isso tudo, vocês comem? Vendem?"
"Vem aqui e fale com *Mukoma* Sylvester."
"Logo, toda mulher terá uma terra assim! Pra trabalhar com a força dos braços! Depois da guerra. Todo mundo vai ter alguma coisa. Isso é o que os irmãos mais velhos estão prometendo."
"Ah, é isso que dizem?"
"Depois da guerra! Você não sabe?! Todo mundo! É verdade, os irmãos mais velhos disseram!"

Era bom conversar com as pessoas, passar o dia assim, terminar a conversa sorrindo, sabendo que receberiam uma bela surpresa. "Por enquanto, vá ver *Mukoma* Sylvester!", eu instruía os perguntadores alegremente. Eles ficavam sem acreditar quando *Mukoma* Sylvester lhes dizia que os vegetais custavam um centavo o pacote.

Eu ficava deitada na *bonde*, pensando em Maiguru, na exuberância que ela arrancava da terra, nos ovos e vegetais que ela vendia a preços tão baixos que era como se estivesse administrando uma instituição de caridade, controlada por uma lei de doação. Aquela conversa sobre o totem da minha família não tinha sido caridosa, no entanto. O que aquela conversa sobre gatos selvagens significava? Eu queria saber e, ao mesmo tempo, também queria ignorar. Minha maior preocupação era que, por eu ser *bonga* também, Maiguru estivesse tão indignada comigo quanto com o resto da família. Este aspecto das questões tornava pensar sobre minha tia exaustivo e difícil. No meio tempo, não dormia à noite por causa do medo dos caminhões do exército. Eu tinha medo de que eles ouvissem o *morari* da meia-noite de Maputo no rádio de Babamukuru, ou, do jeito como minha tia e meu tio estavam se comportando, que encontrassem outra coisa na missão que deixaria os soldados violentos. Eu já estava exausta por causa do Sagrado Coração e dos exames. Um zumbido soporífero vibrou dos sinos das flores que as abelhas sondavam. Parecia melhor adormecer na rebarba dele, ou simplesmente olhar para o céu azul distraidamente. Então, na segurança da luz do dia, eu descansava sob as árvores, acalmada pelo perfume das flores de Maiguru. Minha mente desacelerava. Com Babamukuru comentando sobre como eu tinha deixado todos orgulhosos com minha perseverança e trabalho árduo, comecei a sorrir novamente com minhas decepções. Olhando para frente, virando as costas para tudo o que havia acontecido, depois de algumas semanas tive forças para começar a pensar em ser útil. Comecei a ajudar na casa novamente e entrei em uma orgia de limpeza. Quando não havia mais nada para ficar mais limpo do que já estava, saí para ajudar Sylvester no jardim que perfumava a atmosfera cada vez mais com o perfume da cura.

"*Sisi* Tambu! *Sisi* Tambu!"

Eu queria ser pragmática agora que estava melhor, então naquela tarde eu estava na parte de trás, trazendo a enxada para perto do pescoço, e com um golpe curto enfiando a lâmina e arrancando um monte de grama dos montes de batatas-doces de Maiguru. Sylvester estava correndo sob as nespereiras e agitando um envelope de papel pardo.

"*Sisi* Tambu, chegou, chegou a carta que você me pediu pra ficar de olho!"

Já se passavam dois meses de minhas férias, época em que, se estivéssemos na escola, estaríamos observando a Irmã Emmanuel com atenção. Sylvester desapareceu sob as parreiras. Estava vindo com a correspondência? Meu coração estava reverberando em meu peito, tum-tum-tum, como aquelas explosões noturnas de morteiro. O jardineiro tinha um punhado de outras cartas para levar e foi depositar tudo no lugar onde colocava a correspondência do dia, a lareira da sala de jantar. Correndo atrás dele, esquecendo-me de lavar as mãos com a empolgação e tendo que voltar e fazer isso nos tanques de cimento da lavanderia, vasculhei a pilha e encontrei o que queria sem dificuldades. Abrir o envelope levou tempo demais. Virei-o de cabeça para baixo e o sacudi. Uma folhinha estreita caiu sobre as tábuas cor de mel do piso. Eu me agachei, mas mal conseguia ler de tanta ansiedade. Este era o momento pelo qual eu estava esperando, quando a estrada para o resto da minha vida finalmente se abriria. Agora, com este pedaço de papel, eu iria desfazer todos os cordões que me prendiam ao reino do não ser. Esse pedaço de papel era uma espada górdio para destruir os nós pelos quais eu estava acorrentada. Toda a energia, disciplina e tolerância que demonstrei em casa e na escola finalmente seriam recompensados. Ah, quanta coisa eu seria! Mal podia esperar para descobrir o quê. As letras da impressão estavam borradas. Segurei bem o papel e estreitei os olhos. Estava entorpecida, exatamente como quando as notícias eram boas, quando percebi o que havia acabado de ler. Não as senti; na verdade, só agora me lembro das lágrimas caindo. Na folha de resultado havia dois Ds e um E, bem como nada mais do que uma nota de nível O em Matemática, como se os dois últimos anos seguintes que passei no convento tivessem sido um enorme desperdício e nada acrescentado. O que eu ia fazer agora? Eu não tinha ideia, além de entrar em pânico. Ousei pensar que foi um engano, mas o mesmo resultado se repetiu no certificado entregue posteriormente.

Babamukuru ficou furioso quando desceu do escritório para jantar. "Você pode me explicar o que esses resultados têm de bom? Tambudzai, para que servem esses Ds e Es, essas notas baixas e essa..." Ele mal conseguia dizer isso depois de gastar dinheiro por mais dois anos para me educar no Sagrado Coração, "... essa classificação de nível O! O que você vai fazer da vida", ele finalmente exigiu, "quando deveria ter seu nível A em Matemática, uma das matérias mais importantes de todas, mas só tem essa nota de nível O?"

"Mas ela tem três notas de nível A, Baba!" Maiguru tentou acalmá-lo colocando vários pedaços grandes de frango no prato do marido. "Coma um pouco, papai querido!" Ela quase começou a falar que nem bebê em seu esforço para manter a paz à mesa. "Pensei que já que *Sisi* Tambu passou, devíamos comemorar com algo delicioso." Ela se virou para mim e ofereceu o prato. "A maioria das pessoas só presta os exames para três matérias, sabe! Claro, *Sisi* Tambu, você é tão boa quanto elas!"

"Boa para quê?" Babamukuru perguntou, sombrio. "Boa só para fazer o que nós fizemos e ser professora, Mai! Você está dizendo que ela deveria ser enfermeira ou professora, Mai? Não fomos educados como nossos pais não foram? Uma criança inteligente não deveria querer ser mais do que seus pais?"

"Conta pra gente, Tambudzai", Maiguru persuadiu ansiosamente. "Deve ter acontecido alguma coisa. O que aconteceu?"

"A vida!" Nyasha sugeriu calmamente. "Se você quer saber, mãe, a vida aconteceu. Tem acontecido muita vida com a Tambu, sabe. Assim como aconteceu comigo." Cedi a uma onda de maldade e chutei minha prima por baixo da mesa. Essa conversa sobre vida ia acabar deixando minhas duas pernas, não só uma, em maus lençóis. Minha prima continuou uniformemente, tirando a pele de seu frango para evitar a gordura que espreitava por baixo. "Mas como muitas pessoas vivem em missões e não no mundo real, provavelmente não entendem isso, nem", ela entregou o golpe de misericórdia com um distanciamento irônico que fazia você pensar em Mercúcio matando o Capuleto, "podem dar conselhos sobre o assunto."

"Fique quieta, menina", Maiguru se irritou.

O rosto de Babamukuru empalideceu enquanto sua filha falava com a mãe, olhando complacentemente para além dele. Agora Babamukuru olhou além de Nyasha também, e me empalou diretamente em seu olhar. Havia manchas de suor embaixo do nariz do meu tio. Seu peito arfava silenciosamente. Ele esticou o braço e arregaçou a manga. Silêncio instalou-se na mesa de modo que ouvimos o farfalhar do material quando ele dobrou os punhos uma e outra vez, para cima. Maiguru pegou a colher de legumes sem muito ânimo para empilhar vagens verdes e crocantes no prato dele. "Não acho que isso vai nos ajudar agora, Baba", ela bufou. "Não era você mesmo que estava falando sobre os tempos, e os momentos certos? Vai ser melhor depois de comermos."

"Mas", ela continuou rapidamente, sacudindo o feijão de volta na tigela e pousando a colher vazia, "mas se você acha que contar a ela agora vai ajudá-la, diga, Baba. Eu só não queria que outras ouvissem. Outras, que podem não saber como reagir de forma sensata a isso."

"Suponho", observou Nyasha, respondendo à referência um tanto amuada de sua mãe, "suponho que você esteja falando de reagir de forma sensata aos boletins de notícias sobre os *munts* que eles matam, né! Tipo aquele em que o homem parecia estar comendo uma bocada de vermes! Não é pra quem sofre dos nervos, né, mãe? Porque essas pessoas não reagem com sensatez!"

"Qual é o seu problema, menina!" Maiguru olhou para a filha com muito nojo.

"Me pergunto", a filha respondeu perversamente, "de onde veio! Me pergunto sempre de onde eu tirei tanto problema!"

"O problema", Babamukuru interrompeu, "é a Tambudzai aqui." Meu tio se virou para mim mais uma vez, falando com forte ênfase. "Sim, Tambudzai, hoje você é uma grande decepção! Eu vi os resultados de Nyasha. Ainda não enviei esses resultados para os outros pais, mas como diretor, eu os vi. Ela se saiu muito bem. Mas devo dizer, você foi uma decepção, minha filha, especialmente sabendo que fiquei com você apesar de tudo." Ele esticou o braço. "Minha filha, talvez eu devesse ter contado antes para que você soubesse e se esforçasse o bastante. Sim, é especialmente decepcionante, porque estive esperando desde que isso aconteceu."

Babamukuru puxou a manga solta até o ombro, com um movimento que transformou o tempo em um laço frisado com intermináveis momentos insuportáveis. Pois Babamukuru, que não podia tolerar a própria dor, agora precisava que outra coisa doesse muito, então empurrou seu braço para mais perto de mim.

"Olhe o que estou te mostrando!" Babamukuru exigiu, virando o braço para revelar a carne mais clara por baixo, onde as cicatrizes brilhavam mais visivelmente. Maiguru olhou para mim com expectativa para ver o que eu sentiria. "Você sabe, você se atreve a pensar o que foi a causa disso?", o marido perguntou.

Eu não conseguia olhar para a cicatriz, a ferida antiga que eu sabia, sem querer saber, que estava sob as camisas brancas de mangas compridas do meu tio. E Babamukuru esperava que eu, como uma espécie de criança sagrada, lavasse o sangue hostil que havia causado suas feridas. Recorri à minha estratégia usual de não sentir nada, de me concentrar em cada centímetro da pele, na abertura de cada poro até não poder sentir mais nada e a sensação de mim mesma preencher todo o universo. Mas como eu não estava, não sentia nada, e quando cheguei a esse ponto de não ser, tomei o cuidado de olhar para baixo educadamente.

"Você sabe?" Babamukuru exigiu mais uma vez. "Ou eu tenho que te contar, minha filha?"

Eu assenti, indescritivelmente triste. *Bhunu! Rova musoro rigomhanya!* O homem branco, bate na cabeça pra fazer ele correr! Era a música que você não queria ouvir, mas que tocava mesmo assim na sua cabeça. Mas foi Babamukuru que foi espancado e não correu, apenas caminhou devagar e como um dançarino.

"Fale!" Babamukuru exigiu. Se você sabe, fale!"

"Foi o *morari*." Minha voz estremeceu, mas não ousei desobedecê-lo. Além disso, eu havia visto. "Aquele nas férias... nas férias do segundo ano."

"É melhor você saber", Nyasha disse, "alguém na aldeia, a gente não sabe quem, disse que ele estava se vendendo."

"Foi o que você disse, Tambu", Maiguru interrompeu, disfarçando satisfação como ajuda, "foi quando você estava no segundo ano, quando estava instalada naquele lugar e estava indo bem. Foi quando as pessoas de repente viram! Que algumas pessoas estavam sendo *vatengesi*!"

"Se vendendo", traduziu Babamukuru desnecessariamente. Ele continuou em Inglês como se quisesse deixar o assunto mais distante e clínico. "Sim, você estava no segundo ano, minha filha", ele repetiu com tristeza. "Foi aí que as pessoas lá em casa começaram a falar: olha o Sigauke, ele está se vendendo! Será que foi meu próprio irmão, Tambudzai? Essas coisas estavam sendo sugeridas enquanto aconteciam, então eu tive que considerar as possibilidades. Mas não," ele continuou. "Não pude acreditar."

A mão de Nyasha deslizou por baixo da mesa. Eu cerrei meu punho, então ela colocou os dedos em volta do meu pulso. A sensação foi repulsiva, fria e úmida de suor.

"Você viu os bloqueios nas estradas. Você viu o que está acontecendo aqui na missão. A guerra está em toda parte..." Deixando sua fala morrer, Maiguru se levantou para fechar a porta da cozinha para que Prudence, a empregada, não entrasse. "Então, por que só naquele momento?" Maiguru voltou para sua cadeira e juntou as mãos em cima da mesa, pressionando a boca contra os polegares.

Seus olhos brilharam com uma luz de triunfo, que desapareceu quando Babamukuru respondeu à pergunta que ela fez. "Os camaradas foram informados naquele momento específico. Eles foram chamados e ouviram a história dos *tshombes*. Eu sei que você estava apenas lendo seus livros naquela época, minha filha. Você não estava fazendo nada naquela escola, Tambudzai. É por isso que te mandei para lá. Mas disseram a *vana mukoma* que eu coloquei você lá para ensinar você a ser como eu, um *tshombe*!"

Então, além de tudo, parecia que agora eu estava envolvida naquela tentativa de assassinato do meu tio. E eu não sabia de mais nada, se era para ficar aliviada ou não, quando minha tia suspirou: "Você consegue imaginar alguém fazendo isso? Com a própria família! Que tipo de mulher faz isso com o homem que carrega o mesmo totem que seu marido?"

Nyasha ficou boquiaberta. Meu coração desceu para meus intestinos.

"Agora estou igualmente desapontado com você, Tambudzai," continuou Babamukuru, seu senso de proporção obliterado por uma angústia horrível. "Estou tão desapontado com você, minha filha, quanto fiquei com as ações de sua mãe. Você é uma moça inteligente, Tambudzai. Você podia ter se saído melhor se tivesse se esforçado de verdade. Mas quando você prestou esses exames, você estava fazendo outra coisa! Você estava brincando! Se divertindo naquele lugar e deixando a diretora com raiva. Se sua mãe tivesse ficado brava por isso, por eu ter mandado você para um lugar para brincar e fazer bagunça, Tambudzai, isso nós entenderíamos. Nesse caso, teria sido suportável!"

"Ela queria que ele fosse assassinado", minha tia me devastou ainda mais com a franqueza de sua linguagem. "Mas seu pai, *Babamunini* Jeremiah, é um homem bom, Tambudzai. Estou te dizendo que seu pai é um homem bom! Ele foi e encontrou o comandante. Mesmo que pudessem acabar fazendo alguma coisa com ele, com seu pai também! Pense naquele lá. Ele não podia deixar isso acontecer. Ele sabia de tudo que seu tio fez. É por isso que ele não queria que matassem meu marido."

Nyasha soltou meu braço e arrumou os talheres cuidadosamente em cima do prato. "Com licença," disse baixinho antes de se levantar. Ninguém respondeu.

"Olhe aqui", meu tio pediu. Agora não havia tristeza nem cansaço em sua voz, nem na maneira como ele estendeu o braço, a mão balançando frouxamente na ponta. Havia apenas incompreensão. "Tambudzai, é hora de você olhar bem para isso!" Fui compelida a olhar novamente para o vale irregular fendido na carne de meu tio, onde a adaga havia perfurado para cortar a artéria, o caminho longo e largo, de modo que era melhor não pensar na profundidade dele.

"Espero que você se lembre!", Babamukuru disse. "Essa cicatriz veio por sua causa! Eu nem pensei nisso até hoje. Quando você recebeu seus resultados de nível O, estupendos, mesmo que não tenha recebido a taça, ainda assim você estava indo muito bem, e eu sabia que mesmo que tivesse passado por isso, ainda estava inteiro. Agora sinto dor! Sinto que estou sendo feito em pedaços de novo!"

Olhei para Maiguru em busca de ajuda, mas seus polegares haviam se arrastado até o nariz, como se agora, depois de ver o marido reviver sua dor, ela quisesse parar de respirar. Seus olhos estavam secos, de um vermelho pétreo até as pupilas, e, de qualquer modo, estavam completamente fechados; ela havia se afastado por um momento, não podia ver nem ouvir nada.

    Babamukuru balançou a cabeça e abaixou a manga. Depois de abotoá-la, ele pegou uma porção de frango. Com este sinal, Maiguru, hesitante e letárgica, ganhou vida, oferecendo o prato de vegetais ao marido e, quando Babamukuru recusou mais vagem, dando-lhe a opção de molho. Ele também recusou esse acompanhamento, e eu também o fiz quando Maiguru me pressionou a entender e não ficar triste e abrir meu apetite. Fiquei olhando para meu prato por um longo tempo, cada vez mais entorpecida, me sentindo ainda menor do que na ocasião da noite e da lua e dos ossos e da música e pulando para longe de tudo.

    Então eu não tinha pulado longe o suficiente, percebi, para perto da mulher que estava no chão, depois que Babamukuru caíra como um sacrifício para a divindade da necessidade tão aguda que era como desejo, e no final não despertou a compaixão deste deus porque ele não foi sacrificado: eu não tinha saltado longe o suficiente para perto de minha mãe. Parecia que nunca mais me moveria, a menos que conseguisse contorná-la. Ao redor, ao redor, ao redor. Em volta daquela mulher. Voltando para meu tio e sua família, como eu poderia superar minha mãe!

    Babamukuru não voltava mais para seu escritório depois de escurecer, pois nem mesmo ele poderia enfrentar o toque de recolher. Assistimos ao noticiário juntos e continuei olhando com meu tio, embora Gail Bright nos tenha informado que a filmagem a seguir não era para os fracos. Havia uma corda, eu me lembro, e corpos presos a uma ponta dela. Você não percebia a outra extremidade até que um jipe a alguma distância acelerava e os corpos batiam atrás dele. A corda era longa. Isso permitia ao motorista manobrar ao redor de um fosso e jogar os corpos lá dentro. As moscas enxamearam em um zumbido de raiva como uma lagarta deposita sujeira. Pronto, disseram-nos com aprovação. Os terroristas foram enterrados!

    Mais tarde naquela noite, depois das orações, Babamukuru pediu-me que ficasse na sala de estar. Tanto Maiguru quanto minha prima se lembraram de tarefas que tinham para fazer. Portanto, sentei-me sozinha enquanto Babamukuru descrevia – mais uma vez, e com maior profundidade, falando até de como meu sorriso era reluzente quando eu tinha oito anos e ele chegou à aldeia vindo da Inglaterra – o quanto ele estava decepcionado com meu desenvolvimento. Ele me mostrou mais cicatrizes em suas canelas para deixar claro como ele havia sofrido por mim e suportado de bom grado a traição de minha mãe. Pois não era o curso normal das coisas um pai se ir antes dos filhos? E como não éramos ricos como os europeus, e, de qualquer maneira, não era o costume, ele não tinha nada de material para me deixar, portanto, queria me deixar uma educação. Ele disse que isso era melhor do que um negócio, que podia ser perdido. "Sua educação", ele me repreendeu com tristeza, "é seu maior bem! É como se eu não tivesse te ensinado nada, porque você simplesmente desperdiçou tudo!" Babamukuru não se importava com todo o sacrifício e sofrimento enquanto eu estava me comportando. O sofrimento apenas o tornara mais forte. Agora, no entanto, dadas as novas tendências para a desobediência e a tolice que demonstrei, ele não estava mais disposto. "Eu pensei", ele começou a concluir depois de ter falado por cerca de uma hora, e tocado em muitos tópicos, incluindo o peso do pecado ser, se não a morte, então uma existência muito parecida com a moribunda, como evidenciado pela maneira como minha mãe e meu pai viviam na propriedade, "achei que depois que você escreveu sua carta para a Irmã Emmanuel, Tambudzai, e se desculpou por seu mau comportamento, o problema tinha acabado. Parece que não! Você tem feito o que quer e não está ouvindo. Sendo assim, você pode agora fazer o que quiser, já que mostrou que o que os outros querem de você não interessa! Só quero que você se lembre, quando fizer essas coisas, que não vou mais mover um dedo para te ajudar!"

Fui para o quarto que dividia com Nyasha, despi-me, ainda me sentindo entorpecida, e me joguei na cama. Acredito que fiquei dormente permanentemente depois disso. Era uma noite sem lua, então os soldados vieram e pararam seus jipes com os faróis brilhando entre as folhas de jasmim-manga para dentro do quarto, lançando horrores ondulantes na parede que me gelaram por completo.

Ou ao menos eu teria ficado gelada se estivesse sentindo alguma coisa. Refleti sobre o que Babamukuru havia dito e jurado fazer e descobri, de uma forma reconfortante, que fazia muito sentido. Claro, se sua mãe planejou a morte de um homem de um lado e ele foi submetido ao terror do outro lado, teria um bom motivo para ele renegar você. Fiquei um pouco reconfortada com essa lógica, pois sempre foi mais fácil acreditar que merecia tudo que me acontecia. No entanto, fiz um voto.

"Nyasha!", sussurrei. "Nyasha!"

"Shh!", ela se virou para mim. Seus olhos estavam grandes e brilhantes. Na luz que cortava as cortinas dava para ver os cobertores se balançando sobre seu corpo magro que tremia de terror.

"Nyasha, você gosta da Maiguru?", perguntei. Ela não respondeu, apenas se virou para longe dos faróis. Sua enorme sombra arfou e rolou.

"Eu nunca mais vou falar com a Mai. Nunca mais vou voltar pra aquela casa."

"Tambu, por favor", ela pediu, baixinho. "Fique quieta."

"Pergunte ao seu pai! Pergunte ao seu pai!" As pombas nos arbustos além do jasmim-maçã aconselharam enquanto o sol rastejava sobre a montanha. Sem mais escuridão para romper com a luz indesejada, os jipes aceleraram e se afastaram ruidosamente. Maiguru sempre saía de manhã para varrer seus rastros. "Seja quem for que vem aqui à noite," ela dizia enquanto varria, "seja quem for! Eu não quero ver nada disso!"

"Você vai ter que aceitar o que vier, sem muita escolha!" Babamukuru me avisou em várias ocasiões nos dias que se seguiram. "Você não pode esperar ganhar muito, já que não tem um diploma, apenas esses, er, apenas esses três níveis A." Quando Babamukuru mostrou a Nyasha os seus resultados, descobrimos que ela havia obtido distinções em todas as três disciplinas. Como resultado das discrepâncias entre nós duas, Babamukuru agora tentava sorrir para sua filha às vezes quando me advertia. Mas Nyasha não permitia isso e desencorajava o pai com uma carranca. O pobre Babamukuru estava muito angustiado por não ter um bom relacionamento com nenhuma de suas filhas. Nyasha insistia que isso era bom para o pai, pois ela logo iria embora, tendo recebido a bolsa para refugiados estudarem na Inglaterra que Babamukuru esperava que fosse concedida a mim pelo *British Council*. Eu estava tão deprimida que não consegui nem ficar afetada por não ter conseguido a bolsa de estudos. Fiquei, de fato, aliviada, embora não quisesse que ninguém soubesse. Não queria que ninguém visse que havia perdido meu espírito de luta. Mas fiquei feliz por não ter que me adaptar a um novo estilo de vida e a novos tipos de europeus.

Quando estava se sentindo particularmente taciturno ao contemplar meu futuro, meu tio continuava: "Você não vai poder querer muito, Tambudzai. Mesmo que se qualifique para a universidade com o que tem, não vai ser para uma profissão decente." Era muito estranho para mim ouvir Babamukuru falar de um jeito que era tão parecido com como minha mãe falava. Eu tinha decepcionado Mai tanto assim? Como? Quando tudo que eu queria era uma boa educação para poder ajudar, assim como Babamukuru fez! Desapontar minha mãe? Não, não era possível!

12

Retirei-me da missão em ignomínia algumas semanas depois de obter meus resultados desastrosos e da revelação do comportamento assassino de minha família. Parti para assumir uma série de empregos, garantidos pelos contatos de Babamukuru, na área de educação, como assistente em um estabelecimento, professora temporária da turma mais enfadonha e iniciante em outro. Como eu estava desanimada! Traumatizada e desanimada! Com quanta felicidade, eu sabia – agora que desconfiava completamente da mulher –, mas também com quanta tristeza, minha mãe zombaria de mim por causa de minha situação, se eu fosse suficientemente tola para encontrá-la. Então, reforcei meu voto e encontrava bons motivos para evitá-la. Se recebia ligações de Babamukuru, ou de Baba do telefone nas casas do conselho na aldeia, a respeito de *Sekuru* Dombo, meu tio materno, vindo do Monte Darwin para consultas, prometia voltar à aldeia e então esquecia prontamente disso. Mas enquanto eu ensinava ciências domésticas em uma escola de comércio em Gaza, perto de onde Ntombi havia nascido, havia questões a ver com Mbuya Hanna, minha avó paterna, a serem resolvidas, para as quais minha mãe e eu deveríamos estar presentes. Nem ousei me ausentar, pois uma avó paterna é um espírito poderoso.

Mai fez questão de me abraçar com entusiasmo quando cheguei em Odzi, de onde vinha a família da minha avó. Enrijeci com seu toque e me obriguei a colocar meus braços ao redor de seus ombros. E Mai suspirou e riu ao mesmo tempo, e fez o que sempre fazia, dizendo o que queria daquele jeito rouco e nada comedido dela, na frente de todos. "A-he, Tambudzai! Passou aquele tempo todo com aqueles europeus só pra apodrecer em uma escola que não tem nem o quarto ano! E nada de jovens inteligentes, ensinam qualquer idiota! *Vasikana*, Tambu, é verdade isso, que agora você está numa escola de artesanato, onde as pessoas trabalham só com as mãos, sem pensar! Ah, mas deixa pra lá!" Ela consolou, como um espinho de arbusto para escavar o que estava cravado no calcanhar. "Não, não há motivo pra se preocupar! Qual dos seus ancestrais aprendeu com esses livros? O sangue que está em você é meu e do seu pai, não do seu Babamukuru!" Foi assim que aprendi que uma mãe pode falar desse jeito com sua filha.

Achei tudo terrivelmente revoltante. "Vá em frente, minha filha! Se anime! Faça algo por você", era o que eu queria ouvir, em particular, atrás de portas fechadas, força fluindo de mãe para filha. Fiquei enojada com a falta de fé e expectativa de minha mãe. Como suas palavras me desmoralizaram, confirmando que havia tão pouco para mim. Ficava exausta me perguntando – tinha algo a ver com minha pessoa individualmente, era uma cepa genética recente, ou, pior ainda, era genérica?

Ninguém – nem eu mesma – esperava que eu me recompusesse a ponto de ter sucesso em minha nova situação. E eu, para dizer a verdade, nem conseguiria começar. Eu estava tão deprimida que reunir a energia necessária para sentir soberba por ter qualificações mais altas do que meus alunos estava além de minhas capacidades. Por estar tão letárgica, não batia nas crianças para provar um estado mental superior, como os outros professores. Apenas escrevia listas de ingredientes, regras gramaticais ou insetos no quadro, dependendo do que eu estava ensinando, e seguia com alguns exercícios interativos para diminuir a demanda sobre meus recursos pessoais. As avaliações eu realizava diligentemente, embora com uma falta de entusiasmo endêmica. Porém, não me parecia lógico deixar de ser diligente, pois ensinar era o que eu sido contratada para fazer pela administração. Se as crianças gostavam de mim ou não, era a questão que menos me preocupava. Professores ensinavam para transferir conhecimento e disciplina, não para despertar sentimentos amigáveis nas crianças. Eu não tinha ouvido nem experimentado nada conquistado por força de afeto ou gosto, pois no final nem mesmo a Irmã Catherine tinha sido um alívio: conquista implicava dedicação. A turma de segundo ano de Inglês que eu de vez em quando era obrigada a ensinar era uma língua que até minha mãe falava em meus sonhos, de uma forma estranha e antiga como Shakespeare. "Fie, Tambudzai!" Mai me repreendia à noite, "Prithee, Babamukuru!" Nos tons longos e monótonos da Irmã Emmanuel. Com minhas habilidades em um nível comparativamente alto e sem a energia necessária para usar força para injetar conhecimento em meus alunos, adquiri uma reputação de competência. Os jovens esperançosos interpretavam minha inércia disciplinada como uma espécie de compaixão severa. Os resultados deles melhoraram e vários começaram a passar. Comecei a desfrutar novamente da sensação de executar uma tarefa com eficácia. Comecei a sentir que ensinava bem as crianças. Assim como eles agora tinham esperança de passar, minha própria esperança no potencial da vida voltou, como uma das plantas perenes de Maiguru durante a estação das chuvas.

Não sei dizer o que aconteceu com as turmas que ensinei, pois não estava interessada. Minhas próprias esperanças, no entanto, lembro-me muito bem, começaram a se concretizar na Independência. Ah, essa Independência! Não é um momento que você consegue esquecer. As pessoas lotaram as ruas com tanta alegria que não havia espaço para se lembrar dos atos que as mãos e os pés, e os dentes, e os dedos, as botas e bocas de seus filhos haviam cometido. Portanto, nunca nos lembramos e sofremos juntos como mulheres sofrem em grupos, muitos anos após o parto: "E lá existe outra dor assim! E tanto sangue!

É como o sangue da matança, minha irmã, não é, aquele sangue do parto!"

As ruas pulsaram na Independência com um furor febril, como o êxtase da procriação. Aqueles que não estavam nas ruas estavam, com igual fervor, empacotando suas existências em contêineres enquanto os resultados das eleições eram publicados. Como aqueles que viviam da terra, mas não a possuíam, sabiam há meses que o ZANU-PF de Mugabe, que lutou por um solo fértil, conquistaria uma vitória esmagadora, as pessoas silenciosas que empacotavam seus bens sabiam que a vitória desse mesmo partido anunciava uma deterioração devastadora dos padrões. As famílias foram transportadas para aviões que seguiam para padrões que logo seriam superiores, na África do Sul, Canadá, Grã-Bretanha, Austrália e Nova Zelândia.

Essa vida mais aceitável para a qual os jatos jumbo se dirigiram incluía os padrões universitários. Como resultado, a Universidade do Zimbábue agora tinha vagas e aceitava alunos maduros cujos certificados de nível A exibiam Ds e Es. No entanto, descobriu-se que a profecia de Babamukuru sobre minhas possibilidades profissionais estava correta. O único corpo docente em que pude me inscrever foi o de Ciências Sociais. Com minha confiança abalada mais uma vez, optei pelo Departamento de Sociologia.

Ntombi estava no segundo ano de seu mestrado em filosofia em língua francesa quando me matriculei. Ela ainda vivia na Universidade, mas olhava para frente, como se não houvesse ninguém vindo, quando a encontrava no corredor. No refeitório, ela se sentava com as meninas Ndebele. "Aquela, ela é uma MuNdevere", as outras meninas que falavam Shona me explicaram quando perguntei. "Aquelas lá, elas andam juntas! É que ela cresceu num lugar diferente, acho, lá com aqueles MaChangana. É por isso que elas só falam Inglês. É aquele ChiNdau que eles falam daqueles lados!", minha informante, que também estudava Sociologia, continuou, demonstrando muita ignorância sobre outras etnias do Zimbábue. "Ah, aquela língua deles! Eles chamam de ChiShona, mas você consegue entender uma palavra que seja? Acho que ninguém, ninguém nesse mundo, consegue entender!" Naquela época, não fiquei chocada com a visão dessa aluna sobre pertencimento de grupo. Apenas fiz que sim com a cabeça, considerando qual, se é que haveria alguma, seria a vantagem de revelar que minha ex-colega era, na verdade, MuChangana. No fim das contas, não havia. Percebi que simplesmente acabaria me sentindo inferior, sendo uma recém-chegada enquanto Ntombizethu era uma aluna de pós-graduação. Lidei com minhas ansiedades tornando-me mais uma vez agressivamente estudiosa.

Babamukuru foi atingido por uma bala perdida que ricocheteou em um mastro de bandeira durante a salva de 21 tiros enquanto eles baixavam a bandeira do Reino Unido e erguiam a bandeira do Zimbábue nas celebrações da Independência. A bala se alojou em sua medula espinhal. Quando não estava deitado de costas na cama, ele se sentava em uma cadeira de rodas, o que o deixava ainda mais ressentido e mais rabugento do que o normal. Assim, às cicatrizes da guerra foram acrescentadas as complicações da Independência. Nem ele nem qualquer membro da minha família vieram ao *campus* para comemorar minha formatura.

Emergi de meus estudos para uma nova dispensa. Nunca consegui, depois de todos os anos no Sagrado Coração e as sextas-feiras na prefeitura, acreditar que os rodesianos haviam morrido; definitivamente, não haviam morrido tantos a ponto de causar um impacto no curso da história. É certo que o Sr. Swanepoel tinha, mas as gêmeas eram fluentes em africâner, de modo que mesmo Bougainvillea, na época, reconheceu o boato que circulou pelo convento, de que o Sr. Swanepoel não era um rodesiano, mas um africâner. Convencida de que não tinham sido as mortes de rodesianos que levaram o Sr. Mugabe e o Sr. Smith a conversarem com algum grau de sinceridade, assegurei-me felizmente de que o fenômeno se devia a um motivo maior e melhor de ambos os lados: de parte irmãos mais velhos, um desejo de parar de cortar lábios, orelhas, narizes e genitais dos corpos dos parentes das pessoas; por parte dos europeus, um desejo de desenvolver um coração maior e mais gentil. De vez em quando, eu me perguntava como Nyasha estava se saindo com os dela. Eles eram iguais aos nossos brancos ou eram melhores ou mais importantes?

Porém, mesmo nesta nova dispensa com seus novos europeus, as previsões de Babamukuru ainda estavam em vigor. Para minha consternação, a única profissão que me aceitou com a educação superior fraca que adquiri, apesar do quanto eu virava obsessivamente as páginas dos livros, foi novamente a profissão de professora. Então descobri como, apesar de um diploma, eu era apenas marginalmente mais bem paga do que os mendigos que, cumprindo as profecias dos brancos sobre o declínio dos padrões, começaram a dedilhar violões feitos de latas de óleo de cozinha nas ruas do centro da capital. Minha autoestima sofreu outro baque, pois parecia que apenas os rejeitados se dispunham a moldar os filhos de nossa nação. E mesmo nessa profissão eu estava em um nível inferior, pois possuía apenas o diploma de Bacharel em Ciências Sociais e não tinha qualificação como educadora. Ah, céus! Como era desagradável e irritante cada vez que eu abria as portas da minha classe na área de alta densidade populacional de Mabvuku.

Ah, quanto eu estava caindo, como se tivesse quebrado um piso de vidro e, atravessando-o, acabaria estilhaçada mais uma vez em meio à bagunça da propriedade de meus pais. Mesmo que eu não tivesse chegado lá ainda, e estivesse apenas escorregando naquela direção desagradável e inferior, minha posição atual me oprimia por ser muito baixa para alguém que, durante dois trimestres inteiros, desfrutara da distinção de ser a aluna que obteve os melhores resultados de nível O no Colégio para Moças Sagrado Coração, a instituição de jovens mulheres mais prestigiada do país. Tropeçando nas pedras no caminho para pegar uma kombi para o trabalho, com a mão na frente do rosto para evitar o vapor pútrido de canos apodrecidos, logo me via paralisada por intensas ondas de violência. Não encontrava trégua para meu desejo de soltar esse ódio, nem mesmo quando desistia da vida durante as horas da noite no quarto miserável que alugava de uma mulher solteira em uma parte decadente do subúrbio de Greendale. Mofo cintilava azul, cinza e verde nas paredes desse quarto. No teto, redemoinhos escuros que sobraram das chuvas da última temporada corriam como vórtices de poder sinistro, até que a escuridão sugava você, jogava seu corpo de um lado para o outro e depois afogava você. As tábuas traiçoeiras vergavam e se empenavam, de modo que, se afogar-se era uma fantasia de que você tinha que se livrar, o teto tinha a última palavra, ameaçando desmoronar e esmagar você a qualquer minuto. Minha dor naquela casa, que aumentava minha sensação de fracasso e frustração, atingia até a própria dona da casa. Essa mulher tinha uma casa, uma posse própria. Insuportavelmente, ela havia conquistado algo que eu não conquistara. Sim, eu me sentia fervorosamente indignada quando pensava sobre isso – por que ela havia conseguido, quando eu não conseguia. Um impulso de realizar atos drásticos e prejudiciais contra o corpo da minha senhoria brotava sempre que ouvia o som de seus passos no corredor.

Essa raiva perpétua era insuportável para mim. Eu me considerava uma pessoa moral. Na verdade, como uma mulher moral, não pretendia abrigar tais emoções nada caridosas e, acima de tudo, raivosas. Para garantir que não cometesse nenhuma atrocidade contra minha senhoria, comecei a passar, logo depois que meus desejos furiosos surgiram, longas horas na escola em que eu não queria lecionar, a fim de diminuir o tempo que passava na casa de minha senhoria. Também no ônibus, do subúrbio, comecei a tagarelar compulsivamente, pressionando as pessoas para me assegurar de que ainda era, apesar de todo o meu fracasso e paixão nada feminina, uma pessoa normal e simpática.

"Sim, minha irmã!"
"E como você está, irmã?"
"Você dormiu bem?"
"Eu dormi!"
"Está quente hoje!"
"Sim, está mesmo! Tomara que traga chuva."
"Se ao menos trouxesse isso – chuva! Aí ficaríamos felizes! Teríamos problemas com as plantações se chovesse? Ah, não, isso não! As pessoas vão ter o que comer se a água vier. Somos especialistas em plantar. E as terras agora, vão ser nossas!"
"Sim, se a água vier vai ser bom para nós."
"Mas essas estradas! Ah, olha pra elas, como elas já estão! Se chover, você acha... ah, com certeza não, não vai. Não vai dar mais pra andar por elas!"

Na maioria das vezes, essa última observação era minha, pois, apesar de me esforçar para ficar entusiasmada com meus companheiros, ao relaxar, recaía em uma depressão agora crônica.

"Talvez!", vinha a réplica em tom de censura. "Mas faz diferença, se estamos comendo? Mesmo que seja difícil andar por aí?" O silêncio se instalava de forma inquietante enquanto o ônibus balançava, já que meu desânimo perturbava os outros cidadãos. Para compensar, indicava que apenas desejava condições mais adequadas para viver, como calçadas para caminhar até o trabalho e canos de esgoto que, se não fossem novos, fossem pelo menos regularmente revisados e soldados. Porém, silenciosamente, eu pensava que isso era como a Mai não limpando suas latrinas, e haveria um bom motivo para essa limpeza das latrinas, ou de qualquer outra coisa, não ser realizada? Pelo lado bom, no entanto, descobri nessas conversas que havia opções de acomodação na cidade das quais você podia tirar proveito, se tivesse dinheiro. De posse dessas informações, fiquei tão desanimada com a ideia de outro fracasso que demorei várias semanas para tomar uma decisão. Finalmente, porém, elaborei um plano. Primeiro, precisava encontrar um trabalho melhor. Após essa conquista, o segundo passo seria fazer a mudança para melhores condições. Me fez bem planejar assim, em busca de melhorias legítimas, portanto, não me preocupei mais com a indignação que sentia contra minha senhoria.

Agora, porém, as profecias de meu tio mais uma vez adivinharam com uma precisão infeliz os limites de minha mobilidade. O emprego que consegui era humilde e o salário era apenas marginalmente mais alto. Tornei-me redatora na Agência de Publicidade Steers, D'Arcy & MacPedius. Embora o cargo tenha me resgatado de outra posição como professora, eu não poderia pagar uma acomodação de maior prestígio do que um quarto em um albergue para mulheres solteiras.

Mesmo hoje em dia, você pode passar pelo prédio na rua larga que começa na Rodovia Enterprise e segue para oeste por vários quilômetros depois do parque, e que as placas de sinalização atuais, pintadas logo após a Independência, proclamam ser a Avenida Herbert Chitepo. A instituição se chamava Twiss Hostel, e mudar para lá foi outra triste decepção, fazendo-me lembrar com amargura da minha ex-senhoria, que era dona da casa em que ela morava. Não havia outra alternativa, porém, a não ser abaixar a cabeça e seguir em frente. Desenvolvi o hábito, para evitar ficar completamente abatida, enquanto caminhava em direção à minha nova casa, vindo da agência, de listar uma por uma e me concentrar em cada vantagem do hostel.

E havia muitas. No início, eu precisava me esforçar para lembrar delas, mas, com o tempo, tornou-se mais fácil. Para começar, a instituição era elegante e limpa; ficava em um prédio branco construído para algum antigo propósito colonial sobre o qual ninguém que vivia lá agora tinha qualquer conhecimento, exceto quanto ao fato de que espaço e distinção eram fundamentais. O saguão de entrada era particularmente confortável, mais largo do que longo, o que lhe concedia uma atmosfera de estar sempre desejando as boas-vindas, e esse ar convidativo era acentuado por um piso de teca que brilhava suavemente do fundo dos ladrilhos, como se fosse uma confortável cama de veludo. Uma sala de jantar bem-arrumada com toalhas de mesa brancas engomadas se abria à esquerda do saguão quando você entrava. Lá, mesas pesadas de madeira eram postas para seis, com guardanapos dobrados elegantemente ao lado dos pratos, muito parecidos com sentinelas para garantir que não comêssemos muito, mantendo, assim, nossos corpos e as despesas do hostel em proporções administráveis – pois você não conseguia nem pensar em comer de qualquer maneira além de delicadamente, para não sujar o linho imaculado. À direita da entrada ficava outra estrutura ampla e generosa, o balcão da recepção, que sugeria logo que as pessoas se inclinassem e, com consultas corteses, chamassem a recepcionista. À frente, o saguão dava para dois corredores que conduziam a leste e oeste, de onde se abriam os quartos. Esses corredores viravam para o norte e depois novamente para formar um retângulo no meio do qual havia um pátio, aberto para um céu muito azul em uma estação, inchado e cinza com água prestes a estourar em outra. Não havia árvores, mas você conseguia ler na maioria dos meses em bancos de pedra à sombra de buganvílias e aglomerados de hibiscos. A cidade ainda era tranquila naquela época, e o Twiss Hostel incorporava em seu *design* um pouco da graça serena do terreno do colégio em Umtali.

Naqueles dias em que morei no hostel, uma mulher ainda podia andar pelo Harare Gardens a qualquer hora sem se preocupar. O prédio era agradavelmente próximo às vastidões verdes do parque, embora fosse triste ver as explosões de fogo que se levantavam de canteiros tão cuidadosamente dispostos, desaparecendo gradualmente, imperceptivelmente. A cidade de Harare, ocupada com outras atividades, esqueceu-se que o público precisava que a beleza dos jardins fosse nutrida, e por isso eu considerava, ao passar por outro canteiro de lírios *canna* murchos, que faria muito mais sentido que o lugar fosse administrado por uma equipe atenciosa como Maiguru e Sylvester.

Outra vantagem do hostel era que logo além do parque a cidade zumbia como um grande enxame de insetos esperando para beber o néctar das árvores do jardim. Minha nova casa era conveniente para chegar ao distrito comercial do centro; uma bênção generosa para uma mulher que não gostava da classe que encontrava no transporte público, mas não tinha condições de pagar para fazer parte da que possuía veículo próprio. Nem minha antiga senhoria tinha seu próprio meio de transporte, eu sorria para encorajar a mim mesma, sem me preocupar com a malícia pois estava preocupada apenas com meus desconfortos, e acreditava que já que havia passado por tantos infortúnios que o conceito de malevolência tornava-se irrelevante. E, finalmente, reforçando consideravelmente o mérito de minha nova morada, uma placa que dizia "Reservamos o direito de negar admissão" ainda ficava acima da entrada, prova de que ninguém além das pessoas mais superiores e distintas, em qualquer momento, seja antes ou depois da Independência, haviam sido admitidas nas instalações. Que satisfação saber que agora estava incluída neste grupo! E não havia necessidade de temer que a presença de alguém pudesse causar a infame deterioração dos padrões. Pois, embora as leis tivessem sido desmanteladas, a situação era muito parecida com a da escola: ali ficavam apenas algumas de nós, e a maior parte dos quartos eram alugados por jovens brancas.

"Olá! Isabel!", uma dessas meninas brancas, chamada Faye, apareceu agitada numa manhã. "Você por acaso viu a Tambu? Tem uma ligação pra ela."

Foi um tempo depois de eu estar instalada. Estava passando, como era meu costume, pelo saguão bem silenciosamente, para não incomodar a Sra. May, a governanta idosa. Ela tinha cabelos prateados e a tez de um bebê, de um rosa que desafiava o sol. Era uma mulher de aparência cansada, macia e queixosa, e tinha pó seco – maquiagem e talco – acumulado permanentemente em suas rugas. Flocos caíam quando ela se movia ou falava, dando a impressão de que, se o fizesse com muito vigor, se desintegraria como uma múmia desembrulhada, em uma avalanche de partículas empoeiradas. Supervisionar as moradoras, porém, não exigia esforço. A Sra. May passava a maior parte de suas horas patrulhando os poucos metros de espaço curvo atrás da mesa de recepção no saguão. A vigilância envolvia ir de uma extremidade da área de recepção para a outra, o que fornecia uma visão vantajosa de cada entrada do hostel. Assim, praticamente sem gastar energia, nossa governanta assegurava que pessoas do sexo masculino não ultrapassariam o limite invisível – porém aceito por todos – entre o saguão e os dormitórios. Era, segundo a história oral do Twiss Hostel, somente ao expulsar invasores que a Sra. May se tornava fervorosa a ponto de parar de tremer. Mas a última ocasião em que isso ocorrera já tinha muito tempo, quando a governanta era muito mais jovem e forte, livre das dobras que o pó obstruía em uma época anterior a cremes com colágeno, e nenhuma das residentes atuais lembrava da ocasião.

Quando não estava avaliando o gênero e as intenções de visitantes, a idosa voltava seus óculos para as palavras cruzadas no jornal que estava invariavelmente aberto em sua mesa. Ela deslizava o papel, a mão espalmada bem ao centro, pelo balcão da recepção enquanto andava para lá e para cá, cumprindo suas funções.

A governanta suspirava melancolicamente enquanto procurava soluções para as instruções crípticas das palavras cruzadas, como se a resposta para cada pista, embora ainda indefinida, fosse se revelar mais um terror desencadeado pelas forças inescrupulosas de seu país. Apesar de todas as intimidações que sofrera na vida, porém, nossa triste Sra. May estava sempre preocupada com o bem-estar de suas internas. Naquela manhã, ela observou gentilmente, em sua voz fraca e trêmula, quando fui abordada por uma residente: "Ah, espero que ela não tenha saído ainda! Coitadinha daquela Tambu, ela quase nunca recebe nada pelo correio, nem ninguém pergunta por ela! Minha nossa, eu nem me lembro da última vez, na verdade, tenho quase certeza que ela nunca recebeu uma carta!" Com isso, a governanta do hostel, que, ao contrário da Srta. Plato, havia nascido nas terras em que vivia, ajustou os óculos sobre o nariz e olhou para mim através das lentes. "Você não liga de ir atrás dela rapidinho, né, Isabel? Vai ser uma dádiva para a Tambu, tenho certeza. Espero que você consiga encontrar essa menina, e caso você não encontre, querida, pode deixar que eu falo com ela quando ela passar por aqui.

"Ai, espero que eu não esqueça!", completou, ajustando a base dos óculos, ansiosa por algo que poderia nem acontecer de fato. Ao voltar sua atenção novamente para o conjunto de pistas, ela desenganchou os óculos de trás das orelhas e colocou uma ponta das hastes na boca, apreensiva. Faye entrou apressada na sala de jantar, onde moças que trabalhavam em repartições públicas que abriam às sete e quarenta e cinco estavam engolindo o café apressadamente, o que me deixou ali encarando a Sra. May com muita irritação e receio de que ela fosse me puxar para uma de suas conversas. Eu estava tão incomodada com o que tinha acontecido que quase esqueci da ligação que havia me colocado na mira da governanta.

"Bom dia, Isabel!" era como a governanta começava quando percebia minha presença, e ao proferir a saudação seu rosto se iluminava, como se a manhã tivesse ficado consideravelmente melhor após meu aparecimento. O problema da pobre mulher é que as moças que trabalhavam nas repartições governamentais não tinham tempo, enquanto nós, na agência, começávamos às oito e meia, outra vantagem da Steers, D'Arcy & MacPedius. É verdade que diversas residentes realizavam atividades similares em outras empresas glamorosas, porém, sua juventude as mantinha fora de casa a noite toda, e elas sempre passavam correndo pela recepção, atrasadas para uma reunião ou para o trabalho, tendo dormido demais. Meu tempo não era ocupado dessa forma. Na verdade, como observado pela Sra. May, minha vida social era melancólica, limitada a tomar café com Dick Lawson, o redator sênior da agência, durante o horário de trabalho, ou, ocasionalmente, um *happy hour* da agência às sextas-feiras no fim da tarde – ou a noite toda, como o Sr. Steers, o principal acionista e Diretor Administrativo, dizia. Assim, no início, eu parava educadamente quando ela chamava e conversava sobre amenidades com a idosa.

Percebendo que minhas circunstâncias haviam me feito ficar ali parada, a Sra. May continuou compulsivamente, logo após minha chegada, indo da saudação para uma conversa. "E, sim, a manhã está ótima agora, mas logo vai ficar quente, horrivelmente quente, Isabel, não é mesmo? Os últimos dias foram todos assim! Insuportável, querida, absolutamente terrível! Eu sempre disse que estava velha demais, e talvez não devesse dizer esse tipo de coisa." Tendo percebido meu desconforto, a mulher ficou pesarosa. "Eu devia ter ouvido meu filho, o Mark! Ele sempre me disse que isso ia acontecer. Nem sei quantas vezes ele me disse! É por isso que ele queria que eu fosse com ele. Ele não parava de falar sobre como as coisas ficariam ruins antes de ir embora pra Inglaterra! Vem comigo, Mãe! Sabe, não passava um dia sem ele insistir comigo. Ele ainda insiste, quando me liga. Ele não escreve, sabe. Só me liga. Pelo menos uma vez por semana, às vezes duas, se alguma coisa diferente acontece! Ah, querida, Isabel, estou ainda mais velha agora! Eu com certeza não sei!" A idosa fazia uma pausa pensativa aqui, como se toda vez que contasse a história, tivesse que tomar uma decisão difícil diferente. "Vou ter que aguentar o calor. É isso que eu acho, e é o que eu digo pra ele. A verdade, Isabel, é que esses meus ossos velhos nunca aguentariam aqueles invernos úmidos. Quando penso nos coitados dos meus ossos, querida, sei que não vou pra lugar nenhum!"

Algumas semanas após minha chegada, fiquei sabendo que os ossos que prendiam a Sra. May a esta terra não eram, de fato, os seus, mas, sim, os de seu marido. Quando se sentia suficientemente saudável, ela viajava de ônibus para o noroeste do país para visitar o local onde eles estavam depositados. Lá, ela pessoalmente aguava as flores e arrancava ervas daninhas. Tinha sido uma morte de fronteira durante a guerra. A viúva agora estava sozinha, pois seu filho, Mark, não queria retornar ao país em que seu pai morrera tão inutilmente. Tendo ficado sabendo de todas essas informações em tão pouco tempo, antes que ela iniciasse outro capítulo, desenvolvi o hábito de passar pé ante pé pela recepção para evitar a governanta. Era difícil pensar na mulher, tão pequena e frágil, sofrendo daquela maneira; doloroso reviver desse jeito os eventos daquele conflito implacável; assim, a ideia de saber mais detalhes me apavorava. Naquela manhã, ansiosa por melhorar o dia de uma de suas internas, a Sra. May insistiu: "Ainda tem alguém na linha, não tem? Vai logo então, Isabel, veja se consegue encontrar a Tambu!"

Não me dei ao trabalho de corrigi-la. Não consigo me lembrar se a Sra. May começou a usar esse nome durante nossas conversas – ou, melhor, seus monólogos – e as outras residentes a copiaram, ou se ela em algum momento perguntara a outra moça quem eu era e recebera uma resposta incorreta. A verdadeira Isabel estava enchendo sua tigela de cereal na sala de jantar, e ficou óbvio que

Faye não a reconhecia quando, enquanto Isabel calmamente largava o pacote, pegava uma jarra e derramava leite sobre os flocos de milho, Faye passava por ela com um prato de *bacon*.

O que eu havia feito no passado era dizer: "Na verdade, Sra. May, meu nome é Tambu!"

"É claro, sim!", a governanta se corrigia imediatamente, e no dia seguinte voltava a me chamar de Isabel. "Tambu! Sim, querida! Tambu! Sim, querida!" E Isabel. "Tambu! Sim, querida!" E Isabel. Portanto, minhas tentativas de educar a Sra. May terminavam em reversões.

Naquela manhã, após a dose dupla de identificação incorreta, prometi: "Vou falar para ela mais uma vez, para ela e para a Faye Morisson. Vou falar! Vou dizer agora que sou a Tambu!" Essa era a informação de que elas precisavam. Eu sou a Tambu e aquela é a Isabel. E nós somos diferentes! Fiz essa promessa para mim mesma, mas não acreditei nela.

O que eu fiz, de fato, foi dar um sorriso gentil, mas estava fazendo planos rapidamente. "Ah, tenho certeza que ela já saiu!", exclamei para explicar por que não saía correndo para me buscar. "Vou anotar a mensagem", cheguei à uma conclusão estratégica.

A Sra. May não estava prestando atenção. Seu rosto se iluminou e ela escreveu uma série de letras rapidamente e com bastante capricho em suas respectivas caixinhas. Aliviada, passei pela porta ao lado da recepção e entrei na cabine telefônica. O telefone estava zunindo e estalando, sem ninguém na linha. Que irritante era isso agora, perder contato com alguém que sabia quem eu era por não ter sido reconhecida, não ter sido identificada como um indivíduo, mas, sim, como um naco arrancado de um pedaço maior de carne sem diferenciação! Saí sorrindo, mas estava terrivelmente chateada.

"Não vá esquecer de passar a mensagem pra ela!", a Sra. May aconselhou quando saí da cabine. "Vou pegar um pedaço de papel.

Você pode anotar." Os óculos dela estavam encaixados mais uma vez atrás das orelhas. Um dedo marcava a pista que estava examinando. Ah, vai ali no escritório e pega, está bem, Isabel!"

"Eu sou a Tambu. É isso que você tem que saber!" Disse isso para mim mesma, percebendo que, estranhamente, a voz estava mais forte, como se alguém estivesse falando mesmo. Ignorei essa evolução e, em vez disso, sorri mais uma vez, agora pelo ridículo dessa necessidade – de dizer a mim mesma quem eu era. Esticando o sorriso na direção das minhas orelhas, entrei no escritório, encontrei um pedaço de papel, ponderei por um momento e decidi rabiscar "ligação para você, nesta terça-feira de manhã, por volta das sete e meia". O ato me fez sentir que havia prevalecido sobre alguma coisa. Dobrando o bilhete, saí novamente para apaziguar a governanta, prometendo: "Vou colocar por baixo da porta dela".

"É muita gentileza da sua parte, Isabel. Tenho certeza que ela vai ficar muito feliz." A Sra. May empurrou os óculos bem alto no nariz, deixando uma mancha da tinta de um anúncio dos classificados. Depois de inspecioná-lo, virei-me para a porta, através da qual o sol da manhã caía alegre e amarelo do pátio.

"Olá, Sra. May!", vozes rápidas chamavam.

"Bom dia, senhora!"

"Até depois!"

Tec-tec, tec-tec! As palavras eram seguidas pelo som de saltos metálicos atarracados chamados "Princess Di", indispensáveis para o guarda-roupas de qualquer garota, no piso de madeira polida. Sem esperar que a governanta respondesse, um trio de residentes passou pelas portas de vidro duplas para o pavimento da varanda. Tec-tec, tec-tec! Pedaços curtos e brilhantes de delicadeza atingiam a pedra duas a quatro vezes e as moças, com a energia do atraso, desapareciam ao virarem as cercas floridas.

A Sra. May esticava o pescoço quando as jovens passavam. "Bom dia, Barbara! Olá, Fiona! Olá, Jane! Não precisam correr assim, meninas! Vocês estão com tempo." Sua voz ia atrás delas melancolicamente, inutilmente. Elas saíam com o sol da manhã queimando três halos dourados em seus cabelos brilhosos. Ah, sim, aquela despedida tornou tudo pior. Eu não era lembrada, outras, sim. Não podia nem mesmo sentir minha irritação de forma absoluta – tinha que senti-la em oposição.

No meu quarto, ainda estava irritada com aquela gente branca. Então, para aliviar o aborrecimento, rasguei o bilhete em pedaços muito pequenos e joguei-os no pátio pela janela. Quanto ao telefonema, quem poderia ser? Maiguru era a única pessoa para quem eu informara o número de Harare. Será que ela me ligaria, ponderei, tremendo à beira de um ataque miserável de autocomiseração. Suspeitei que não, pois ela estava ocupada com Babamukuru. De qualquer maneira, ainda me sentia culpada. Uma mulher conversaria com uma pessoa cuja mãe planejara matar seu marido? Não me admira, pensei miseravelmente, meu tio ter me renegado. Para lidar com minha realidade, respirei fundo diversas vezes, e depois disso era hora de colocar o sorriso de volta no lugar, para me aventurar mais uma vez a passar silenciosamente por nossa governanta, que, no momento, estava satisfeita.

Acredito, porém, que essa comunhão com a Sra. May fez algo por mim, pois eu não tinha me conectado a ninguém no Twiss Hostel, uma consequência, sem dúvida, de eu ser mais velha do que as outras residentes; e provavelmente por outras razões também. A Sra. May me fazia sentir parte da vida, mesmo que fosse uma vida infame e incógnita na melhor das hipóteses (afinal, eu fora a detentora das melhores notas nos exames de nível O no Colégio Sagrado Coração por dois trimestres inteiros) e, na pior das hipóteses, uma vida à margem, no centro da exclusão. Então, acabei soldada a cenários dos quais relutantemente me descobria parte.

Lá fora, a cidade meandrava com mais fluidez, como um rio de coisas e possibilidades preciosas. Pois Harare era rica naquela época. Mais pessoas tinham e usavam sua riqueza com naturalidade, não com a arrogância desdenhosa de hoje, vinda de recessos purulentos e profundos que o brilho do ouro não extinguiu, de modo que os narizes se erguem para evitar a putrefação. É verdade, as riquezas daquela época recaíam de maneira mais uniforme sobre os habitantes da cidade, e todos acreditavam que logo também se veriam em uma das chuvas da fortuna. Gotas de metais nobres brilhavam nas orelhas das mulheres, espiavam por entre seios e pelos de peitorais. Cravadas de pedras fabulosas, as posses brilhavam em torno dos dedos, e seus portadores se proclamavam tão nobres quanto o minério extraído pelas mineradoras. BMWs, Mercedes Benzs, Rolls-Royces e Jaguares passavam ronronando, como se as vagas de estacionamento sob os jacarandás do Sagrado Coração tivessem migrado para colonizar a capital. As não esposas sentadas naqueles carros olhavam para você de cima de seus narizes muito pálidos e caros, desdenhosas com as atenções de homens casados e os respingos de capital.

Mas essa nossa elite estava boa o suficiente para nós naquela época em Harare. Seus olhos penetrantes, mas lânguidos, ainda não vacilavam de medo ao verem outras pessoas se aproximando, um bando de jovens sorridentes e de olhos vidrados, ou *tsotsis* maliciosos e moralmente circuncidados. Era a cidade ensolarada, onde manchas de luz dançavam entre as árvores flamejantes e extravagantes e aqueciam a calçada. O ar era fresco, intocado por ansiedade e poluição. As lojas exibiam muito mais do que éramos e muito menos do que não era necessário. Naquele ambiente tranquilo, os "boa vida" de Harare não podiam ser gananciosos; eles apenas tinham afinidade com a riqueza, uma aptidão para criar dinheiro onde outros cidadãos não tinham. Todos os invejavam e vibravam com o sonho de ter o que os outros não tinham. Se você fosse rico, não precisava ter medo, pois não havia nada de errado. Você estava apenas com a vida feita; pois tudo que riqueza oferecia, como minhas reflexões sobre *unhu* previram, era uma vida feita. Esse fato alimentava a busca por dinheiro dos cidadãos. O desejo por ostentar sinais de posse invadiu a todos, assim como o desejo de minha prima Nyasha por comida quando ela era bulímica, até que os residentes da cidade passaram a desejar o excesso e chamá-lo de conforto.

Naquela manhã eu desisti do parque e cruzei para a Second Street, pois àquela altura já estava atrasada. Uma Pajero verde passou acelerando. Dei um pulo para trás para evitar um acidente. O motorista buzinou e gesticulou ao se afastar, mais por desprezo do que por advertência. Continuei abatida, sabendo que era isso que acontecia se alguém estava dirigindo e você caminhando. Mesmo assim, esta era Harare, este era o nosso Zimbábue. Um dia, se eu seguisse em frente como era necessário, realizasse tudo que me era pedido, também poderia colher uma recompensa como o motorista.

Na kombi, porém, esses devaneios sobre uma posição melhor no futuro que eu estava me esforçando para conquistar não puderam evitar mais agravos. As janelas do veículo estavam emperradas. O ar cheirava a corpos suados e mal lavados. Estávamos tão apertados que não teríamos caído se, brincando, um deus tivesse arrancado o teto, virado o veículo de cabeça para baixo e nos sacudido. Suor escorria sob meus braços em manchas escuras e nocivas no material sintético da minha blusa. Que dia terrível eu teria no escritório, mantendo os cotovelos pressionados nos lados do corpo enquanto digitava meus textos. Outros ocupantes agarravam o assento da frente ou apoiavam os cotovelos na porta, alheios à umidade e aos odores que suas axilas exalavam. O calor de corpo em cima de corpo, a semelhança que dizia "estamos aqui"; fiquei abatida novamente. Era angustiante fazer parte de um grupo humano tão ordinário.

13

Desembarquei na esquina da Jason Moyo, onde as kombis da universidade voltavam para a fila. De lá até a Avenida Robert Mugabe, onde a agência ficava, havia dois quarteirões, passando por lojas de *fast food* frequentadas por garotas em calças muito justas, lojinhas que combinavam produtos estrangeiros imperfeitos com o mercado local perfeitamente e os vendiam por dezenas de dólares zimbabuanos, e joalherias projetadas para outras pessoas, que olhavam para você em suas roupas de escritório de forma proibitiva. A manhã estava começando a brilhar com a mesma intensidade. O calor reluzia e ondulava como a pele de um réptil no pavimento e asfalto. O solo rejeitava esse calor torturante tão cedo pela manhã e emanava círculos dele como piscinas sagradas, de modo que mulheres gêmeas caminhavam como se sobre água nas miragens. Desabei pela porta giratória da agência para a recepção com ar-condicionado da Steers & Associados.

"Ei, ei!" Era Pedzi, a jovem recepcionista. "*Sisi Tambu, mamuka sei?* Você acordou bem hoje de manhã?", ela seguiu tagarelando, exibindo mais *unhu* do que se poderia esperar de alguém tão jovem e moderno. "Iiih, seu cabelo! Está tão bonito! É para a premiação de publicidade? Quem fez pra você, *Sisi* Tambu?"

Enquanto falava, ela sorria com deferência, como os jovens fazem quando procuram inspiração. O fato de eu ser redatora na maior agência de publicidade do país representava para essa menina ansiosa algo a que ela podia aspirar. Tomando-me por uma figura de irmã mais velha, sem saber minha posição em relação à minha própria irmã, a jovem Pedzi confidenciou, logo depois de eu começar na agência, que havia reprovado em cada um de seus exames de nível O. Com os dentes cintilantes, relatou que seu único arrependimento na época foi não ter prestado para mais matérias, para provar que, independentemente do que fosse ensinado ou por quem, ela nunca aprenderia nada daquilo. Pedzi chegou a rir de seu pai e sugerir que ele mesmo fizesse os exames, se os considerava tão importantes. No entanto, continuou, depois de eu contar a ela sobre meu diploma universitário, mas não sobre seu baixo *status*, quando ela se tornou recepcionista em uma empresa suspeita, voltou a estudar Inglês e Matemática, e três outras matérias, além de praticar datilografia. Agora ela havia conquistado notas para passar em cinco matérias e ia prestar os exames de nível A em três disciplinas. Ela finalizou o *tête-à-tête* me perguntando, já que a carga de trabalho era pesada, se eu poderia ajudá-la. "Você acha que vai passar?", foi minha resposta, enquanto ela me olhava com olhos tímidos, mas acesos. Não, eu não tinha nenhum desejo de encorajá-la. Ela era esse tipo de garota, que tinha esse tipo de efeito em outras mulheres. Um homem com bíceps tão grandes quanto a beleza dela seria rotulado de valentão sem mover um músculo. A recepcionista era mais alta do que a maioria de nós e pesava talvez um quarto de nosso peso, com uma pele tranquila como a meia-noite, apesar da sombra turquesa. Pedzi era sempre organizada e precisa em sua memória sobre nomes de clientes, na escrita de mensagens no bloquinho quando você estava fora, e em suas manicures, penteados e porções que colocava em seu prato no refeitório. Ela não era uma daquelas pessoas que podia comer um cavalo sem inchar, e confidenciou abertamente em outra ocasião que havia compensado essa impossibilidade com disciplina. Pedzi e sua vitalidade eram avassaladores. Quando ela virou seu sorriso de admiração na minha direção, não tive como enfrentá-lo e me encolhi diante do que ela estava pedindo. Sim, algo se fechava com cada episódio de adulação; uma pequena vidraça que sempre permanecera levantada quando falava com colegas no dormitório e na universidade que não demonstravam essa admiração. Quando essa coisa travou, acreditei que essa mulher que parecia uma deusa estava rindo de mim. Era possível gostar de uma pessoa zombeteira? E como, de fato! Além disso, ela era uma daquelas crianças que eu havia ensinado em Mabvuku.

Então, naquela manhã, olhei torto para seus braços pelos quais nem a gordura da idade, nem da gravidez, nem, inclusive, da gula jamais se espalhara. Seu único defeito era sua voz, que era aguda e modulada como uma sirene. No entanto, para manter minha desaprovação, me preparei para não ser amolecida por essa fraqueza. Pelo contrário, para me agarrar a meu desprezo pela jovem, concentrei-me em seus cabelos, que embora macios refletiam um roxo iridescente. O estilo de suas roupas era outra coisa que provocava tanto as mulheres quanto os homens e confirmava que a garota era absurda. Sua aparência era a prova, eu acreditava, de que o motivo de sua simpatia era que Pedzi planejava me manipular para contratá-la como modelo para os anúncios da empresa.

"Está quente, né!", a simpatia da recepcionista escorria. Ela levou uma mão coberta com longas unhas fúcsia retangulares em direção às suas bochechas e agitou os dedos, abanando. "Ao menos eu cheguei aqui mais cedo", ela suspirou com um sorriso envolvente, mas estressado. "Nessas cidades com muita gente, você acorda pro transporte se quer chegar na hora. Aqueles galos, é melhor esquecer logo deles, até eles dormem demais! É uma questão de programar o despertador direitinho. Ao menos eu cheguei aqui antes do calor estar de matar." Ela me olhou com uma expressão aberta, as unhas ainda abanando.

Não compartilhei com ela minhas experiências vivendo em cidades de alta densidade populacional, e que preferia viver nas avenidas.

"E quem está matando o quê?", retruquei. Liberar um pouco da irritação que ainda carregava por ter sido confundida com Isabel me proporcionou uma satisfação momentânea. "Quem morreu?" Fiquei sarcástica quando o contentamento efêmero desvaneceu. "De onde você veio! Etiópia, hein? Biafra, Pedzi? E Serra Leoa? Você vai ter que estudar muito essa história, hein. Continue! Mas cuidado, hein! Você pode acabar aprendendo alguma coisa!"

Ela chupou o lábio inferior e o deixou sair e o sugou novamente. Fiquei satisfeita ao perceber que ela estava chateada a ponto de estragar sua aparência lambendo a maior parte do batom. Ah, que pessoa horrenda e desprezível eu havia me tornado! Recuperando minha confiança com a angústia de Pedzi, dei alguns passos além da mesa da recepção até os elevadores que ficavam isolados atrás de alguns vasos de palmeiras orelha-de-elefante. Eu estava pensando em como meu dia estava agora sendo resgatado de seu começo perturbador, e foi obviamente por isso, percebo quando olho para trás, que não notei a situação que estava se desenrolando.

Os escritórios dos executivos ficavam no quarto andar. O elevador estava estacionado naquele andar mais alto quando apertei o botão. Quatro-três-dois-um, a tela exibiu a contagem regressiva, levando executivos com ela. O elevador parou com um estrondo. Recuperando os sentidos, me virei para sair dali. Os banheiros ficavam poucos metros para frente no corredor. Mas, de salto alto, só conseguia andar devagar sobre os ladrilhos de mármore italiano. Já era tarde demais. Uma mulher que eu não queria encontrar, a executiva da "Afro-Shine", deu um passo à frente para o saguão.

"Ei! Como cê tá?", ela perguntou para as minhas costas. Ao ouvir sua voz, me senti obrigada a virar o corpo e encarar minha antiga colega de classe, Tracey, pois é dela que estou falando. A Srta. Stevenson tinha crescido na hierarquia da agência, e pode ou não ter sido responsável por meu emprego.

"Como cê tá?", Tracey repetiu. Antes que eu pudesse responder, ela continuou, apressada: "Tenho uma reunião às nove e meia. Não vou voltar antes do almoço, mas talvez no primeiro horário da tarde. Aliás", ela olhou por cima do ombro, "tem que ser revisado, hein! Pede pra Belinda datilografar, Tambu."

O cabelo lambido continuava lambido, mas agora em tons tingidos de loiro, uma combinação que era autoritária e não tolerava tolices, e esse cabelo se erguia em pontas no topo da cabeça, e era firme e bem-arrumado, como um capacete de aço, na parte de trás, sugerindo uma leveza superficial, mas uma vontade de ferro por trás dela. A cor normal e saudável de sua pele era acentuada por contornos cuidadosos com pincéis delicados. Suas unhas eram curtas e brilhantes, livres de cores artificiais, exceto por uma faixa branca nas pontinhas; quadradas e inflexíveis, eram as unhas de uma mulher que, como a Irmã Emmanuel, apontava para objetos que deveriam sumir e, em consequência dessa ação, tais objetos invariavelmente sumiam. Essa era a nova Tracey, no novo Zimbábue, executiva de marketing para a Afro-Shine, uma marca local criada por jovens empresários em ternos largos, e também Vice-Diretora de Criação. Seu produto estava finalmente superando o "Bright and Lovely" da rival Pointouch Advertising, após a primeira campanha que lançamos juntas, e também porque era mais barato. Certamente agora ela me diria "Toca aqui!", como no corredor da escola ela batia nas mãos de Ntombi e Patience, por nosso sucesso comum! E pensava muito nisso. Mas os sorrisos de Tracey permaneciam tão cordiais quanto no primeiro dia em que me apresentei para o trabalho na Steers *et al*, e também tão distantes. O máximo que ela fazia era se oferecer para ler meus textos antes de mandá-los para o Diretor de Criação. Nenhuma de nós tinha coragem de mencionar nosso passado escolar.

"Bom dia, Tracey, vou ver o que consigo fazer", respondi de forma evasiva, a raiva queimando apenas em meus olhos, pronta para diminuir até uma luz amiga se ela se virasse, enquanto olhava para suas costas. A porta do elevador fechou. Resmunguei, esperando que Pedzi não tivesse visto a breve interação, e apertei novamente o botão para subir.

"Bom dia, Belinda!", exclamei ao entrar no departamento de criação. Era uma sala aberta, com os redatores ocupando um canto, a parte de arte e gráficos outro, e um terceiro espaço reservado para o tráfego de pessoas. Um código de cores, laranja para arte, verde para tráfego e azul para redação, que se estendia aos ladrilhos extragrandes, trazia as divisões para o campo visual. Eu não era amiga de Belinda. Na verdade, era por isso mesmo que falava com ela com tanto entusiasmo. Todos os outros funcionários do andar eram brancos, então tudo tinha que ser pensado, toda saudação mapeada e planejada. Isso se aplicava especialmente a Belinda, que sempre tinha muito o que fazer e a quem agora eu precisava preparar para receber tarefas extra de digitação.

"Está mais pra mau dia, viu", a datilógrafa respondeu. "Bom dia pra quem!" Ela parou e soltou um gemido trêmulo, as mãos murchando a partir dos punhos sobre as teclas da máquina de escrever. "Tambu, você tem alguma ideia pra essa porcaria de campanha? O que que é isso aqui? Você chama isso de redação!" Ela olhou para o papel irregular ao lado de sua máquina. O texto tinha sido datilografado na máquina manual emperrada do redator. As margens não coincidiam. A cada duas palavras, uma estava riscada e escrita novamente, e rabiscada e outra inscrita acima dela. Além disso, flechas cobriam o corpo do texto a partir de pequenos parágrafos traçados em letrinhas apertadas na parte inferior da página, para indicar onde as últimas inspirações do autor deveriam ser inseridas. O autor era Dick Lawson, o redator sênior.

"Ele deve achar que escreveu um *best seller*!", a datilógrafa disse, enraivecida. "E cara, ele tem alguma coisa contra mim!" As sobrancelhas de Belinda estremeceram em sua testa. "Não tem outra explicação possível! Você acha que me mandaram isso ontem, hein, Tambu? Imagine me entregar isso aqui com tempo hábil pra datilografar? Nãããão!", ela esticou a vogal nasalada. "Às dez pra cinco, hein! Foi quando jogaram isso aqui na minha mesa. Sorte dele que eu ainda estava aqui, e ele nem sabe quando tem sorte! Chamar isso aqui de anúncio, por favor!" Ela empurrou o texto na minha direção.

Era minha política pessoal não ler os textos de outros redatores. Assim, eu me protegia de acusações de plágio. Apenas sorri para Belinda.

"Anúncio, até parece", ela riu com desdém. "É uma droga de uma enciclopédia! Aposto que você conseguiria escrever alguma coisa melhor em dez minutos, hein! Aposto mesmo! O que você acha? Por que não, hein? Eu digito. Ele vai reescrever isso aqui cinco vezes. Você sabe como ele é. Vai, Tambu! Finge que foi um engano. Vai nessa! Rouba essa campanha dele."

Era uma proposta tentadora. ZimAir. Sentei uma nádega em sua mesa verde-limão e puxei a tentativa de Dick para mais perto. "A brevidade é a alma da esperteza!", Belinda me encorajou. "Essas coisas, hein! Suas ideias são sempre mais curtinhas!"

Roubar a campanha de Dick! Tomá-la para mim! Não tem nada a ver com ele. Eu estava começando a acreditar que seria capaz. "Voe mais alto e mais longe que seus sonhos... com ZimAir – porque com ZimAir, o céu não é o limite!" As frases, praticamente sozinhas, começaram a se formar. Eu fui, porém, impedida de ditar minha composição quando uma pergunta sobre brevidade caiu sobre mim. Assim como cada uma de minhas ações exigia um planejamento cuidadoso, também as falas de outras pessoas pediam análises meticulosas. Eu queria ser cuidadosa, pois não estava claro para mim o que mais, além do que ela havia dito em voz alta, o comentário de Belinda sobre precisão implicava. É claro, a indústria exigia que os textos fossem breves. Mas, será que, ao dizer o que tinha dito, a datilógrafa estava empregando um código oculto que significava que eu exibia uma insuficiência de desenvolvimento, que meu jeito sucinto era um sinal de escassez? Dick conseguia citar páginas de Camus, Tolstói, Pushkin, Mann, autores que eu só havia lido sem memorizar uma única frase. Importava, então, se seus textos exigiam várias explicações, quando ele tinha tudo isso à sua disposição? A elegância não requer elaboração? Não era por isso que a poesia shona e os rituais na aldeia se repetiam, enquanto as frases de Mann se enrolavam repetidamente e se retorciam mais uma vez, impossivelmente, sobre si mesmas?

O homem em questão apareceu cambaleando enquanto Belinda e eu conspirávamos juntas. "Idiota!", Belinda sussurrou, assustando-me por se referir não a Dick, mas a mim. Perdi o momento de criar uma conexão com Belinda roubando um projeto de outra pessoa.

Ta, ta-ta-ta! Ta-ta-ta! As unhas de Belinda batiam um *staccato* zangado no silêncio. Para quebrá-lo sem parecer que estava fazendo isso, no caso de ela ficar ofendida, eu sorri: "Oi, Dick!" Ta, ta-tata, os dedos de Belinda continuaram como pequenos mísseis destinados para o texto interminável de Dick, e minha sensação de fracasso, e seu aborrecimento. Os olhos dela passavam da máquina de escrever para o papel rabiscado. Deslizei de cima de sua mesa para ficar ali de pé, meio que esperando ouvi-la insistir que eu fizesse a mim mesma o favor de me apropriar do projeto.

"MYSTERY TOURS", apareceu o nome da marca.

Belinda liberou a tecla *shift* e voltou para a caixa baixa. As duas palavras eram o título depois que o nome do cliente, ZimAir, foi inserido em uma pequena caixa no canto esquerdo da página. Em seguida, o produto, Grande Zimbábue, foi digitado. Seguiram-se os nomes da primeira executiva de marketing, Tracey Stevenson, e depois do redator, Dick Lawson, em suas caixas etiquetadas.

Tendo finalizado os cabeçalhos e nomes, Belinda seguiu para o corpo do texto.

"Quem eram os antigos arquitetos? Por quantos séculos um rio deve correr para criar essa maravilha? Tire os sapatos – se você dá valor à sua alma! O Zimbábue é uma terra antiga. Há muito, muito tempo, quando as pedras falavam, as histórias folclóricas se iniciam. Air Zimbabwe leva você a lugares incríveis onde as pessoas ainda escutam as pedras falando em sussurros. A pérola do Império Britânico brilha novamente! Seu brilho é desconhecido e antigo. Ouse deleitar-se no maior conforto, com a Viagem Misteriosa da ZimAir! Zimbábue, a pérola livre no corpo do sul da África, está aberto para todos vivenciarem seus mistérios", dizia o primeiro parágrafo. "Ninguém sabe quem construiu as fascinantes ruínas do Zimbábue", sussurrava o próximo, misterioso. "Essas torres magistrais, túneis e paredes estreitas estão situadas ao norte..." Seguiram-se alguns nomes alemães, dois parágrafos de detalhes arqueológicos e várias linhas dedicadas ao museu de Berlim.

Raphael entrou, empurrando o carrinho de chá matinal com seu andar lúgubre em direção à mesa da datilógrafa. Belinda aproveitou a chance de parar de digitar palavras longas em frases intermináveis sobre acrópoles, padrões dentados e torres cônicas. "Excelente! Olha aí o menino do chá!", ela sorriu.

Raphael subiu o escritório distribuindo canecas, e voltou mais uma vez. Isso o trouxe de volta para mim, enquanto enchia a xícara de chá de Belinda.

"Eu não vou mais passar por aquela parte do escritório. Na próxima vez, esteja lá se quiser chá!", ele resmungou para mim em Shona. "Não sou seu menino! Não sou seu empregado, huh! Somos todos funcionários aqui! É melhor você me escutar direitinho!" Levantando o queixo sofrido e digno, voltou pelo escritório, servindo mais bebidas para aqueles que desejavam e aceitando mais canecas vazias daqueles que não queriam nada. Meu chá estava frio quando cheguei à minha mesa. Havia uma pequena poça ao redor da caneca, que Raphael havia batido no tampo. Isso me colocou em outro dilema. Será que deveria ir jogar o chá fora no banheiro? E se o pessoal da limpeza reclamasse de manchas e resíduos? O que Raphael faria se tivesse que carregar de volta uma caneca de líquido frio e espumoso? Prendi a respiração e bebi o conteúdo da caneca. Ele estava tão irritado que eu havia esquecido de pedir açúcar.

Meu estômago embrulhou com o líquido horrível e a tensão o fez borbulhar de volta como azia. O problema era que o que acabara de acontecer com a campanha Mystery Tours ocorria com muita frequência. Dick jogava ideias para mim. Eu jogava outras de volta. Dick as deixava cair e escrevia sua versão. E aí, sob o pretexto de que Dick estava comprometido com um novo projeto urgente, Tracey me pedia para dar uma olhada. Agora eu teria que editar a cópia do ZimAir, que era como Tracey, Dick e eu nos referíamos a reescrever o trabalho do redator sênior para que seu nome permanecesse legitimamente na caixa no topo do formulário. Suspirei, desejando novamente ter aceitado a oferta de Belinda de roubar o projeto dele! Ah, será que algum dia eu atuaria no novo Zimbábue, se não fazia o que era necessário, não parava de deixar as pessoas colocarem seus nomes no que no final das contas era meu! Sentia a ameaça de outra crise de depressão. Peguei o papel duplicador que usávamos para fazer anotações e mergulhei em um monte de palavras.

Palavras – era possível fazer tanto com as palavras. Você podia maltratá-las, retorcê-las e rasgá-las, mas, se o fizesse, elas não dançariam. Mesmo assim, as palavras perdoavam. Você se engalfinhava com elas e suava e aí, quando se cansava, ficava gentil, e então as palavras saltavam para você, embebidas de poderes curativos das profundezas, como se diz dos golfinhos. Então eu adorava as palavras e ataquei o texto da Afro-Shine que Tracey havia requisitado com força, esperando que as palavras exaurissem tudo, incluindo a tensão que estava sentindo. Nesse estado de prontidão para o trabalho, me parecia que tudo estava prescrito e normal. Havia uma certa sensação de "Já nos conhecemos antes", de "Ah, sim, você estava aqui ontem" e "e vai estar aqui amanhã", uma impressão rotineira em toda essa situação, que era calmante e tranquilizadora, e que me permitiu trabalhar todo meu conceito para a Afro-Shine, após um começo obscuro de frases interrompidas por rabiscos. E assim eu criei, pacientemente escrevendo rascunhos e mais rascunhos cheios de tolices, trabalhando em busca de inspiração. Nesse ínterim, para aliviar a tensão, perguntei-me quem teria telefonado naquela manhã. Se não foi Maiguru, quem foi? Talvez alguém da escola, ou talvez minha prima estivesse em casa – era Nyasha! Que mistério empolgante e absurdo era aquele, alguém gastando dinheiro para conversar comigo por telefone!

Alguns minutos antes da uma, Pedzi ligou, informando, esganiçada, que Tracey estava atrasada. Segui escrevendo durante o horário de almoço, à espera. Quando acontecesse, eles iam ver como eu conseguia enfeitiçar a língua, como eu fazia as palavras pularem e rodopiarem e dançarem, como, assim como uma alma para dentro e para fora e girando e girando no ritmo, eu conseguia retorcê-las! Fiquei depois do horário para digitar o texto certinho usando a máquina de Belinda, sem coragem de pedir para ela fazer o trabalho. Dick, grande e de ombros arredondados, acenou ao passar, movendo-se pesadamente. No espaço arejado em um canto do andar de criação, Mary Mallory, a secretária do Diretor de Criação, ainda estava ligando para as companhias aéreas para fazer reservas às seis horas, quando saí. O texto para a Afro-Shine vai estar, ela acenou com a cabeça, estressada e distraída, quando gesticulei cansada para atrair sua atenção, na bandeja do Diretor de Criação de manhã.

Tão misterioso quanto os construtores do Grande Zimbábue eram para os grandes historiadores do mundo, era a sensação de prazer para mim. No dia seguinte à minha conspiração frustrada com Belinda, porém, um prazer grande o bastante me esperava no departamento de criação para me fazer esquecer a Sra. May, que novamente naquele dia me cumprimentara com: "Como você está nesta manhã, Isabel, e coitadinha da Tambu, não é!" Em minha bandeja, oficialmente, estava a pasta do Mystery Tours, junto com a pasta de dentes Dr. White, outro novo produto local, e alimentos enlatados Honey Valley, que Maiguru, de vez em quando, na missão, trazia para a mesa como um agradinho. Pois Dick estava ocupado agora com a Mighty Dough, uma nova rede de padarias. Meus pensamentos imediatamente se voltaram para o trabalho, pois vi meu nome na caixa que identificava o redator. "Lá! Lá!" as ideias serpentearam no início e depois avançaram como os lemingues. "Lá no Honey Valley, onde nascem os melhores e mais frescos alimentos, há muito movimento antes de os galos começarem a cantar!" Aí estava uma coisa em que eu era boa! Não importava mais que o desejo do meu tio de que eu examinasse gargantas infectadas tivesse sido frustrado. Era maravilhoso acreditar em minhas capacidades novamente, especialmente sem o fardo de memorizar centenas de páginas. Talvez eu ganhasse um prêmio de publicidade! Então Baba e Maiguru me veriam na televisão, e Mai teria que encontrar outra piada que não fosse eu!

Depois disso, passei a trabalhar até tarde regularmente, para concluir os novos projetos com excelência. Depois de deixar o departamento de criação, caminhava até o hostel pelo parque, dando tempo à Sra. May para se ocupar no pequeno escritório atrás de sua mesa no final do dia antes de eu chegar. No dia em que o texto para o ZimAir foi revisado, voltei para casa ainda mais tarde do que de costume. Blim-blim-blim! Um sino de bronze de tamanho médio na mão, a Sra. May anunciava o jantar.

"Ah, olá, Isabel." A governanta enfiou a mão dentro do sino para pará-lo.

Eu sorri cansada. "Sra. May, boa tarde. Quais são as novidades? Ficou sabendo de mais alguma coisa sobre seu filho?"

"Alguém ligou para você", ela disse. "Tambu saiu te procurando."

Sorri novamente para a idosa e fui para meu quarto lavar as mãos, depois retornei para a sala de jantar. Lá, também, assim como no andar de criação, você parava na porta e avaliava as opções. Pois decidir onde se sentar era uma questão deprimente e desanimadora.

O cômodo grande estava quase vazio, mas todas sabíamos os padrões. As moças brancas, que eram a maioria, ocupavam as mesas à frente da sala, longe das portas e debaixo das janelas. Assim, sobrava um par de mesas, embaraçosas como um pensamento que chegava tarde demais, conforme o cômodo se enchia, desocupadas, bem na entrada. Ali, um punhado de nós ocupava nossos lugares, começando com as cadeiras que ficavam o mais longe possível da porta. Éramos, praticamente todas, jovens zimbabuanas que não tinham apoio dos pais, mas que haviam adquirido os meios, baseando-se em algum tipo de tenacidade, não importa quão duvidosa, para se hospedar naquele hostel respeitável.

Havia seis moças por mesa. Éramos quatorze, o que significava que, a cada refeição, duas de nós encarávamos o desânimo incomensurável da ideia de se ver como parte do resto do cálculo de quatorze dividido por meia dúzia; e é claro que esse medo logo se concentrava em duas pessoas. Meus hábitos eram conhecidos e, naturalmente, espalhados (com algum exagero) pelas minhas costas pelas outras ocupantes dessas mesas. Isabel e suas amigas nunca me convidavam para me sentar com elas, mesmo em dias quando algumas delas chegavam à sala de jantar antes de mim. Na verdade, e tenho uma amiga próxima de Isabel para atestar, essas garotas ocasionalmente chegavam ao ponto de impedir que eu me juntasse a elas por meio de sussurros pontiagudos como flechas e olhares de esguelha. Na pior ocasião, desejando companhia, carreguei corajosamente meu prato para a mesa, apenas para ser informada que outro residente havia reservado o lugar, de modo que fui forçada a sentar-me sozinha na extremidade de uma mesa do outra lado da qual estavam agrupadas três moças brancas, e embora eu tenha examinado a mesa que deixei com cuidado, a outra residente nunca apareceu. Porém, além de mim, sobrava outra pessoa, uma mulher de ouro, que dizia se chamar Katherine McLaren. Ela não falava sobre a nacionalidade de sua mãe, mas seu pai, que ela mencionava com frequência, era britânico, da Escócia.

Ocasionalmente, me comparava a essa Katherine McLaren, e gostava de pensar que ela era ainda mais velha do que eu, embora meu julgamento possa ter sido meramente influenciado pelos efeitos conservadores de altas concentrações de melanina. Katherine sempre suspirava muito ao entrar na sala de jantar. As meninas com quem eu não podia me sentar riam disso. "Eu, o que Mai sempre me perguntava", Isabel zurrou alto o bastante para Katherine ouvi-la, em muitas ocasiões. "O que ela sempre dizia era, Isabel, por que você nunca fecha a porta? Quer dizer que você tem um rabo? Mas essa daí, hum! Essa Katherine! Dá pra perguntar se ela tem um, um rabo? Não! Aquela lá, ela é um rabo!" E o comentário era seguido por gargalhadas alegres, uma alegria baseada na carne de Katherine, tão premeditada quanto um assassinato. Eu também participava disso, na esperança de que, ao fazê-lo, fosse poupada do constrangimento de ser deixada de lado, e fosse ser incluída em uma de nossas mesas. Procurava, no entanto, ser cautelosa, pois não queria incomodar demais a mulher, já que isso a colocaria, outra pessoa, contra mim. Portanto, a cada vez, eu impedia minha garganta de vibrar de forma particularmente óbvia.

A causa de nossa malícia era o hábito de Katherine de chegar para suas refeições no encalço de Fiona, Jane e Barbara, o trio de meninas santificadas da Sra. May. Elas vinham tec-tec-tec pelo corredor, esbarrando umas nas outras como bezerros cheios de energia. Elas se sentavam em um pequeno nó intrincado que impedia que qualquer uma se juntasse a elas. No entanto, Katherine invariavelmente enfrentava a barreira e se colocava na extremidade da mesa. Lá ela permanecia, separada de suas companheiras por duas cadeiras, para ingerir sempre pela metade o que estava à sua frente: torrada, ovo, bife, purê de batata ou mingau. Para Katherine, tudo devia ser dividido por completo. Ela estendia esse tratamento até às bolotas opacas de margarina que ficavam ali paradas pensando em seu consumo, como suspeitos pensando em sua execução, em um grosso prato branco no centro da mesa. Sim, Katherine partia cada porção em duas antes de colocá-la em sua bandeja lateral. Eu não podia suportar essa demonstração de solidão e nunca nem tentei sentar-me ao lado da Srta. McLaren. Agora, naquela noite, desejando aproveitar o sucesso de ter finalizado minhas numerosas atribuições, fiquei ali avaliando para onde achava que todas iriam, para encontrar o local mais livre de estresse. Enquanto tudo isso passava correndo pela minha cabeça, fui informada por Isabel, que soube de Fiona, e esperava que ela tivesse acertado, que de fato era Tambudzai Sigauke, eu mesma, quem havia recebido um telefonema.

Na cabine telefônica apertada ao lado da recepção da Sra. May, uma voz perto do aparelho estava falando com outra no tom sibilante e confidencial que se usa quando se conversa com uma pessoa a alguma distância sobre uma chamada telefônica que se está fazendo. Não consegui entender o que foi dito. Quando terminou, a voz suspirou. Influenciada por isso, suspirei também, longamente.

"Ah, tem alguém na linha", a voz exclamou e ficou mais alta quando virou a boca do telefone. "Quem está aí?", veio a pergunta ansiosa. "Tambudzai Sigauke! Posso falar com ela, por favor?"

"É ela."

"Ah, é você, *Sisi* Tambu?"

"Maiguru!" Minha voz pulou de alegria, mas não tive tempo de dizer a minha tia como sua ligação me deixou feliz.

"Você está bem, querida? Mas talvez você possa me contar depois, *Sisi* Tambu. Preciso ser rápida agora, porque tem alguém aqui querendo falar com você."

"Espera, Maiguru! Como está todo mundo? Tem notícias da minha prima? Como está o Babamukuru?" Perguntei, mais alto do que era necessário. Em vez de uma resposta, ouvi um barulho abafado do outro lado da linha, seguido de um sussurro.

"Tambudzai!" Apertei meus lábios e me recusei a responder. "Tambudzai, *iwe*, Tambudzai! Não vai me dizer que você não sabe quem está falando!", a voz exigiu. "Não vai dizer que não consegue reconhecer a voz da mulher que te pariu! E não vai me dizer", Mai continuou, ríspida, pois ela era assim, "que você não está aí! Você está segurando o telefone, respirando! Estou te ouvindo!"

"Ko!"

Ela respondeu à minha saudação imediatamente, em uma voz esganiçada e acusadora, sem se incomodar em retornar a gentileza, perturbando muito o espaço entre as linhas com ondas de agitação. "Ko! Então é assim que você fala agora! *Kushinga makadaro*! Ser rude desse jeito. *Rambai makashinga*! Bom, continue assim!" Eu esperei, com paciência impotente, que ela terminasse, rezando para que houvesse tempo para organizar meus pensamentos antes que ela fizesse isso, e ela não me decepcionou.

"Mesmo que você continue quieta", Mai rosnou a quilômetros de distância, implacável, "você acha que não vamos te encontrar, menina! Como se a gente não pudesse andar! Mesmo que a gente não tenha carros, nossas pernas não foram levadas por ninguém, você devia saber isso, minha filha!"

Retirei o telefone do ouvido para reduzir o volume. Mai ficou imediatamente em silêncio, apenas para retomar assim que ouviu minha respiração. "Tem muita coisa que a gente não tem, mas nossas pernas ainda estão presas aos nossos corpos! Mesmo aquela em quem você não consegue pensar, mesmo com uma só, Tambudzai, estou te dizendo, as pessoas ainda andam!"

Eu estava em silêncio, incapaz de encontrar algo para dizer, uma vantagem que Mai aproveitou para continuar: "Já que a gente anda e viemos até o telefone, quero te perguntar uma coisa, filha. Quero te perguntar, você sabe quem te pariu? Você sabe me dizer de que barriga você saiu? Ou você acha que caiu de uma árvore, grande e bem madura daquele jeito! Ou nasceu de uma fonte! Você veio de uma barriga. Sabia disso?", ela exigiu. "Me diga!"

Decidi não ficar com raiva e respondi em tom conciliatório: "Sim, Mai, eu sei."

"Bom, então!" Minha mãe ficou desconcertada por um momento diante de tal obediência. No entanto, logo encontrou outra posição para a emboscada. "Então, menina, o que você está me dizendo? Está me dizendo que esse tempo todo, desde que, sabe, você está sentada nessa sua Harare aí, você sempre soube que foi parida por alguém!"

"Sentada em Harare!" A imitação às vezes era útil em momentos de incerteza. Para ganhar tempo, repeti a declaração exaltada de minha mãe.

"Não, não! Não me diga que não deu seu número pra ninguém! Você deu sim, e a gente bem sabe! E as pessoas pra quem você deu seu número não te disseram que a gente estava esperando?" A voz de May se rebatia contra meu tímpano.

"Esperando?", repeti novamente, meu coração descendo até meus intestinos. "Ah, se alguma coisa foi dita por alguém", me obriguei a improvisar, "sobre esperar? Mai, se foi, eu não ouvi. Ninguém me liga, Mai. Eu não ligo pra ninguém. A última vez que eu falei com alguém..." Tomei cuidado para evitar mencionar o nome de Maiguru, a fim de manter o clima entre as duas, onde já havia ódio suficiente para matar um cônjuge, o mais calmo possível. "A última vez que eu falei com alguém por aí, isso foi há muito tempo! E não me lembro de nada sobre esperar." Depois de ouvir isso, Mai ficou em silêncio por tempo demais, então exclamei: "Esperar, Mai! Tenho certeza que não. O que ouvi as pessoas dizendo daquela vez, foi sobre vir pra cá."

"*Iwe*, Tambudzai!" Havia um suspiro preso na voz de minha mãe. "Você é mesmo uma criança ainda. A sua mente carrega os pensamentos de um bebê que não consegue ver além do que é óbvio, chegar na essência de nada! Ko, pensa, *mwana'ngu*. Alguém falou de dinheiro? Nesse dia que você está falando, em que alguém disse alguma coisa sobre ir, alguém disse alguma coisa sobre dinheiro? E como a gente poderia ir sem esse dinheiro? E ao mesmo tempo, como a gente ia falar de um dinheiro que não existe! Os bons modos não dizem que cabe a quem tem, falar do que tem e de como pode ser usado para ajudar? Não foi isso que fizemos? A gente queria visitar. Isso é o que dissemos a essas pessoas com quem você fala! Falamos desse desejo que a gente tinha! E esperamos que aqueles que têm dinheiro falassem sobre isso!

"Mas, enfim!", ela aproveitou a oportunidade para falar de Maiguru de um jeito depreciativo. "Como é que você ia saber? É isso que os antigos dizem: '*Kuudza mwana upedzisira!*' Essa gente que te diz coisas, minha menina, eles não têm feito isso do jeito certo!" No tempo que levei para responder, porque estava juntando as defesas mais uma vez, ela comentou maliciosamente: "Não, nós não vamos esquecer de novo. Da próxima vez que mandarmos uma mensagem, vamos saber que foi recebida por uma criança! Nem aquela gente branca com quem você estudou te ensinou a crescer, né? Então, já que agora sabemos que estamos falando com uma criança, sabemos que não podemos pedir nada!"

"Quanto está a passagem de ônibus agora?" Eu enfim fiz a pergunta que Mai queria ouvir, mas agora isso só a fez rir asperamente.

"Haha", ela desdenhou. "Agora que a gente não precisa, aí você está perguntando!"

"Ah, Mai! Não diga uma coisa dessas. Não me diga que não vai vir." Foi difícil expressar desapontamento em minha fala, em vez do alívio profundo que estava sentindo. O vazio resultante em minha voz deixou Mai em uma felicidade maliciosa. "Hehehe minha filha! É isso que você acha, que a gente passa o dia fazendo nada, sentados, esperando as coisas acontecerem? Mesmo antes de você chegar, muito antes disso, eu já trabalhava!"

"Eu sei, Mai!" Engoli em seco, apreensiva, e tentei ser conciliatória enquanto, ao mesmo tempo, lançava olhares nervosos para a porta para ver o quanto Sra. May, ou talvez Isabel e companhia, estavam interessadas, e entendendo.

"Haha!" Mai fingiu estar surpresa. "Então agora você sabe até o que não viu! Já sabe quanto eu tenho trabalhado na horta para poder ir ver você. Que, desde que Babamukuru colocou o cano d'água, estamos vendendo vegetais para todo mundo, até mesmo pro Gambe, que tem campos e uma horta perto do rio!" Orgulho expandiu-se em sua voz. "Duas dúzias dos meus tomates", continuou, "ficaram tão grandes quanto o punho de uma mulher. E eles não eram pura água nem nada! Sabe, Tambudzai, desde que o Babamukuru começou a se recusar a nos dar dinheiro", ela acusou, sem se importar se ele estava ouvindo, "desde então, tem sido difícil conseguir fertilizante. Mas os tomates, quando crescem bem, não ficam só cheios de água! Eles são doces, e as pessoas amam aqueles tomates doces. Eles até deixam aquele Samhungu lá com os sacos de fertilizante dele, e vêm aqui! E é claro que eu digo, eles são bons, né? E quando as pessoas concordam, eu cobro, e coloco um extra pela doçura!"

"Tomates, Mai! Você está cobrando mais! Por uma coisa tão simples! Então quanto você está cobrando?" Como sempre em minhas conversas com Mai, senti a vergonha crescendo. Havia alguma desgraça no mundo tão ruim quanto ser filha desta mulher?! Primeiro, seus hábitos eram mal-educados e intoleráveis, depois, ela planejou o assassinato de seu cunhado, Babamukuru, seu *samusha*, que era seu benfeitor e sem o qual nem ela nem sua família seriam nada. E agora ela media sua realização pelo número de tomates que vendia a preços inflacionados para vizinhos empobrecidos. Como senti pena de mim mesma e como fiquei zangada com minha mãe por me fazer sofrer assim. Por sua vez, Mai não ficou nem um pouco abalada.

"Pff! Sim, Tambudzai", ela desdenhou novamente. "Você acha que dinheiro é só pra gente que nem você e pra educação! Eu, eu coloco meus preços lá em cima! Então", ela gabou-se, triunfante, "estou indo até você. E vou levar Netsai, talvez você tenha esquecido que tem uma irmã. Quero que você cuide da perna da sua irmã nessa sua cidade! Você tem que ver o que pode fazer para ajudar!"

"Nossa, essa ligação foi longa!", a Sra. May observou, olhando por cima dos óculos, quando saí da cabine apertada, vários minutos depois. "Era pra você, então, Isabel? Eu podia jurar", ela continuou, franzindo a sobrancelha, "eu podia jurar que a mulher tinha dito Tambu. Bom, espero que não tenha sido nenhuma notícia ruim!" A governanta suspirou, pensando em seu próprio fardo infeliz. "Você parece mais triste agora do que quando entrou."

Comecei a tremer. Minha boca azedou em muitos tipos de raiva. "Não é a Isabel!", transbordei para cima da mulher chocada, gritando agressivamente. "Eu tenho um nome, Sra. May! Tambudzai Sigauke, para seu conhecimento. Por que você não consegue entender isso!"

O problema de fazer uma afirmação é que você também a ouve. Assim que as palavras saíram, eu recuei, abalada. Minha própria voz me açoitou e intimidou terrivelmente. Certamente eu não tinha planejado dizer nada disso, contradizer, por assim dizer, esta pobre velha, a governanta! Mas tinha sido dito. Não consegui recuperar as palavras, embora fosse isso que eu quisesse, desesperadamente. Ah, se ao menos Mai não tivesse ligado, resmunguei miseravelmente em minha cabeça, eu teria continuado atenta. Porém, ali estava eu, tendo feito o contrário, insistido na minha individualidade! O que ia acontecer agora? A Sra. May com certeza não estava feliz! No entanto, não havia outra coisa a ser feita, portanto, segui falando, lamentavelmente. "Na verdade, não é isso! O que quero dizer é que sou eu. Se não se importa, Sra. May, é outra pessoa, não Isabel!" Finalmente, chegando ao fim de minhas negações, declarei: "Como eu disse, mesmo que tenha errado o tom, sou só eu, Sra. May, Tambu."

Aguardei, sorrindo tremulamente. Estava cheia de apreensão ao observar a governanta, pois não tinha nenhuma experiência contradizendo alguém dessa forma e não sabia o que aconteceria em decorrência disso.

Como a dificuldade das palavras cruzadas ainda era consideravelmente alta, a Sra. May começara a trazer um dicionário para a recepção para ajudá-la a resolver o quebra-cabeças. Agora a governanta estava com um dedo sobre a página para ter certeza de que encontraria o lugar quando fosse necessário e, quando teve certeza de que não faltava nada, olhou para cima e continuou a conversa. Ela foi maravilhosamente bondosa. Com a mão livre, o nó do dedo removeu uma ponta rosada do canto do lábio, e ela me olhou, sorrindo. "Ah, é claro!" Ela admitiu, me examinando cuidadosamente para que eu tivesse certeza de que ela estava guardando todas as minhas características em sua mente. E continuou, para minha grande alegria: "Como eu fui pensar que você era Isabel! Vocês não são nada parecidas! Onde é que eu estava com a cabeça! Como você está, querida? Espero que não sejam más notícias, er... er..." Ela hesitou e suas bochechas tremeram de desconforto: "bom... er... Gertrude!"

Com essa repetição do que havia tanto me irritado, forcei-me novamente a ficar o mais alegre possível. A situação logo ficou mais clara, pois o bom gosto e a tolerância sempre diziam o que podia ou não ser feito, e fiquei satisfeita, apesar da opinião de minha mãe, com a boa qualidade da minha educação. Comecei, muito deliberadamente, a me afastar e retroceder, de modo a não chatear a governanta. Claro, não se deve seguir mencionando o erro de uma pessoa. Principalmente quando a pessoa era a administradora do hostel! Continuar a fazer isso só iria irritá-la e fortalecer o conflito. Armada desse conhecimento pacifista, me senti mais uma vez no controle. Considerei, enquanto caminhava até o meu quarto, que se um dia a Sra. May se lembrasse de mim, para além da minha serenidade, então isso seria um bônus.

14

Ser tão magnânima com a Sra. May me deixou em um estado de paz e graça. O ar noturno estava espesso com os doces aromas soporíferos dos arbustos floridos do jardim, uma atmosfera na qual flutuei, estranhamente suspensa entre a vigília e o sono, sentindo-me beatificada e exaltada, divinamente, imaculadamente capaz de dar a outra face, tendo exibido grandiosamente a virtude suprema da tolerância. Naquela noite, me senti pela primeira vez, deitada na cama, como uma mulher completa.

Foi só ao amanhecer, quando a tranquilidade da noite ficou acinzentada por trás das cortinas, as flores da noite pararam suas secreções e as pombas acordaram, quando o dia se estendeu novamente diante de mim, que eu me lembrei que este novo dia, dentre todos os dias, não poderia ser tolerado. Um galho bateu no telhado, e foi como se Mai, em seu *doek* azul marinho com pintas brancas, estivesse batendo na porta de vidro do saguão. No entanto, seria impossível dizer para ela não viajar para a cidade e, portanto, a questão permanecia: onde eu a hospedaria? Como eu explicaria uma mãe africana ali no hostel? A única alternativa à explicação era levá-la clandestinamente para o meu quarto e, novamente, isso não era possível. A Sra. May já fazia isso com homens, inclinava-se sobre a mesa da recepção, suas narinas empoadas dilatavam-se, respirando profundamente, cheirando o ar. Fiquei arrepiada só de imaginar quais estímulos se estabeleceriam nas terminações nervosas nasais da governanta. Fumaça de lenha, poeira e suor, sejam quais fossem, naturais ou não, revelariam tanto a presença de minha mãe quanto minha origem indizível. E se minha mãe recorresse à coerção, trazendo Netsai consigo, então esses aromas ficariam ainda mais fortes! Além disso, seria necessário dar uma explicação para a governanta sobre a perna ausente, uma que não agravasse sua terrível dor pelo falecimento de seu marido. Era impossível imaginar um evento mais apavorante: a Sra. May e as moças do Twiss Hostel uma memória ambulante – ou, mais precisamente, uma que se movia *hopla-hopla* – de suas tragédias de guerra! Quanta falta de consideração da parte de Mai! Que inconveniente essa minha mãe, por querer estar onde não estava e causar um dilema assim na cabeça de sua filha! Relutantemente, entendi que fazer a viagem até a aldeia, que eu não visitava desde o espancamento de Babamukuru, e que eu havia declarado que nunca visitaria novamente, seria necessário para evitar esse desastre e adiar a chegada de minha mãe.

Comecei a calcular imediatamente a quantidade de comida que compraria, e quanto poderia ser transportado, tendo em mente a caminhada de muito quilômetros entre a parada de ônibus e a propriedade. Logo fiquei satisfeita com a correção e conveniência dessa estratégia e esperei meu pagamento no final do mês. No entanto, esses planos, no final, não foram implementados, devido a uma série de eventos que estavam em ação acelerada na agência.

"Como cê tá Tambu!" Foi logo antes do dia de pagamento, que acontecia na penúltima sexta-feira de cada mês, e esse dia de pagamento em particular caiu duas semanas depois da minha conversa por telefone com minha mãe. Dick me chamou enquanto amassava um pedaço de papel duplicador com as mãos. Ele o jogou por cima do ombro com impaciência, e a bolinha pousou ao lado da lixeira azul. "Olá", ele repetiu, e veio andando com as mãos nos bolsos pelos ladrilhos da cor do céu até a minha mesa. Lá, ele parou e ficou me olhando de sua altura montanhosa, com a cabeça pressionada para baixo e os ombros permanentemente arredondados, como se pelo peso de sua barba desgrenhada. Do bolso, ele tirou um rolo de papéis. Com uma das mãos, ele os bateu repetidamente na palma da outra. Parecendo considerar uma nova ideia, ele selecionou uma folha do rolo, dobrou o item escolhido e colocou-o no bolso de trás.

O comportamento do redator era desconcertante, mas seria melhor ser educada. "E aí, Dick!", respondi.

"Você tem um tempinho?" Ele pensou por um momento e pareceu mudar de ideia pela segunda vez, como se a natureza de sua mente o incomodasse o tempo todo. "Não aqui. E se eu te comprasse uma Coca? Que tal irmos ali no Pedro?"

Hoje a mente de Dick estava mais confusa que o normal, pois ele mudou de ideia mais uma vez quando saímos para a calçada, propondo agora que fôssemos tomar um café no Double Donkey.

"Odeio trocar ideia no escritório", ele confidenciou, os olhos cheios de paranoia, enquanto arrastávamos as cadeiras pesadas das mesas de ferro listradas nas cores das nações do norte: vermelho, azul e branco. "Não dá nem pra *pensar* naquele lugar, porque você sabe que todo mundo vai estar ouvindo." Seu rosto comprido e pesado, com as maçãs do rosto deprimidas, de onde a carne pendia como presuntos, enrugou-se de preocupação por essa circunstância desagradável. "Antes mesmo de você ter certeza do que quer fazer, o Diretor de Criação já ouviu tudo. O cliente também! Porque o Bill", ele mencionou o nome do Diretor de Criação, ressentido, "já foi lá e propôs a ideia. E aí é claro que você fica preso a qualquer merda que seja, e você tem que pegar e fingir que gosta!" Balancei a cabeça, compreensiva. Os ombros do meu colega desceram de onde estavam amontoados, como se buscassem refúgio, sob os lóbulos das orelhas.

"Enfim, eu recebi isso aqui." Dick selecionou um cigarro com dedos amarelados. Quando estava preso entre os dentes e esvaindo fumaça, ele extraiu o papel dobrado que havia selecionado mais cedo, com o indicador e o polegar, do bolso de trás. Ele examinou o papel sem realmente lê-lo, antes de me olhar por baixo das sobrancelhas de escova de garrafa, com óbvio incômodo em sua expressão. "Espero que você não se importe, huh!" Seu tom era ríspido e sofrido, confirmando que não gostava de mim, sem apresentar um motivo. Ponderei, sem chegar a nenhuma conclusão, sobre qual poderia ser o motivo por alguns momentos, durante os quais Dick alisou a folha de papel e começou a ler. "Você quer brilhar na noite? Você quer ter estrelas no cabelo, certo?" Ele ficou animado e começou a marcar o tempo, primeiro com o pé, depois com a mão. Finalmente, ele estava se balançando e remexendo em sua cadeira, sacudindo de uma forma surpreendentemente rítmica todo o peso de seu corpo desajeitado. Um sorriso se esticou em seu rosto e iluminou seus olhos cinzentos, e uma veia na ponta de seu nariz pulsou com a batida da canção. "Brilham as luzes na pista de dança! Ninguém precisa do sol quando você dança! Com o brilho Afro-Shine que seu cabelo lança. Afro-Shine, sempre! Para mulheres brilhantes!"

Não conseguia me lembrar de quando tinha ficado mais feliz. Nem na primeira ocasião de alegria indescritível, quando deixei a propriedade para morar com meus parentes na missão. Nem na segunda ocasião, quando entrei no Sagrado Coração. Tampouco foi na terceira ocasião, quando li o pedaço de papel que confirmava que eu, Tambudzai Sigauke, havia obtido os melhores resultados de Nível O em meu ano no convento. Não, nenhum desses eventos se comparava a este momento. Pois agora eu havia avançado e sido reconhecida por meus próprios talentos. Eu tinha usado o que me foi dado para entrar no mundo para realizar uma obra de mérito. A paz perfeita de algumas semanas antes voltou. A profissão de redatora era humilde! E daí! Era minha profissão humilde e eu era boa nela, então agora ia assumi-la! Trabalhando no que era boa, vi que seria reconhecida. Do outro lado da mesa estava a prova: o redator sênior completamente conquistado ao ler meu texto, que havia sido concluído dentro do cronograma e entregue ao Diretor de Criação. Outras pessoas relaxando em mesas vermelhas, brancas e azuis nos observaram, com sorrisos em seus rostos, pois éramos um novo casal zimbabuano intrigante. Recostei-me na cadeira e encarei o fato de que estava prestes a me tornar uma mulher exultante. Quando antes algo de bom foi feito e eu recebi reconhecimento misturado com parabéns? Isso havia acontecido há tanto tempo que eu nem me lembrava. Logo, porém, eu colheria as recompensas pelos meus esforços. Aí a viagem para a propriedade, aquela jornada cansativa, ganharia um caráter diferente, pois mostraria a todos como estava me saindo e carregaria provas em sacos plásticos abarrotados de margarina, açúcar, óleo de cozinha e velas. A floresta dá apenas aos exaustos, diziam os mais velhos, e agora a doação estava marcada! O café foi servido enquanto eu sonhava assim e ouvia a ladainha entusiasmada de Dick.

"Eu não sabia que tinha tanta concorrência", o redator sênior observou, rasgando a ponta de três sachês de açúcar ao mesmo tempo e sacudindo os grãozinhos dentro da bebida. "Mas parece que tem centenas por aí, desses produtos de alisar o cabelo. O Bill me explicou como é." Bebi meu café com calma e sorri encorajadoramente para ajudá-lo a falar logo, pois era claramente difícil para ele ser obrigado a admitir o quão excelente era o texto que eu havia escrito. Ao mesmo tempo, me perguntei como receberia elogios depois de tanto tempo de escassez, e com isso me preparei para não me comportar da mesma maneira contraproducente que fizera com Belinda. Dick examinou o papel novamente e acendeu outro cigarro, um prelúdio para uma sugestão: "Acho que esse jogo com dança pode dar bem certo pro jingle, hein? O que você acha? Você tem alguma ideia pra música?"

"*Disco!*", respondi automaticamente. "É pra ter entre quinze e trinta e cinco segundos, né? Com esse verso, não tem como não ser *disco*."

"Mas é mais baixo nível, né", Dick ponderou. "Eu estou atrás de um denominador comum pra aquele mercado. Quem sabe rumba?"

"Rumba", argumentei, firme, "não vai funcionar." Me perguntei, naquele momento, para quem eu estava defendendo minhas ideias, mas não queria insistir muito nisso, pois ficava desconfortavelmente agitada. "As letras de Rumba são de *jive*, nunca para *disco*, você não nota?" Dick, que não conseguia entender as letras locais, ergueu as sobrancelhas. "Jiti também não vai com *disco*", instruí. "Mbaqanga, talvez. Mbaqanga pode funcionar, mas se você está procurando um denominador comum do mercado, aí é provavelmente Ndebele demais."

"Você não está bebendo seu café", Dick observou, se desculpando, fazendo a superfície do líquido ondular ao bater sua colher de chá no meu pires. Um forte cansaço que tomou conta de mim se quebrou. As ondulações se reduziram a nada e o líquido novamente parou. Eu senti que as pessoas ainda estavam olhando para nós, alimentando seus sorrisos com esperança nesta harmonia conciliatória pós-independência.

Dick sorriu encorajadoramente. "Bill", ele recomeçou com o nome do Diretor de Criação, e fez uma pausa antes de prosseguir, "Bill achou isso aqui brilhante." Ele hesitou novamente e tomou um gole de café. Sua voz era baixa e pesarosa, como se fosse sensível a ponto de suas próprias palavras o machucarem. "Bill me pediu para apresentar a Afro-Shine ao cliente. Semana que vem. A data da reunião já está marcada." Um parceiro gentil faz exatamente isso, fala gentilmente e, talvez com um beijo, sobre o casamento entre ele e outra pessoa, declarando datas e locais para assegurar que você não fosse aparecer. Portanto, embora não tivesse muitos casos de amor no passado, eu entendi. Eu não atenderia o cliente. Meu texto, sim, mas eu não era boa o bastante para merecer isso. E mesmo isso, pensei amargamente, como tudo o mais sobre mim, estava incorreto. Meu texto não era bom o suficiente; sob o nome de outra pessoa, era.

Bebi o café, sem sentir o gosto, enquanto Dick, parecendo aliviado, tocou em uma variedade de questões, as condições estarrecedoras dos julgamentos nos prêmios de publicidade e como Steers *et al* seria elogiada por criar excelentes campanhas para produtos locais, o que, Dick observou, era bom para nossa indústria. Como íamos construir um país se as pessoas e as agências de publicidade continuassem promovendo produtos estrangeiros? Poucos minutos depois, Dick tirou do bolso duas notas vermelhas amassadas de dois dólares, uma das quais estava remendada com fita adesiva, e as colocou sobre a mesa. Voltamos para a agência. As mãos de Dick estavam de volta em seus bolsos. Seus ombros caíram e seu rosto geralmente taciturno não dava a menor ideia do que ele estava pensando. Seus passos eram longos. Me esforcei para acompanhar em meus saltos altos, meus pensamentos irregulares com a batida de nossas solas na calçada.

Mais ou menos uma semana depois, avistei o texto para a Afro-Shine na mesa de Belinda para ser datilografado. Querendo seguir em frente, mesmo assim fiquei presa ao local, observando.

Rat-a-tat-tat, Belinda batia nas teclas, digitando o nome do produto, Linha de Cuidados Capilares Afro-Shine, e o nome do redator, Dick Lawson. "Quem disse que milagres não acontecem, hein?", a datilógrafa entusiasmou-se. "Olha o Dick! Nunca achei que ele ia conseguir."

"É verdade", concordei. "Bem que eu queria escrever assim." Me forcei a falar com animação, para não acabar desenvolvendo um complexo.

"Você vai um dia, se continuar praticando", Belinda me encorajou como uma irmã. "Você tem a capacidade. Não desista. Tenho certeza que você vai chegar lá!"

Passei então por Raphael, sem nem perguntar se ele tinha deixado chá para mim. Ele não tinha. Além de não perguntar a Raphael, não vi o que poderia ser feito e, portanto, nada fiz a respeito da minha ideia roubada. Acalmei o embrulho no estômago, pensando que Dick era, na verdade, um colega decente, caso contrário, ele não teria me informado do que estava acontecendo. Se não tivesse, eu podia ter ficado chocada ao ver o que Belinda estava preparando e fazer papel de boba no escritório! Por isso, fiquei muito grata a Dick por ser tão atencioso e lancei um olhar de agradecimento em sua direção, mas ele estava curvado sobre a máquina de escrever, ocupado com a Mighty Dough, e não estava olhando.

Tendo chegado a esse ponto em minhas crenças, logo ficou claro para mim como Bill, o Diretor de Criação, havia pensado em todos os aspectos da questão de forma adequada: o que era bom para a Afro-Shine era bom para a agência da qual eu fazia parte, assim, o que era bom para a Afro-Shine era bom para mim. Esse ato de colocar o nome de Dick no meu trabalho era bom para todos; e me lembrei de nomes que aprendi na escola: Elliot, Schumann e Brontë. Recompensas não eram colhidas imediatamente, especialmente se, como seu tio apontou, só o que você tinha era um diploma inferior em Ciências Sociais e notas baixas de nível A em diferentes pedaços de papel. Contemplando esse fato desagradável, fiz o possível para impulsionar minhas perspectivas na agência permanecendo agradável.

Nas sextas-feiras – todas as sextas-feiras, não só as associadas com o dia do pagamento – havia um *happy hour* na agência. A equipe se reunia no bar do escritório para drinques a metade do preço, cortesia da Fortress Breweries, nossos clientes. Na semana depois da conversa com Dick sobre a Afro-Shine, passei a participar do *happy hour* regularmente, para ser mais sociável. Era recomendável chegar cedo, para encontrar o lugar mais vazio, mas, nessa sexta-feira em particular, alguns dias depois de

Belinda datilografar para Dick o texto que era meu, passei meu tempo rabiscando pontos de interrogação em um pedaço de papel de rascunho, para tirar minha cabeça do que eu estava prestes a fazer e juntar coragem para subir. Será que eu devia, será que eu não devia, ponderei, mas sabia que era necessário. Quando entrei, Dick já estava enfiado num canto entre o bar e uma parede, sua posição usual, selecionada para que ele tivesse suporte de todos os lados com o passar da noite. Umas duas Fortresses já haviam feito seu trabalho, nivelando os calombos em seus ombros como uma escavadeira. Havia outra em frente a ele no bar, que ele estava protegendo entre dedos entrelaçados. A sala pequena estava mais cheia que o normal. Raphael estava do outro lado do bar, conversando com o barman, Alfonso. Pedzi estava sentada numa mesa afastada, com outras duas figuras. A luz das lâmpadas no teto baixo era engolida pelo bar de cor escura e pelas paredes revestidas de madeira. Na penumbra, só consegui reconhecer uma das companheiras de Pedzi, e só quando ela sorriu. Quando ela fez isso, na luz fraca refletida do espelho comprido que ficava atrás do bar, em que se via o nome "Phart and Pheasant" gravado em letras cursivas, os dentes da mulher, fortes e retos como uma espiga de milho perfeita, fosforesceram. Era a moça do Dr. White. Ela e Pedzi acenaram para mim. Ignorei as mulheres mais jovens e me virei.

"Ah, Dick! Você é um poeta e nem sabe!" Belinda, com aquele hábito zimbabuano irritante de repetir clichês como se fossem uma observação original, andou até Dick com um gin tônica nas mãos. Ela colocou o drinque na frente do redator e riu com alguma surpresa ao olhar para o colega. Depois de lhe dar uns tapinhas nas costas, ela indicou para mim que havia um banco vazio ao seu lado, mas permaneci imóvel, apreensiva. Bill entrou pela porta, acenou para todos, depois andou até lá e ocupou o lugar.

"Srta. Sigauke", uma voz simpática observou atrás de mim.

"Você não é feita de ar, nem de vidro. Nesse caso, receio que vou precisar pedir para você me deixar passar."

Era o Sr. Steers. Atrás dele estava Liz Wand, sua secretária, e vindo depois dos dois estava minha antiga colega, Tracey Stevenson. O Sr. Steers acenou com a cabeça e sorriu ao passar por mim, à frente da pequena procissão, movendo-se como que por instinto até o centro do bar. Raphael se aproximou portando três drinques, que colocou nas mãos de cada integrante do grupo.

Ting, ting, ting! Tracey bateu em seu copo. Ninguém prestou atenção. "Ei, todo mundo! Fiquem quietos um minuto!", ela vociferou, desistindo das sutilezas em nome do drama. Todo mundo ficou mudo por um momento de espanto, durante o qual minha antiga colega de escola bateu em seu copo novamente e um equilíbrio foi restaurado. O Sr. Steers se inseriu elegantemente na lacuna de silêncio e, com um sorriso contente, anunciou não apenas um *happy hour*, mas uma noite inteira de bebedeira subsidiada. "E se alguém quiser champanhe", e acenou para Alfonso, que puxou a rolha de uma garrafa bem na hora, "eu recomendo. Veuve Cliquot, que só borbulha aqui no nosso bar em ocasiões muito especiais. Na verdade, Tracey", ele direcionou suas gentilezas para a executiva da Afro-Shine, "você deve ser uma das poucas que se lembra." Tracey sorriu com prazer e assentiu, enquanto o rosto do Sr. Steers se virava para a estrada das lembranças, iluminando-se agradavelmente com o que viu por lá.

"Já faz quantos anos?", nosso Diretor Administrativo refletiu deliberadamente, adiando a recordação com alegria.

Mas Dick, que já estava altinho, informou melancolicamente: "Treze! Eu estava aqui também. Meu Deus, fora o tempo que eu passei naquele caralho de lugar de merda, eu estou aqui desde sempre, desde antes... antes..." Dick não conseguia encontrar a palavra, e, por tempo demais, ninguém mais conseguiu também. Todos nós ficamos muito ocupados rasgando pedaços de *biltong* com os dentes ou engolindo nossos drinques, até Alfonso, que era moçambicano e por isso podia mencionar coisas que nós do Zimbábue não podíamos, ofereceu calmamente, enquanto andava pela sala com uma bandeja de taças de champanhe: "Desde o fim da guerra. Das lutas por libertação, o fim delas. Qual era o nome que vocês davam aqui no Zimbábue? "Ah, é mesmo", ele balançou a cabeça sabiamente. "As pessoas aqui chamam de *Chimurenga*. Ou de *hondo*!"

O Sr. Steers aceitou as observações de Alfonso estoicamente, e as utilizou para se mover até o centro da turbulência. "Você veio até nós trazendo muita riqueza de experiências, Dick, nas duas vezes que veio para a Steers & Associados", ele lembrou o homem mais jovem, cuja carne inchada e pele turva, devido aos remédios para o fardo da memória que vinham em uma variedade de cápsulas e frascos, o faziam parecer vários anos mais velho do que o acionista mais velho, que era Diretor Administrativo. "Dick", o Sr. Steers continuou gentilmente, "eu me lembro bem como fiquei encantado quando você veio trabalhar aqui da primeira vez. Todos nós ficamos, porque sabíamos que tínhamos a sorte de contar com um talento excepcional no nosso time." Agora o Sr. Steers estava olhando para todos e assentindo. Era um prelúdio para a continuação, ainda mais gentil: "É claro que ficamos ansiosos, na verdade, todos nós ficamos muito preocupados quando você teve que..." Com isso, a fala foi desaparecendo. Era só em ocasiões raras que o chefe não completava suas frases, e naquele momento, ele não o fez. No entanto, em um minuto, o Sr. Steers superou o nó na garganta e colocou mais animação ao seu tom. "Ficamos muito ansiosos quando você foi chamado para outro serviço a que muitos de nós estávamos sujeitos na época!" Um murmurinho se espalhou pela sala, e o Sr. Steers parou mais uma vez, o excelente trabalho de polimento de um dentista brilhando tão tranquilamente entre seus lábios quanto a curva da lua. Este crescente se expandiu meio minuto depois, quando a jovem Pedzi, que tinha praticamente nascido livre, mas não exatamente, gritou em meio a pigarros, fungadas e respirações pesadas: "*Saka, nhai!* Bom, então, pra onde todo mundo estava indo?"

"Pra porra de lugar nenhum!" Dick afogou o resto de suas palavras em um gole de champanhe que esvaziou sua taça e o Sr. Steers retomou seu discurso gentilmente antes que o homem mais jovem terminasse de engolir.

"Todos os executivos aqui ficaram muito felizes quando você voltou", o Sr. Steers garantiu a Dick, que ficou olhando para o chefe com uma cara feia até que Alfonso o acalmou depositando na sua frente um copo vazio de cerveja e um litro de Fortress. "Queria poder dizer que foi só pela sua volta!" O Sr. Steers admitiu com uma mistura tão cativante de jovialidade e humildade que uma sensação de alívio inundou a sala e todos riram. "Nós da administração", continuou o Sr. Steers no mesmo tom de apreciação apologética, "sabíamos que tínhamos conosco novamente um talento excepcional. É por isso que estou feliz em ver toda a nossa equipe aqui esta noite", o Sr. Steers sorriu, elogiando a todos nós. "Como todos vocês sabem", informou, "fomos particularmente bem-sucedidos nas premiações deste ano. A maior parte desse sucesso foi resultado da campanha da Afro-Shine, que levou o maior prêmio de mídia impressa, no rádio e na televisão, em todas as categorias em que se inscreveu.

Dick enterrou o rosto nos braços quando todos os outros começaram a bater palmas. Quando os aplausos diminuíram, o Sr. Steers continuou, confiante: "Achei que todos deviam saber que, como resultado dessa conquista notável, a empresa que controla a Afro-Shine está realocando mais duas marcas e um novo produto para a Steers, Darcy & MacPedius!

"Como eu não sou, como o Dick aqui, um forjador de palavras", o Sr. Steers continuou a nos assegurar, "é melhor eu ser breve. Este ano, estamos lançando nossos próprios prêmios internos. O prêmio é para o departamento de criação pelo melhor conceito, roteiro e campanha. Sinto dizer que dissemos a Bill que, como Diretor de Criação, ele não pode se dar um prêmio." Com isso, todos rimos novamente. "Então, os dois prêmios este ano", o Diretor Administrativo continuou, "o ano inaugural, para redator e artista visual, vão para Dick Lawson e Chris de Souza!" Tracey entregou ao Sr. Steers um prato com dois envelopes. Pop! Virei minha bebida com a abertura de outra garrafa. Pedzi puxou "Ele é um bom companheiro!" e todos se juntaram a ela, e Alfonso, vagaroso como um corredor de obstáculos, distribuiu uma rodada de champanhe para comemorar a vitória. "Dick, você é um poeta e não sabe!", Belinda gritou quando o redator foi receber o prêmio.

"Bom, ele sabe agora!", Tracey completou. Minha boca estava seca e me perguntei o que ela sabia. "Ou, pelo menos, deveria saber!", Tracey riu. "Agora que a gente tem todas essas contas novas!" Em meio à alegria, o Sr. Steers propôs um brinde à criatividade, boa gestão e trabalho árduo. Pedzi roubou a cena novamente, gritando "Três vivas pro Dick!" E quando todos nós gritamos Viva!, ela encerrou com "E mais um pro Sr. Steers!"

Bebi meu martini em um gole e atravessei a sala segurando um copo com uma azeitona dentro. Quando cheguei à mesa de Dick, coloquei meus braços em volta de seu pescoço.

"Ela só quer seu dinheiro", Belinda disse, e todos rimos.

"*Makorokoto!*" eu disse. "*Amhlope*. Muito bem, hein, Dick. Todo mundo pode ver que foi uma campanha estupenda! Parabéns!"

Dick puxou uma cadeira, soltando-se de mim. "Senta, Tambu, vou te pagar uma bebida", murmurou, voltando às suas estratégias habituais, que esta noite, por estarmos no *happy hour*, não tinham sentido. Longe, longe, longe, era onde eu queria estar. Me afastei do toque dele em meu braço, desci as escadas até minha máquina de escrever. No entanto, ainda me sentia responsável pelo Sr. Steers, que talvez não tivesse sido informado da verdadeira situação pela executiva de marketing e pelo Diretor de Criação. Escrevi: "Prezado Sr. Steers, lamento pela falta de aviso prévio. No entanto, estou deixando sua empresa para me casar. Meu marido não quer que eu trabalhe." Assinei meu nome e foi assim que deixei a agência. Sim, hesitei um pouco, olhando para o que havia escrito. O que eu faria agora estando desempregada? Não era melhor cultivar, por meio da tolerância, minhas perspectivas na agência? Reconheço que ser passada para trás era desanimador, mas eu não tinha recursos suficientes para lidar com essa questão? Só que não, e não de novo! Ser esmagada com Pedzi, Raphael e a moça do Dr. White observando, isso não era algo que uma mulher pudesse tolerar! Era uma humilhação da qual não era possível se recuperar! Além disso, quanto eles sabiam? Eles também estavam contribuindo para minha dizimação? Esse pensamento me deixou determinada. Umedeci a goma de um envelope com saliva. Antes de passar pelas portas giratórias, deslizei irrecuperavelmente a mensagem com minha demissão por baixo da porta do Diretor Administrativo. Equilibrando-me pelas pedras desniveladas da calçada, caminhei até o hostel.

 A viagem, pensei com alívio, não poderia mais acontecer. Mai não podia vir porque eu não estava mais empregada. Contemplei a mensagem. E se ela recebesse essa notícia como um convite urgente! Mas ir para casa sem nada para oferecer! Nada de óleo, fósforo, carne ou parafina, porque estava controlando minhas finanças! As pessoas diriam que nem tinham me visto. Além disso, dizer que eu não tinha um emprego, apesar de meu diploma, era uma admissão de fracasso. Ponderando o que agora precisava ser feito, cheguei ao hostel.

 O arbusto florido junto ao portão exalou sua fragrância, e eu não vi o hoje, só o amanhã brilhando suavemente, e o ontem escancarado como buracos negros em um velho tecido estraçalhado por larvas, esses dois extremos acentuados pela iluminação muito fraca. Meia dúzia de garotas estavam jantando. A Sra. May, um dedo no dicionário, a outra mão segurando uma caneta sobre o jornal, ergueu os olhos quando entrei e me examinou longamente com um olhar pensativo que não piscava por trás dos óculos. Eu coloquei um sorriso no meu rosto e o olhar cauteloso da Sra. May relaxou instantaneamente.

"Ah, assim é melhor!", ela aprovou. "Vocês não sabem como ficam melhor quando sorriem. E é sobre isso que eu queria falar com você, minha querida. Você parece particularmente indisposta nas últimas semanas. Se você está tão infeliz aqui... hum..." Ela decidiu não arriscar a especificação e continuou "... minha querida, tenho certeza que você conseguiria encontrar outro lugar que seja mais adequado para você."

Com isso, meus joelhos cederam. Me aproximei para me apoiar no balcão. A Sra. May alisou seu jornal com uma expressão triste, nostálgica e solícita. "Na verdade", ela continuou, "acredito que tenho aqui uma boa notícia pra você, uma notícia que vai prender esse sorriso no seu rosto! O que você acha? Venha aqui e olhe esse jornal!" Eu não queria ir até o lado dela no balcão, então permaneci onde estava. "Aí está!", a governanta continuou, indicando. "Springbok Lane, número 9. É a casa da Mabs Riley. A gente se conhece, ah, há muito tempo, desde a escola. A gente se via com certa regularidade, mas não tanto ultimamente. É tão difícil sair para passear, e o telefone está tão caro!" A Sra. May fez uma pausa, exausta por um momento pela intensidade de suas memórias. "Ah, essa Mabs!", a idosa balançou a cabeça coberta por um permanente grisalho com uma mistura de apreensão e satisfação. "Faz muito tempo que ela diz que vai embora! Que nem meu filho! Tenho certeza que o Mark está muito feliz lá onde mora! Ele é um anestesista em um hospital no País de Gales agora, sabe. Ele se deu muito bem. Mas Mabs não vai começar nada novo na idade dela." Agora a governanta parecia tão melancólica que puxei o jornal para mim e fingi examiná-lo para confortá-la de alguma maneira. "Não, nós duas já deixamos novos começos para trás!" A Sra. May balançou a cabeça. "É por isso que não fui quando Mark me pediu. Se tivéssemos família lá, seria diferente. Família mesmo, quero dizer. E Mabs está exatamente na mesma situação que eu, sabe! Ela perdeu o marido, durante a... durante a..." A governanta perdeu o fio da meada, mas logo o recuperou. "Felizmente, ela tem uma casa própria. Não precisa trabalhar, como eu. A Sra. May se aproximou para que pudéssemos olhar o jornal juntas. Nas colunas de classificados, a idosa havia destacado um anúncio. "Eu mesma responderia a esse anúncio se não fosse pelo meu emprego. O marido dela também faleceu", ela repetiu o fato inalterável. "Seríamos uma boa companhia uma para a outra! Mas eu não posso ficar sem emprego e não teria como ficar indo e voltando da cidade. Além disso, sempre tem alguma coisa pra fazer por aqui à noite."

"Lamento muito pelo Sr. May", disse à governanta, como já fizera muitas vezes antes, embora tivesse notado, nas semanas desde o incidente sobre meu nome, que a Sra. May estava iniciando monólogos comigo com menos frequência do que antes, e que também passara a responder de maneira incomumente reservada quando eu a cumprimentava espontaneamente. Agora, ela estava me olhando com afeto.

"Mabs publicou um anúncio. Viu?" Ela apontou para o parágrafo marcado. "Ela provavelmente está precisando, para ajudar com as despesas. Isso quer dizer que ela vai ficar, com certeza." A Sra. May dançou alegremente de um pé para o outro. "Minha querida, pensei em você imediatamente! Tenho certeza que seria bom pra você, minha querida, e tenho certeza que você ia gostar. É em Borrowdale", ela informou, um dos subúrbios ao norte da cidade. Com isso, ela ficou entusiasmada e sua voz ficou mais animada. "Não importa de onde você veio, se você está indo pra Borrowdale, está subindo na vida, não é mesmo! Sabe, isso é algo a se considerar. Enfim, não há motivo, Isabel", ela concluiu, "pra você ficar aqui se te deixa tão triste." Isso foi proferido com alguma severidade, sugerindo que eu não tinha apreciação suficiente pelas minhas bênçãos e que eu não deveria ignorar esta nova chance que me foi dada, pois a providência poderia desistir e deixar de me oferecer oportunidades. "Eu recebo dezenas de inscrições todos os dias", a governanta explicou, esticando o pescoço para olhar para dentro do escritório, onde grandes pastas pretas ficavam em prateleiras embutidas na parede dos fundos. "Então, considerando tudo isso, seria melhor pra você ir pra outro lugar, e aí alguém que fosse gostar daqui poderia se mudar." Ela se arrastou para a antessala, onde pegou uma tesoura. "Aí está!" Ela acenou quando o anúncio foi cortado. "Se houver algum problema, me avise. Vou falar bem de você pra ela. Na verdade, posso até ligar pra ela e dizer que você vai aparecer por lá. Vai ser ótimo conversar com ela." O pó endurecido se rachou quando a governanta franziu o rosto, antecipando uma longa conversa com sua colega de escola.

Agradeci à Sra. May da forma mais amigável que pude, depois fiz toda uma cena para pegar o recorte de jornal e guardá-lo com cuidado na minha bolsa, para encerrar o assunto. Miseravelmente, me esgueirei pelo corredor. O que eu ia fazer agora? Havia alguma maneira de voltar para a agência? Agora que eu não era bem-vinda aqui, o que eu faria em troca de acomodação? Não havia mais lugar para mim com meus parentes na missão. Eu não podia voltar para a casa onde Netsai pulava indescritivelmente em uma única perna e onde Mai ia rir de mim todos os dias. Eu tinha esquecido todas as promessas feitas a mim mesma e à providência quando era jovem a respeito de levar adiante comigo o bom e o humano, o *unhu* da minha vida. Do jeito que as coisas aconteceram, eu não havia considerado *unhu* de forma alguma, apenas minhas próprias calamidades, desde os dias no convento. Então, naquela noite eu caminhei vagamente para o quarto que logo iria desocupar, imaginando que futuro haveria para mim, uma nova cidadã do Zimbábue.

GLOSSÁRIO

Palavras:

Amhlope (Ndebele) – parabéns
Baba wenyu – seu pai
Babamunini – tio
Biltong – carne seca
Bonde – esteira de palha
Bonga – um gato selvagem, que é um animal totem
Chimbwidos – mulheres que colaboram com a guerra
Chimurenga – guerra
Chisveru – pega-pega
Chongololos – centopeias (corruptela da palavra *zongororo*)
Dagga – maconha
Doek – lenço para a cabeça
Ekani – exclamação de saudação
Fasha-fasha – expressão descritiva para um movimento de balanço
Fototo – palavra onomatopaica que significa amassado ou achatado
Ganja – maconha
Hondo – guerra
Honkies – pessoas brancas (palavra depreciativa)
Iwe – você
Kaffir – alguém que não tem fé
Kani – exclamação de ênfase
Koek Sisters – um tipo de *donut* (bolinho) enrolado
Madhumbe – inhame
Magrosa – mercado, venda
Mainini – mamãezinha (significado literal); usado como um termo carinhoso para uma jovem tia ou em respeito a qualquer jovem mulher
Makorokoto! – parabéns!

Maswera – saudação perguntando como foram as últimas horas
Matamba – fruta da árvore *mutamba* (plural)
Matumbu – intestinos
Mazikupundu! – manchas grandes!
Mazikuzamu! – peitos grandes!
Mbambaira – batata doce
Mbuya – avó
Mhani! – cara! (exclamação)
Morari – uma reunião política noturna com música e dança; corruptela de "*morale*", de "levantar a moral"
Mufushwa – legumes secos; especialmente espinafre cozido e depois ressecado
Mujiba – homens que colaboram com a guerra
Mukoma – irmão mais velho
Mukuwasha – genro
Mumwe wedu – um de nós
Munts – africano (palavra depreciativa); corruptela de *munhu*, pessoa (Shona)
Murungu – pessoa branca
Musasa – tipo de árvore
Musoni – legumes secos; especialmente espinafre cozido e depois ressecado
Mutamba – tipo de árvore
Mutengesi – traidor
Mwana'ngu – meu filho/minha filha
Nganga – curandeiro tradicional
Nyimo – tipo de amendoim
Nzungu – amendoim
Povo – classes sociais mais baixas
Rigomhanya – fazer funcionar
Rukweza – milhete
Sahwira – amigo muito próximo
Samusha – chefe da família
Sadza – comida básica, mingau grosso de farinha de milho
Sekuru – avô, tio

Sisi – irmã
Sjambok – um chicote pesado, geralmente feito de couro de animal
Takkies – sapatos de lona
Tshombes – pessoa vendida
Ubuntu – sem tradução direta: uma filosofia do Ser prevalente no sul da África, que se baseia na essência da pessoa
Unhu – pessoalidade; característica de ser uma pessoa
Vakoma – os irmãos mais velhos
Vana bhuti – os irmãos
Vana mukoma – os irmãos mais velhos
Vana sisi – as irmãs
Vanachimbwido – as mulheres que colaboram com a guerra
Vanasekuru – os avôs
Vasikana – as meninas
Vatengesi – os traidores
Wekuchirungu – pessoas que vêm da Europa (significado literal)

Expressões:

Aiwa, kwete! – Não, não!
Bhunu! Rova musoro rigomhanya! – O homem branco, bate na cabeça pra fazer ele correr!
Ini zvangu! – Ah, nossa!
Kure kure! Kure kure! Kure kwandinobva, vana mai, na baba, tondo sangana KuZimbabwe! – Tão, tão distante! Tão, tão distante! Venho de longe, pais e mães, vamos nos encontrar no Zimbábue!
Kushinga makadaro! – Falando desse jeito!
Kuudza mwana upedzisira! – Você tem que ensinar uma criança até o último detalhe; um provérbio, equivalente a "colocar os pingos nos is".
Manheru mwana, wangu! – Boa noite, meu filho!
Manheru, shewe! – Boa noite, Senhor!
Pamberi nerusununguko! – Adiante com a liberdade!

Pamberi nechimurenga! – Adiante com a libertação!
Pasi nevadzvinyiriri! – Abaixo os opressores!
Rambai makashinga! – Sejam fortes!
Saka, nhai! – Bom, então!
Sisi Tambu, mamuka sei? – *Sisi* Tambu, como você está nesta manhã?
Tiripo, kana makadini wo! – Estou bem se você estiver bem.
Usvuukue! Usvuuke! – Para você descascar! Para você descascar!
Yave nyama yekugocha, baya wabaya! – Isto é carne pra um assado, esfaqueie, se puder!
Zviunganidze! – Se acalme!

TSITSI DANGAREMBGA

Nasceu na Rodésia, hoje Zimbábue. É escritora, cineasta, dramaturga, poeta, professora e mentora. Atualmente vive em Harare, capital do Zimbábue.

Tsitsi é feminista e ativista. É idealizadora e diretora de diversos projetos e programas que dão suporte financeiro e técnico para mulheres que atuam como artistas e cineastas no Zimbábue e na África como um todo.

Tsitsi Dangarembga foi a primeira mulher negra do Zimbábue a publicar um livro em Inglês: *Nervous conditions* (1988), publicado no Brasil como *Condições nervosas*.

A TRILOGIA

Condições nervosas é o primeiro volume da trilogia com a protagonista Tambudzai, da qual fazem parte:

1. *Condições nervosas* (*Nervous Conditions*, 1988). Tradução: Carolina Kuhn Facchin. São Paulo: Kapulana, 2019.
2. *O livro do Não* (*The book of Not,* 2006). Tradução: Carolina Kuhn Facchin. São Paulo: Kapulana, 2022.
3. *This mournable body*, 2018. (São Paulo: Kapulana. Em tradução)

OBRA (literatura, cinema e teatro)

1983 – *The lost of the soil*. Harare: Universidade do Zimbábue.

1985 – *"The letter"* (conto), em Whispering Land: *An Anthology of Stories by African Women*. *Estocolmo:* Tsitsi Dangaremba e Swedish International Development Agency.

1987 – *She no longer weeps* (peça). Harare: College Press Publishers.

1988 – *Nervous conditions*. Londres: The Women's Press Ltd.; Oxfordshire: Ayebia Clarke Publishing Ltd., 2004; São Paulo: Kapulana, 2019; Mineápolis: Graywolf Press, 2021; Londres: Faber & Faber Ltd., 2021.

1993 – *Neria* (autoria).

1996 – *Everyone's child* (coautoria e direção).

2000 – *Hard earth: land rights in Zimbabwe*. Nyerai Films.

2004 – *Mother's day* (curta-metragem). Melhor Curta Africano, Cinema Africano, Milão, em 2005; Melhor Curta no Festival Internacional de Cinema do Zanzibar, 2005; Melhor Curta no Festival de Cinema do Zimbábue, 2004.

2006 – *The book of Not*. Oxfordshire: Ayebia Clarke Publishing Ltd.; Mineápolis: Graywolf Press, 2021; Londres: Faber & Faber Ltd., 2021; São Paulo: Kapulana, 2022.

2010 – *I want a wedding dress* (longa-metragem).

2011 – *Nyami Nyami and the evil eggs* (curta-metragem musical).

2012 – *Kuyambuka* (Going Over): cross boarder traders. (documentário; produção).

2018 – *This mournable body*. Mineápolis: Graywolf Press; Londres: Faber & Faber Ltd., 2020.

PRÊMIOS e DESTAQUES

1989 – *Nervous conditions*: vencedor do "The Commonwealth Writer's prize Africa".

2007 – National Arts Merits Awards Arts Personality of the Year.

2008 – National Arts Merit Award for Service to the Arts.

2008 – Zimbabwe Institute of Management Award for National Contribution.

2012 – Zimbabwe International Film Festival Trust Safirio Madzikatire for Distinguished Contribution to Film.

2018 – *Nervous conditions:* Um dos 100 livros que moldaram o mundo (BBC).

2020 – *This mournable body:* "2020 Booker Prize for Fiction".

2021 – Tsitsi Dangarembga: "2021 Pen Pinter Prize".

2021 – Tsitsi Dangarembga: "Prêmio da Paz na Feira do Livro de Frankfurt" (Peace Prize of the German Book Trade).

fontes	Quicksand (Andrew Paglinawan)
	Josefin Sans (Santiago Orozco)
	Crimson (Sebastian Kosch)
papel	Pólen Soft 80 g/m²
impressão	BMF Gráfica